Crébillon Fils

O SOFÁ

Tradução de Carlota Gomes

www.lpm.com.br

L&PM POCKET

Coleção **L&PM** Pocket, vol. 438

Este livro foi publicado em primeira edição pela L&PM Editores, na *Coleção Clássicos Libertinos*, em formato 14x21cm, em 1992.

Primeira edição na Coleção **L&PM** POCKET: agosto de 2005

Título do original: *Le Sopha*

Indicação editorial: Marília Pacheco Fiorillo
Tradução: Carlota Gomes
Revisão: Mariana Donner da Costa, Renato Deitos e Deise Mietlicki
Capa: Ivan Pinheiro Machado sobre desenho de Guido Crepax *in Valentina* (L&PM, 1988).

ISBN: 85.254.1431-X

F489s Fils, Crébillon, 1707-1777.
O sofá/ Crébillon Fils; tradução de Maria Carlota Carvalho Gomes. -- Porto Alegre: L&PM, 2005.
254 p. ; 18 cm. -- (Coleção L&PM Pocket)

1.Literatura francesa-Romances. I.Título. II.Série.

CDD 843
CDU 821.133.1-3

Catalogação elaborada por Izabel A. Merlo, CRB 10/329.

Porto Alegre: Rua Comendador Coruja 314, loja 9 - 90220-180
Floresta - RS / Fone: 51.3225.5777
Pedidos & Depto. comercial: vendas@lpm.com.br
Fale conosco: info@lpm.com.br
www.lpm.com.br

Impresso no Brasil
Inverno de 2006

SUMÁRIO

PREFÁCIO

Logo de início, pelo seu título, *O sofá* se impõe como um romance libertino. O título não mente: nenhum romance do século XVIII nos mantém tão próximos das realidades do amor, dos prazeres, dos mistérios, das confissões, das misérias partilhadas num leito; nenhum evoca, de maneira tão viva e convincente, aquilo que os confessores chamavam de a "veemência" do prazer amoroso. Certamente a obra é audaciosa, plenamente erótica e digna de sua má reputação. Entretanto, ela a ultrapassa e de modo paradoxal. Ao colocar como subtítulo de sua narrativa "conto moral", Crébillon pretendia mesmo ser levado a sério; e quando, em sua carta ao lugar-tenente da polícia, em 1742, ele invoca a moral que "tentou difundir em todo lugar", certamente está de boa-fé. Mas ninguém pensava que essa moral era tirada do próprio amor e se continuou a considerá-la, desde La Harpe, como "a arte tão fácil de dissimular as obscenidades". A nossa época, que conheceu a reabilitação dos *Égarements du coeur et de l'esprit*, parece reticente em relação ao *Sofá*. Resta-nos, portanto, perceber a sabedoria que, no *Sofá*, às vezes guia os gestos amorosos. Algumas pessoas, que não eram maus juízes, a vislumbraram: Voltaire, que chamava Crébillon de "o pai do *Sofá*", Diderot, Laclos, Stendhal, que sabiam de cor as suas melhores páginas. Sem dúvida, eles perceberam a força dessa obra leve; cabe ainda a nós encontrá-la.

O projeto é libertino em todos os sentidos do termo. Que um narrador, condenado por decreto divino a se reencarnar em sofás sucessivos, assista a uma boa dezena de reveses femininos, alternadamente agradáveis, bem-sucedidos ou catastróficos, essa idéia é picante. Se ele se aproveita disso para desvendar todas as artimanhas da falsa virtude, da hipocrisia mundana ou dos escrúpulos religiosos, isto já nos conduz para mais longe: o instinto, a vaidade, a fantasia conduzirão o seu jogo às custas da moral aceita. Se, além do mais, o destinatário do relato é um monarca bronco e indiscreto, se os culpados são, de preferência, monges, diretores de consciência, pessoas da alta sociedade, quase reconhecíveis, o conto se transformará em sátira. A libertinagem erótica, o imoralismo aparente e a impertinência davam à obra o seu perfume de escândalo; nada mais era preciso para condenar o autor. Três meses de exílio para um escritor reconhecido, para um homem freqüentador da sociedade, amigo dos altos funcionários e filho de um dramaturgo célebre, era muito e Crébillon lembrou-se disso. Durante os doze anos que se seguiram, ele não publicou nada no seu nome; e não mais encontramos, em seus últimos contos, a audácia tranqüila, a verve, a imaginação bem-sucedida de *Ecumoire*, dos *Égarements* ou do *Sofá*. Com essa derrota termina para Claude Crébillon uma época de livre invenção, de improvisação criadora em que, particularmente no *Sofá*, ele parece ter se abandonado, para retomar uma expressão do *Neveu de Rameau*, a "toda a libertinagem do seu espírito".

Essa completa liberdade de um espírito inventivo aparece na composição da obra, na qual a ordem e a desordem se sucedem sem choques. A ordem é a de uma investigação social, de um romance "de lista". Em 1740, não era raro um narrador fictício conduzir o leitor através da sociedade a favor de uma série de intrigas amorosas, e o modelo do gênero, *Confessions du Comte de* ***, de Duclos, encantou de tal forma Crébillon que, dizem, ele desistiu de terminar os *Égarements*. O cenário oriental, abertamente tomado das *Mil e uma noites*, somente dá a esse percurso um pouco mais de fantasia. Conduzidos por Amanzei, o narrador-sofá, descobrimos portanto o amor em diversas companhias, as boas e as más. O decreto que condena Amanzei aos sofás somente será revogado se dois amantes de boa-fé se derem, mutuamente, nesse leito, as suas "primícias". A investigação torna-se então busca do amor verdadeiro, através de Sodoma e Gomorra. Será essa sociedade corrompida salva pela sobrevivência milagrosa do natural? Como nos lembramos, é o tema central dos *Bijoux indiscrets*, que tanto devem ao *Sofá*; mas certamente na mesma época é a preocupação comum de Crébillon, de Diderot e de Rousseau. Procurando a natureza sob as máscaras da socialidade, Crébillon, à sua maneira, é também um filósofo. Entretanto, essa investigação ordenada não é o que o apaixona; o realismo social importa-lhe pouco e é num nível "moral" que ele pretende observar as variedades do amor. Sete casais sucessivos nos farão vislumbrar outras profundezas: a hipócrita Fatme, em segredo, se entrega ao seu escravo; Amine, intrépida prostituta, é ridicularizada por um administrador não menos abjeto; a doce Fenime, depois de oito anos de virtude, aceita a paixão do tímido Zulma; Almaide, aos quarenta anos, deixa-se seduzir pelo seu diretor de consciência; Zefis, docemente e com ternura, abandona-se a Mazulhim, libertino ameaçado pela impotência, que logo a trai com uma mundana depravada, Zulica; e esta, por sua vez, o trai com o seu melhor amigo, Nasses, antes de se ver humilhada por ambos; caberá aos jovens amantes Zeinis e Fileas realizar, sob os olhos de Amanzei, a união perfeita que ao mesmo tempo o liberta e o desespera; pois o narrador acorrentado, repentinamente, apaixonou-se por Zeinis e vê consumar-se em si mesmo o que mais temeu, última metamorfose que dá ao conto uma conclusão inesperada. O que Crébillon finalmente descreveu não são as formas convencionais do amor, mas os seus paradoxos.

Ele os encadeia com uma perfeita despreocupação, percorrendo por duas vezes o círculo de intrigas a que se propôs. Numa primeira vez põe em cena as imposturas da falsa virtude, da religião afetada, do esnobismo mundano, da galanteria depravada, antes de nos conduzir a um primeiro desfecho feliz com os amores de Fenime e de Zulma; o sortilégio que amarra Amanzei deveria ser revogado, mas curiosamente não o é e o autor nada diz sobre isso. Em sete capítulos, que constituem um terço do romance, tudo parece dito. Doravante, o que vai detê-lo é o aprofundamento dos conflitos e o jogo das linguagens hipócritas, prisioneiras de suas próprias convenções. O homem não procura mais senão revelar o desejo e desmascarar as inconseqüências do pudor feminino, enquanto a mulher tenta desesperadamente obter a confissão de amor que justificará o seu revés. Quer se trate de dois seres profundamente honestos como Almaide e Mocles, ou de perversos como Mazulhim, Zulica e Nasses, o diálogo se desenvolve ao infinito em curvas deslumbrantes. Crébillon não parece mais se preocupar com o plano e os títulos dos capítulos não remetem mais senão aos caprichos do autor. Quando inicia a história de Mazulhim, nada mais parece retê-lo; essa comédia de devassos e de patetas desenvolve-se em dez capítulos encadeados: mais da metade do romance. Sobre um tema esboçado por Marivaux no fim do *Paysan parvenu*, ele desenvolve cinco ou seis variações que levam à incandescência todas as virtualidades do conflito. O conto dialogado encontrou definitivamente a sua forma; Crébillon não a levará mais longe.

Uma única pergunta atravessa todas essas intrigas: "Que valor dais atualmente ao amor?" A Zulica e Nasses, que acabam de fazê-la, e estão prestes a se odiarem, pouco importa; e todos os amantes de Crébillon voltam a ela sob formas diversas. Para Crébillon o amor é certamente a grande questão da vida e o único "valor". Em sua obra não se vê existência que se deduza de outro princípio, mas onde está a sua verdade? Ele descreve desvios, designando assim implicitamente um caminho reto, um eixo de referência, que seria o da sabedoria; mas essa sabedoria jamais procederá de outra coisa diferente do próprio amor, cujos caminhos são sempre imprevistos. "Somente o amor preside aqui", escrevia ele no prefácio dos *Égarements*; ele poderia dizê-lo, e ainda com mais precisão, do *Sofá* no qual, por duas vezes, se refere a uma figura perfeita do amor realizado. Uma primeira vez, a propósito dos amantes exemplares, Fenime e Zulma, ele evocou a união perfeita do desejo e do sentimento, à qual convém os termos de "avidez", de "volúpia", de "extrema ternura", de "verdadeiro delírio", de confiança e de fidelidade. Toda a riqueza das relações humanas se resume numa ligação como essa: "Eles uniram mesmo a todas as delicadezas, a toda a vivacidade da paixão mais ardente, a confiança e a igualdade da amizade mais terna..." Neste ponto de suspensão, Crébillon parece, numa primeira vez, terminar a narração. No último capítulo reencontraremos essa mesma união do desejo, da ternura e da imaginação apaixonada, mas menos analisada e como que envolta nas ilusões da juventude. A conclusão, entretanto, anuncia-se pelo título enigmático de "Divertimentos da alma": tratar-se-á dos divertimentos duvidosos do narrador, prisioneiro do seu sofá como a alma o é do corpo? Sem dúvida, e pensaremos mesmo que aqui se trata de representar os divertimentos do romancista. Mas também pensaremos que "aos divertimentos do coração e do espírito" se opõem esses "divertimentos da alma", da alma enfim reencontrada pela graça do amor.

Não é o menor paradoxo desse romance libertino o fato de que a palavra melhor representada no vocabulário psicológico e moral seja a "alma". Amanzei é uma alma em busca do amor, que lhe dará um corpo; mas tantas mulheres sensíveis que povoam essa narração (a "dama" do capítulo V, Fenime, Zefis, Zeinis) têm uma alma. Os libertinos não a têm: totalmente socializados, perderam os seus sentimentos, os seus sonhos, o seu foro íntimo. Apesar disso encerram em si uma espécie de nostalgia, que inicialmente se traduz pelo tédio. Este obceca o Sultão desde as primeiras páginas do conto e volta como um *leitmotiv* nas mais belas definições da libertinagem: "Dizemos, sem senti-lo, que parecemos amáveis; estabelecemos ligações sem acreditarmos em nós; vemos que esperamos o amor em vão e nos deixamos por medo de nos entediarmos. Às vezes também acontece de nos enganarmos quanto àquilo que sentíamos: acreditávamos que era paixão, não passava de gosto, impulso, conseqüentemente pouco durável e que se gasta nos prazeres, ao passo que o amor parece ali renascer." Finalmente, a linguagem mais enganadora sempre se serve desse ideal desaparecido, que em última instância justifica os reveses mais miseráveis; é nisto que o vício presta homenagem à virtude; e, para Crébillon, existe uma única virtude, que é a sinceridade em amor. Este talvez seja loucura passageira, ilusão, "prevenção do sentimento", mas para Crébillon ele continua sendo a única chance do ser humano, a única realização possível do que ele chama de a "natureza".

A partir de então, as aventuras libertinas que nos são propostas aparecem igualmente como desvios ou erros irremediáveis. Fatme sacrifica a sua vida à sua reputação e se compensa através das carícias brutais de um escravo; Amine escolheu o dinheiro e se precipita intrepidamente na abjeção; Almaide e Mocles, até os quarenta anos, recusaram a menor tentação e vão um para o outro, desajeitadamente, no remorso e na má-fé, humilhados de vergonha, sem encontrar a felicidade. O libertino Mazulhim, encerrado em sua vaidade e obcecado por suas falhas físicas, ignora a ternura indulgente de Zefis e escolhe a impostura, ao mesmo tempo em que delega ao seu amigo e cúmplice, Nasses, o cuidado de executar Zulica. Em todas essas empreitadas sem sucesso reaparece com insistência o tema da carência, do fiasco, no sentido em que Stendhal lhe dava em *De l'amour*. Contudo, em Stendhal, em geral o fiasco resulta de um excesso de romanesco e de antecipação imaginária, enquanto que, em Crébillon, ele se deve unicamente à má-fé. O primeiro amante de Almaide e o libertino Mazulhim fracassam pelo fato de que os seus projetos de sedução nasceram de uma pura vontade. Sem ilusões nem sentimentos, às vezes mesmo sem desejos, o libertino é como que atingido pela esterilidade; muito longe de se abandonar, como faria mesmo a tocante Zefis, Mazulhim recusa as solicitações da natureza e se condena à impotência, ao ponto que o seu castigo parece ainda uma vez moral. É verdade que, por várias vezes, Crébillon imagina a libertinagem triunfante, com o que ele inspira diretamente as *Ligações perigosas*. Fatme faz pensar, por um instante, na marquesa de Merteuil: "Devotada à impostura desde a sua mais tenra juventude, ela pensara menos em corrigir as inclinações viciosas do seu coração do que em dissimulá-las sob a mais austera virtude." Mazulhim e Zulica não estão longe de compor um casal perfeito de amantes malditos: "Sois leviana – replicou ele –, e confesso que eu era inconstante; mas quanto menos fomos capazes até agora de ter uma ligação séria, mais glória teremos em nos fixarmos reciprocamente." Entretanto, aqui é unicamente uma sugestão passageira: somente Nasses reúne no fim – e é nisto que ele dá ao conto uma primeira conclusão pessimista – o gosto pelo jogo erótico, a implacável maldade, a preocupação da obra-prima libertina que anunciam Valmont. Quando Mazulhim e Nasses reduzem a sua vítima metodicamente, com uma crueldade requintada, ao último estado de humilhação, o gênio do mal finalmente alça vôo. Mas não estaremos longe de pensar que esse casal estranho e imprevisto encarna, por uma última vez, sob todas as suas formas, a desnaturação.

Os grandes libertinos de Crébillon e as suas mulheres "filósofas" saem inteiramente armados desse livro aparentemente frívolo. Entretanto, o mal ainda não passa da expressão de um mal-estar social. Atrás dessa libertinagem aventureira e em geral infeliz, discernimos a sociedade que a produz. De fato, o libertino maldoso somente busca um prazer de vaidade e não age, absolutamente, por sua conta. A opinião pública, à qual ele sempre se refere, está presente em todo lugar. É ela que condena as mulheres fracas ou inconstantes, pelo menos aquelas que traem a sua fraqueza ou que tornam pública a sua inconstância. É ela que denuncia as falsas virtudes ou que leva ao pináculo os sedutores de ostentação. Tudo aqui funciona segundo um código eternamente mutante como a moda, mas tirânico como ela. Glória, virtude, piedade reduzem-se a figuras de moda, a puras aparências que se deve adotar. A linguagem não exprime mais o que se sente, mas sim o que é conveniente dizer nas situações e nos papéis designados. A ligação amorosa desenvolve-se segundo contratos reconhecidos ou segundo as leis coletivas da oferta e da procura, sendo as menores infrações punidas com o ridículo ou a exclusão. Denunciar, humilhar, desmascarar não passam de engrenagens de uma máquina social feita para reduzir, nivelar, oprimir. Crébillon não nomeia o poder, mas o mostra em todo lugar presente na linguagem. Sendo o amor a única chance de liberdade do indivíduo, os sentimentos e todos os movimentos do corpo amoroso eram livres, imprevisíveis e inexprimíveis; as relações prescritas, pelo contrário, vão se inscrever num código de conveniências e num vocabulário convencional do qual se usa e abusa. Os amantes de Crébillon falam bem e freqüentemente bem demais; a palavra fácil é a sua maldição; somente ela transforma a troca amorosa em relação de força. Pois, desde o início, desde que nos encontramos a dois numa alcova, numa "pequena casa" ou num sofá, sempre sabemos o que acabará acontecendo: viemos para isso. Mas é preciso que o consentimento se torne derrota, que o amor se confesse como desejo, que todo o pudor seja formalmente renegado. Obter favores ainda não é nada para o libertino; ainda é preciso que a vítima confesse a sua dependência, renuncie ao seu orgulho e conte os detalhes de suas aventuras passadas. Valmont contentava-se com cartas; Mocles, Mazulhim e Nasses querem uma narração em forma, exaustiva, humilhante. Assim o afrontamento dos seres, do início ao fim, está circunscrito no diálogo. Em temíveis torneios de esgrima, os atores rivalizam por virtuosidade na arte da definição do eufemismo ou da preterição, da esquiva ou da argumentaçao, para extorquir a confissão de amor ou, às vezes, de ódio, às vezes os dois, como acontece quando o libertino quer desfrutar mais longamente do "manejo" de sua vítima. Essa arte cruel de impelir cada ser para suas últimas trincheiras repousa inteiramente no diálogo e Crébillon está perfeitamente consciente de ter dotado a narração de uma propriedade até então inseparável do teatro, a ação dialogada. Um dos seus personagens observa isso, de passagem: "...essa conversa que vos entedia é por assim dizer um fato em si. Não é absolutamente uma dissertação inútil e que não fala de nada, é um fato... não é 'dialogado' que se diz?" Escrevendo o *Sofá* Crébillon descobre que pode dialogar tudo: o percurso secreto das paixões, a má-fé, a vaidade, os seus conflitos e os seus fracassos. Da simples conversa nascerão os conflitos, as revelações e os desenlaces. Não podemos imaginar arte mais lúcida e mais moral. Mas ficaremos tentados a ouvir a palavra no sentido em que a entende hoje Eric Rohmer, ele também autor de contos "morais", nos quais toda a luz vem da simples conversa. E se ficará menos surpreso com o fato de que o mais libertino dos contos seja, à sua maneira, o mais sério.

Jean Sgard

O *Sofá* foi publicado em fevereiro de 1742 sob o título: *Le Sopha, conte moral. Gaznah, de l'imprimerie du Très Pieux, Très Clément & Très Auguste Sultan des Indes.* No século XVIII teve 25 edições.

INTRODUÇÃO

Já há alguns séculos um príncipe chamado Schah-Baham reinava nas Ilhas. Era neto desse magnânimo Schah-Riar, cujas grandes ações lemos nas *Mil e uma noites* e que, entre outras coisas, se comprazia tanto em estrangular mulheres e em ouvir contos: aquele mesmo que somente agraciou a incomparável Sherazade em consideração a todas as belas histórias que ela sabia.

Quer porque Schah-Baham não era extremamente delicado quanto à honra, quer porque as suas mulheres não dormissem absolutamente com os seus negros ou (o que, pelo menos, é também verossímil) porque ele não soubesse nada disso, era um marido bom e indulgente e somente herdara de Schah-Riar as suas virtudes e o seu gosto pelos contos. Afirma-se mesmo que a coletânea de contos de Sherazade, que o seu augusto avô mandara escrever em letras de ouro, era o único livro que alguma vez ele se dignou a ler.

Por mais que os contos embelezem o espírito e por mais agradáveis ou sublimes que sejam os conhecimentos e as idéias que dali tiremos, é perigoso ler somente livros dessa espécie. Existem somente as pessoas realmente esclarecidas, acima dos preconceitos e que conhecem o vazio das ciências, que sabem o quanto esse tipo de obras são úteis à sociedade e o quanto se deve estimar e mesmo venerar as pessoas que têm gênio suficiente para fazê-las e bastante força na mente para se dedicar a elas, apesar da idéia de frivolidade que o orgulho e a ignorância ligaram a esse gênero. As importantes lições que os contos encerram, os grandes traços de imaginação que ali encontramos com tanta freqüência e as idéias prazerosas das quais estão sempre cheios, nada tomam do vulgar, cuja estima somente podemos alcançar dando-lhe coisas que ele jamais entende, mas que possa se dar a honra de ouvir.

Schah-Baham é um exemplo bem memorável da injustiça dos homens com relação a isso. Embora soubesse a origem da magia tão bem como se fosse daqueles tempos, embora ninguém conhecesse mais particularmente o célebre país do Ginnistan e fosse mais instruído sobre as famosas dinastias dos primeiros reis da Pérsia e, indubitavelmente, o homem do seu século que melhor possuía a história de todos os acontecimentos jamais ocorridos, faziam-no passar pelo mais ignorante príncipe do mundo.

É verdade que ele narrava com tão pouca graça (coisa tanto mais desagradável visto que ele sempre narrava) que era impossível não se entediar um pouco, sobretudo tendo sempre como ouvintes somente mulheres e cortesãos, pessoas que, normalmente tão delicadas quanto superficiais, se prendem mais à elegância dos rodeios de frase do que se impressionam pela grandeza e pela exatidão das idéias. Sem dúvida é conforme o que se pensava de Schah-Baham em sua própria corte que Scheik-Ebn-Taher-Abou-Faraiki, autor contemporâneo desse príncipe, o descreveu em sua grande história das Índias, como veremos mais adiante. É no lugar onde ele fala dos contos.

Schah-Baham, primeiro do nome, era um príncipe ignorante e de uma indolência consumada. Não se podia ser menos espirituoso e (o que é bastante comum aos que nesse ponto se lhe assemelham) não se podia mais levá-lo em conta. Ele sempre se espantava com o que era comum e sempre compreendia bem somente as coisas absurdas e fora de qualquer probabilidade. Embora num ano inteiro não lhe acontecesse pensar uma única vez, mal conseguia se calar um minuto num dia inteiro. Entretanto dizia de si, modestamente, que, quanto à sagacidade de espírito, não aspirava a isso, mas que, para a reflexão, não acreditava ter quem o igualasse.

Nenhum dos prazeres que dependem da mente tocava o Sultão: todo exercício, fosse qual fosse, lhe desagradava e contudo ele não era ocioso. Tinha pássaros, que não deixavam de diverti-lo muito; papagaios das Índias que, graças aos cuidados que tinha com a sua educação, eram os mais imbecis papagaios das Índias, sem contar macacos aos quais dispensava uma grande parte do seu tempo; e suas mulheres que, depois de todos os animais de sua criação, pareciam-lhe muito apropriadas para diverti-lo.

Apesar de tão grandes ocupações e de prazeres tão variados, foi impossível ao Sultão evitar o tédio. Não existiram contos, até estes famosos, objetos perpétuos do seu espanto e de sua veneração e dos quais, sob pena de morte, era proibido fazer críticas, que, de tanto conhecer, não se lhe tivessem tornado insípidos. Ele continuava a admirá-los, mas bocejava ao fazê-lo. Finalmente o tédio o seguia até o aposento de suas mulheres, onde passava parte de sua vida vendo-as bordar e fazer recortes: artes pelas quais tinha uma estima singular, cuja invenção ele olhava como obra-prima do espírito humano e às quais, por fim, ele quis que todos os cortesãos se aplicassem.

Ele recompensava excessivamente bem aqueles que se sobressaíam nisso, para que houvesse em todo o império alguém que as desprezasse. Bordar ou recortar eram então nas Índias os únicos meios de chegar às honrarias. O Sultão não conhecia nenhuma outra espécie de mérito, ou pelo menos não duvidava que um homem que tivesse esses talentos, com muito mais razão teria todos aqueles necessários para ser um bom general ou um excelente ministro. Para provar até que ponto estava persuadido disso, elevara ao lugar de primeiro Vizir um desses cortesãos ociosos, daqueles que, não sabendo como empregar o seu tempo, o passam aborrecendo os reis com a sua presença e, reciprocamente, entediando-se com a presença deles. Este, que por muito tempo fora confundido na multidão, viu-se felizmente para ele como um dos melhores recortadores do reino, quando agradou a Schah-Baham reverenciar o recorte, e sem estar obrigado, como muitos, a armar intrigas, deveu somente à superioridade dos seus talentos a honra esplendorosa de fazer recortes junto ao seu senhor e de ter o primeiro lugar do império.

Entre todas as mulheres do Sultão distinguia-se a Sultana-Rainha, que, por seu espírito, deliciava aqueles que, numa corte tão frívola, ainda tinham a coragem de pensar e de se instruir. Somente ela conhecia e mantinha o mérito ali, e o próprio Sultão raramente ousava discordar dela, embora ela não aprovasse os seus gostos nem os seus prazeres. Quando ela o ridicularizava quanto aos seus macacos e às suas outras ocupações, ele se contentava em lhe dizer que ela era cáustica, defeito que os tolos jamais deixam de encontrar nas pessoas espirituosas.

Estando Schah-Baham um dia, com toda a sua corte, no aposento de suas mulheres, onde olhava recortarem com uma atenção incrível e não podendo, contudo, vencer o tédio que o oprimia:

– Não me espanto nada – disse bocejando – se adormecer: não dizemos uma palavra. Oh! eu, eu queria conversa!

– Ora, e do que quereis que vos falemos? – perguntou a Sultana.

– Sei lá! – retrucou ele. – Será que sou feito para adivinhar isso? Não basta que queira que me falem de alguma coisa, sem ser obrigado ainda a dizer o que gostaria que me dissessem? Sabeis que estais longe de ser tão espirituosa quanto pensais? Que sonhais mais do que falais e excetuando alguns ditos espirituosos, que três quartos do tempo nem sequer ouço, acho que não poderíeis ser mais árida? Pensais, por exemplo, que se a Sultana Sherazade ainda vivesse e estivesse aqui ela não nos faria, por si mesma e sem que minha tia Dinarzade pedisse, os mais belos contos do mundo? Mas, falando dela, na realidade, estou pensando uma coisa! Por mais memória que tivesse, é impossível que memorizasse todos os contos que aprendera; que alguém não saiba exatamente os que ela esquecera; que desde o tempo dela não se tenham feito mais contos ou que, atualmente mesmo, não se os façam mais.

– Não há dúvida, Sire – disse o Vizir – e posso assegurar a Vossa Majestade que não somente sei contos, mas que tenho mesmo talento para fazê-los tão estranhos que os da falecida Madame vossa avó nada têm que possa superá-los.

– Vizir, Vizir – disse o Sultão – já é demais! Minha avó era uma pessoa de raro mérito.

– De fato – disse a Sultana – é preciso muito mérito para fazer contos! Ao vos ouvir, não se diria que um conto é a obra-prima do espírito humano? E contudo, o que existe de mais pueril, de mais absurdo? O que é uma obra (se é verdade, todavia, que um conto mereça levar esse nome), o que é, disse eu, uma obra onde a verossimilhança é sempre transgredida e na qual as idéias aceitas são perpetuamente derrubadas; que, apoiando-se num falso e frívolo maravilhoso, emprega seres extraordinários e todo o poder da magia, inverte a ordem da natureza e a dos elementos somente para criar objetos ridículos, singularmente imaginados, mas que nada têm que resgate a extravagância da sua criação? Muita sorte ainda se essas miseráveis fábulas somente danificassem a mente e não fossem absolutamente, por descrições muito vivas e que ferem o pudor, levar ao coração impressões perigosas?

Propósitos de *faladeira*! – disse em tom grave o Sultão. – Palavras pomposas que nada significam! O que acabais de dizer inicialmente parece ser uma coisa bonita; impressiona, é preciso confessar isso; mas, com o auxílio da reflexão, é impossível que... No fundo, trata-se aqui de saber se tendes razão, e, como eu queria vos dizer e acabo de prová-lo, é o que eu não creio: porque, certamente, não é para passar por pedante. Mas já que um conto sempre me divertiu, está claro que é necessário que um conto não seja uma coisa tão frívola. Com certeza não será a mim que farão acreditar que um Sultão possa ser uma besta. Aliás, digo entre parênteses, isto é tão claro como uma coisa maravilhosa, entendo por isso uma dessas coisas... que eu diria bem, se fosse essa a questão... mas falemos de boa-fé: finalmente, em que isso nos importa? Eu, eu sustento que gosto dos contos e que, além do mais, somente os acho agradáveis quando são, o que chamamos entre pessoas sensatas, um pouco licenciosos. Isto lança um interesse de uma vivacidade... tão viva! De resto, ouço, compreendo bem: é como se me dissésseis que sabeis contos e que os fazeis. Aqui está realmente o que preciso. Pensava que, para tornar os dias menos longos, seria necessário que cada um de nós contasse histórias. Quando digo histórias, é evidente, quero acontecimentos singulares, fadas, talismãs: pois, não vos enganeis, pelo menos!, somente isso é verdadeiro! Pois bem! Portanto, estamos todos de acordo em fazer contos? Que Maomé me ajude! Mas não duvido que, mesmo sem o seu auxílio, não os faça melhores do que qualquer um, e a razão disso é que venho de uma casa onde não ignoramos que sabemos fazê-los e, sem vaidade, bastante bons.

De resto, como não tenho qualquer parcialidade, declaro que cada um falará por sua vez; que será a sorte que decidirá sobre os lugares e não a minha vontade; que penso que todo mundo tem a liberdade de fazer contos para mim e que todos os dias se falará cerca de meia hora, mais ou menos, conforme me convier.

Terminando por essas palavras, mandou fazer um sorteio de toda a sua corte. Apesar dos desejos do Vizir, ele caiu para um jovem cortesão que, depois de receber a permissão do Sultão, começou assim.

PRIMEIRA PARTE

CAPÍTULO I

O menos enfadonho do livro

– Sire, Vossa Majestade não ignora que, embora eu seja seu súdito, não sigo a vossa mesma lei e somente reconheço Brama como Deus.

– Se eu o souber – disse o Sultão –, que diferença fará para o vosso conto? De resto, isso é problema vosso. Azar, se acreditais em Brama: seria cem vezes preferível que fôsseis maometano! Estou vos dizendo isso como amigo, pelo menos não pensai que seja para bancar o doutor, pois no fundo isso não me importa nada. Em seguida?

– Nós, sectários de Brama, acreditamos na metempsicose – continuou Amanzei (é o nome do contista) – isto é, para não embaraçar despropositadamente Vossa Majestade, acreditamos que, ao sair de um corpo, a nossa alma passa para um outro e assim sucessivamente, enquanto for do agrado de Brama ou que a nossa alma tenha se tornado suficientemente pura para ser colocada entre aquelas que finalmente ele julga dignas de serem eternamente felizes.

Embora o dogma da metempsicose esteja geralmente estabelecido entre nós, não temos todos as mesmas razões para acreditar que ele é certo, pois existem muito poucas pessoas a quem seja concedido lembrar-se das diferentes transmigrações de sua alma. Normalmente acontece que, ao sair do corpo em que uma alma estava aprisionada, ela entra num outro, sem conservar nenhuma idéia, seja dos conhecimentos adquiridos, seja das coisas das quais participou.

Assim, as nossas faltas estão perpetuamente perdidas para nós e recomeçamos uma nova carreira com uma alma tão nova e tão sujeita a erros e vícios como quando

Brama a tirou, pela primeira vez, desse imenso turbilhão de fogo do qual, esperando o seu destino, ela faz parte.

Muitos dentre nós se queixam dessa disposição de Brama e duvido que tenham razão. Nossas almas, destinadas durante uma longa seqüência de séculos a passar de corpo em corpo, seriam quase sempre infelizes se elas se lembrassem do que foram. Aquela, por exemplo, que depois de ter animado o corpo de um rei encontra-se no de um réptil ou no de um desses mortais obscuros que a grandeza de sua miséria torna ainda mais lastimáveis do que os animais mais vis, não sustentaria sem desespero a sua nova condição.

Confesso que um homem que se vê no meio das riquezas, ou elevado à suprema categoria, se tivesse lembranças de ter sido somente um inseto, poderia abusar menos do estado feliz ou brilhante em que a bondade de Brama o colocou. Considerando, contudo, o orgulho, a dureza, a insolência dessas pessoas nascidas na inferioridade e elevadas pela fortuna, podemos acreditar, pela presteza com que perdem a lembrança do seu primeiro estado, que, de um corpo para outro, a sua humilhação se ocultaria ainda mais rapidamente dos seus olhos e em nada influiria sobre a sua conduta.

Aliás, a alma se acharia necessariamente sobrecarregada pelo grande número de idéias que lhe ficariam de suas vidas precedentes e, talvez mais afetada pelo que teria sido do que pelo que seria, se descuidaria dos deveres que o corpo que ela ocupa lhe prescreve e perturbaria enfim a ordem do universo, em vez de contribuir para ela.

– Meu caro amigo – disse então o Sultão –, que Maomé me perdoe se o que acabais de me dizer não é a moral!

– Sire – respondeu Amanzei –, são reflexões preliminares que, creio, não são inúteis.

– Muito inúteis, sou eu que o afirmo – replicou Schah-Baham – que, assim como me vedes, não gosto da moral e que me faríeis um grande obséquio em deixá-la quieta.

– Executarei as vossas ordens – respondeu Amanzei. – Entretanto, resta-me dizer a Vossa Majestade que, às vezes, Brama permite que nos lembremos do que fomos, sobretudo quando ele nos infligiu alguma pena singular, e a prova disso é que me lembro perfeitamente de ter sido um sofá.

– Um sofá! – exclamou o Sultão. – Ora, vamos, isso é impossível! Pensais que sou uma avestruz, fazendo-me esse tipo de contos? Tenho vontade de mandar vos queimar um pouco, para vos ensinar a me dizer, e de modo afirmativo, semelhantes banalidades.

– Vossa clemente Majestade está de mau humor hoje – disse a Sultana. – Está no seu augusto caráter não duvidar de nada e ele não quer acreditar que um homem possa ter sido um sofá. Isso não é pertinente às suas idéias habituais.

– Pensais isso? – replicou o Sultão, aterrorizado pela objeção. – Parece-me, entretanto, que não estou errado. Não que eu não pudesse, contudo... Mas, por Deus, tenho razão! Conscienciosamente, não poderia acreditar no que diz Amanzei. Será portanto de graça que sou muçulmano?

– Perfeitamente! – respondeu a Sultana. – Pois bem! Escutai Amanzei e não acrediteis nele.

– Ah, sim – retomou o Sultão –, não é absolutamente porque a coisa é inacreditável que precisarei não acreditar nela, mas porque, mesmo se fosse verdadeira, não devo acreditar nela. Compreendo bem: isso faz uma diferença. Fostes portanto um sofá, meu filho? Isso se constitui numa aventura terrível! Ei, diga-me, éreis bordado?

– Sim, Sire – respondeu Amanzei –, o primeiro sofá

no qual minha alma entrou era cor-de-rosa bordado de prata.

– Tanto melhor! – disse o Sultão. – Deveríeis ser um móvel bastante bonito. Enfim, por que Brama vos fez sofá e não uma outra coisa? Qual era a astúcia dessa brincadeira? Sofá! Isso não me entra na cabeça!

– Era – respondeu Amanzei – para punir a minha alma dos seus desregramentos. Em qualquer corpo que ele a tivesse posto, não havia razão para ficar contente e, sem dúvida, ele acreditou me humilhar mais fazendo-me sofá do que me fazendo réptil. Lembro-me que, ao sair do corpo de uma mulher, minha alma entrou no de um jovem. Como ele era afetado, galante, intrigante, difamador, grande conhecedor de futilidades, ocupado unicamente com as suas roupas, toaletes e com outras pequenas insignificâncias, ela mal percebeu que mudara de moradia.

– Gostaria muito – interrompeu Schah-Baham – de saber um pouco o que fazíeis quando éreis mulher. Deve ser um detalhe muito curioso. Sempre pensei que as mulheres tinham idéias singulares. Não sei se me faço entender bem, mas quero dizer que se tem dificuldade em adivinhar o que elas pensam.

– Talvez – respondeu Amanzei – ficaríamos mais esclarecidos quanto a isso se pensássemos que tivessem menos sagacidade. Parece-me que, quando era mulher, zombava muito daqueles que me atribuíam idéias ponderadas, enquanto somente o momento me fazia tê-las, que procuravam razões onde eu tomara leis unicamente do capricho e que, por querer me aprofundar demais, nunca entravam em mim. Era verdadeira no tempo em que passava por falsa; acreditavam que eu era galante no instante em que era terna; era sensível e imaginavam que era indiferente. Quase sempre me atribuíam um caráter que não era o meu ou que acabava de deixar de sê-lo. As pessoas interessadas em me conhecer o máximo, com quem eu dissimulava o mínimo, às quais mesmo, levada por minha indiscrição natural ou pela violência dos meus ímpetos, eu revelava os segredos mais íntimos da minha vida ou os sentimentos mais verdadeiros do meu coração, não eram aquelas que mais acreditavam em mim ou que me compreendiam melhor; elas somente queriam me julgar segundo o plano que tinham feito, enganavam-se continuamente e acreditavam ter me conhecido bem, quando tinham me definido segundo a sua vontade.

– Oh, eu sabia – disse o Sultão. – Jamais se conhece bem as mulheres e, como dizeis, por mim, há muito tempo renunciei a isso. Mas deixemos esse assunto: ele aguça muito o espírito e é a causa de me terdes feito um grande preâmbulo com o qual não tinha o que fazer e de não terdes respondido ao que eu perguntava. Parece-me que eu queria saber o que fazíeis quando éreis mulher.

– Do que eu fazia então – respondeu Amanzei – ficou-me uma idéia muito imperfeita. Aquilo de que mais me lembro é que eu era galante na minha juventude, que eu não sabia odiar nem amar; que, nascida sem caráter, era alternadamente o que queriam que eu fosse ou o que os meus interesses e meus prazeres me forçavam a ser; que depois de uma vida muito desregrada acabei me tornando hipócrita e que finalmente morri, ocupando-me, apesar do meu ar austero, daquilo que, no decorrer da minha vida, mais me divertira.

Aparentemente, foi pelo gosto que eu tivera pelos sofás que Brama teve a idéia de encerrar a minha alma num móvel dessa espécie. Ele quis que ela conservasse nessa prisão todas as suas faculdades, sem dúvida menos para suavizar o horror do meu destino do que para me fazê-lo sentir melhor. Acrescentou que minha alma somente começaria uma nova carreira quando duas pessoas se dessem mutuamente sobre mim as suas primícias.

– Aqui está – exclamou o Sultão – um monte de trapalhadas, para dizer que...

– O senhor não vai ter a bondade de nos explicar isso? – perguntou a Sultana.

– Por que não? – retomou ele. – Gosto bastante das coisas claras. Contudo, se não tiverdes a minha opinião, consinto que Amanzei seja tão obscuro quanto quiser. Graças ao Profeta, jamais ele o será para mim!

– Restavam-me muitas idéias, tanto do que eu fizera quanto do que vira – continuou Amanzei – para sentir que a condição na qual Brama queria me conceder uma nova vida me reteria por muito tempo no móvel que ele escolhera como prisão para mim. Mas a permissão que ele me deu para me transportar, quando eu quisesse, de sofá em sofá, acalmou um pouco a minha dor. Essa liberdade punha na minha vida uma variedade que devia torná-la menos tediosa. Aliás, a minha alma era tão sensível aos ridículos de outrem que, quando ela animava uma mulher, tanto o prazer de entrar nos lugares mais secretos quanto o de estar como terceiro nas coisas que se acreditaria serem as mais ocultas compensou-a do seu suplício.

Depois que Brama pronunciou a sua sentença, ele próprio transportou a minha alma para um sofá que um operário ia entregar a uma mulher de categoria, que passava por ser extremamente bem comportada; mas, se é verdade que há poucos heróis para as pessoas que os vêem de perto, posso dizer também que, para os seus sofás, existem muito poucas mulheres virtuosas.

CAPÍTULO II

Que não agradará a todo mundo

Um sofá jamais foi um móvel de sala de espera, e colocaram-me na casa da dama a quem eu ia pertencer num gabinete separado do resto do seu palácio e onde, dizia ela, em geral ia somente para meditar sobre os seus deveres e se entregar a Brama com menos distração. Quando entrei nesse gabinete, foi-me difícil acreditar, pela maneira pela qual estava decorado, que jamais servisse salvo para exercícios tão sérios. Não que fosse suntuoso, nem que algo ali parecesse muito rebuscado; à primeira vista, tudo parecia mais nobre do que galante. Mas, considerando-o atentamente, encontrava-se ali um luxo hipócrita, móveis de uma certa comodidade, enfim, esse tipo de coisas que a austeridade não inventa e das quais não está acostumada a se servir. Parecia-me que eu mesmo estava com uma cor muito alegre para uma mulher que ostentava o fato de estar tão longe da coqueteria.

Pouco tempo depois que eu estava no gabinete, a minha dona entrou. Olhou-me com indiferença, pareceu contente, mas sem me louvar em demasia e, com um ar frio e distante, mandou o operário embora. Logo que se viu sozinha, essa fisionomia sombria e severa se abriu. Vi uma outra postura e outros olhos; ela me testou com um cuidado que me anunciava que não pensava fazer de mim um móvel de simples exibição. Esse teste voluptuoso e o ar terno e alegre que inicialmente tomara quando se vira sem testemunhas, nada me tiravam da alta consideração que se tinha dela em Agra.

Eu sabia que essas almas que acreditamos serem tão perfeitas sempre têm um vício favorito, em geral combatido, mas quase sempre triunfante; que elas parecem sacrificar prazeres que, algumas vezes, somente saboreiam com mais sensualidade e que, enfim, em geral elas fazem a virtude consistir menos na privação do que no arrependimento. Disso concluí que Fatme era preguiçosa e então eu teria me repreendido por levar minhas idéias mais longe.

A primeira coisa que ela fez depois do que acabo de dizer foi abrir um armário arrumado com muito segredo na parede e, com arte, escondido de todos os olhares. Dali tirou um livro. Desse armário passou para um outro onde vários volumes estavam expostos com fausto; ali também pegou um livro que jogou sobre mim com ar de desdém e tédio e voltou, com aquele que inicialmente escolhera, para mergulhar em toda a maciez das almofadas que me cobriam.

– Dizei-nos um pouco, Amanzei – interrompeu o Sultão –, ela era bonita, a sua mulher racional?

– Sim, Sire – respondeu Amanzei –, ela era bela, mais do que parecia. Sentia-se mesmo que, com menos modéstia, esses ares desvanecidos que, na verdade, inspiram o desprezo mas que excitam os desejos, ela poderia não ter sido inferior a qualquer pessoa. Os seus traços eram belos mas sem efeito, sem vivacidade e somente exprimiam esse ar fútil e desdenhoso sem o qual as mulheres desse gênero acreditariam não ter uma fisionomia virtuosa. Tudo nela, inicialmente, denunciava o abandono e o desprezo por si mesma. Embora fosse bem feita, arrumava-se mal, e se andava de forma nobre é porque uma conduta lenta e pausada convém a pessoas ocupadas com os assuntos mais sérios. O ódio que testemunhava pelas bijuterias não chegava até essa negligência que, quase sempre, torna as mulheres virtuosas desagradáveis. Suas roupas eram simples, de cores sombrias, mas em sua modéstia encontrava-se nobreza e qualidade. Ela tinha mesmo cuidado para que elas não pudessem roubar nada da elegância do seu corpo e, sob o aparato da austeridade, era fácil observar que ela gostava da decência mais rebuscada e mais sensual.

O livro que ela pegara por último não me pareceu ser o que mais a interessava. Entretanto era uma espessa coletânea de reflexões compostas por um brâmane. Seja porque acreditou estar farta das que ela mesmo fazia ou que aquelas não dissessem respeito aos assuntos que lhe agradassem, ela não se dignou a ler duas e logo abandonou esse livro para pegar aquele que tirara do armário secreto e que era um romance cujas situações eram delicadas e as imagens vivas. Essa leitura me parecia tão pouco dever ser a de Fatme que eu não podia me recuperar da minha surpresa. "Sem dúvida", disse a mim mesmo, "ela quer se provar e sabe até que ponto a sua alma está fortalecida contra todas as idéias que podem levar à perturbação nas dos outros."

Sem adivinhar então o motivo que a fazia agir de um modo tão contrário aos princípios que acreditava serem os dela, somente presumia que ela tivesse uma boa razão. Pareceu-me contudo que esse livro a animava. Os seus olhos tornaram-se mais vivos; ela o deixou, menos para perder as idéias que ele lhe dava do que para abandonar-se a ele com mais volúpia. Voltando enfim do devaneio em que ele a lançara, ela ia retomá-lo, quando ouviu um barulho que a fez escondê-lo. Em todo caso, ela se armou da obra do brâmane: sem dúvida ela a achava melhor para mostrar do que para ler.

Um homem entrou, mas com um ar tão respeitoso que, apesar da nobreza de sua fisionomia e da riqueza de suas vestimentas, inicialmente eu o tomei por um dos escravos de Fatme. Ela o recebeu com tanta aspereza, falou-lhe tão duramente, pareceu tão chocada com a sua presença, tão entediada com os seus discursos, que comecei a crer que esse homem tão maltratado somente podia ser o seu marido. Não estava enganado. Ela rejeitou por muito tempo e com aspereza os veementes pedidos que ele lhe fez para deixá-lo junto dela e enfim somente consentiu nisso para acabrunhá-lo com o detalhe inoportuno de suas faltas, pretendendo que ele incessantemente as cometia. Esse marido, o mais infeliz de todos os esposos de Agra, recebeu essa impaciente correção com uma doçura da qual eu me indignava por ele. A opinião que tinha da virtude de Fatme não era a única coisa que o tornava tão dócil. Fatme era bela e, embora parecesse pouco se preocupar em inspirar desejos, entretanto ela os inspirava. Por menos amável que quisesse parecer aos olhos do seu marido, ela despertou a sua ternura. O amante mais tímido e que falasse de amor pela primeira vez à mulher da sociedade que ele mais temesse ficaria mil vezes menos embaraçado do que esse marido ficou para dizer à sua mulher a impressão que ela lhe causava. Ele a apressou ternamente e com respeito a responder ao seu ardor. Ela se defendeu durante muito tempo de má vontade e enfim cedeu como se defendera.

Por mais persistência que ela lhe recusasse tudo, o que poderia tê-lo feito pensar que ela não tinha pelo que ele lhe exigia a mais forte repugnância, acreditei perceber que ela era menos insensível do que queria parecer. Os seus olhos se animaram, ela ficou com um ar mais atento, suspirou e, embora com indolência, tornou-se menos ociosa. Entretanto, não era o seu marido que ela estava amando. Não sei quais eram então as idéias de Fatme, mas seja porque o reconhecimento a tornou mais doce, seja porque queria animar o seu marido para novas atenções, propósitos bastante ternos, embora graves e comedidos, sucederam esse tom duro e ralhador com o qual se armara ao vê-lo. É visível que ele não descobriu o motivo ou que não ficou tocado por isso e não está menos visível que a sua frieza ou a sua distração desagradaram a Fatme. Sem sentir, ela iniciou uma discussão. Num instante viu no seu marido os vícios mais odiosos. Que costumes horríveis ele tinha! Que devassidão! Que dissipação! Que vida! Finalmente ela o sobrecarregou com tantas injúrias que, apesar de toda a sua paciência, ele foi obrigado a deixá-la. Fatme ficou aborrecida com a sua partida. A perturbação dos seus olhos, menos obscura para mim do que o havia sido para esse marido, mostrou-me que não era absolutamente por sua ausência que ela gostaria de ter sido acalmada, antes mesmo que algumas palavras singulares que pronunciou, quando se viu sozinha, tivesse me posto completamente a par do que ela pensava sobre isso.

Como essa mulher, o exemplo e o terror de todas as de Agra, que todas odeiam e que contudo todas gostariam de imitar, diante de quem a menos contida de suas paixões se via obrigada pelo menos a ser hipócrita, como essa mulher teria tranqüilizado pessoas, se elas pudessem, como eu, vê-la na solidão e na liberdade do gabinete!

– Deveras – disse o Sultão – será que era uma mulher que, no fundo... como existem as que fazem de conta... É que, pelo menos, isso acontece! Não se deve pensar, absolutamente, que seja uma coisa tão pouco comum quanto a que quero dizer. Estais me entendendo bem, espero.

– Pela maneira como Sua Majestade se explica – retomou Amanzei – não é muito difícil adivinhar o que ela deseja e, sem querer me gabar de ter muita argúcia, ouso pensar que compreendi.

– Sim! – disse o Sultão, rindo. – Pois bem! Vejamos, o que é que eu estava pensando?

– Que Fatme não era nada menos do que aquilo que queria parecer – respondeu Amanzei.

– É isto ou morro! – interrompeu o Sultão. – Continuai, realmente sois muito espirituoso.

– Fatme, aparentemente, fugia dos prazeres – continuou Amanzei – e isso somente para se entregar a eles com mais segurança. Ela não pertencia ao número dessas mulheres imprudentes que, tendo dado a sua juventude ao brilho, à dissipação, aos jovens que o capricho põe na moda, deixam numa idade mais avançada a pintura do rosto e os ornamentos e, depois de terem sido por muito tempo a vergonha e o desprezo do seu século, querem se tornar o seu exemplo e o seu ornamento, mais desprezíveis afetando virtudes que não têm do que o eram pela audácia com que expunham os seus vícios. Não, Fatme fora mais prudente. Bastante feliz por ter nascido com essa falsidade que a necessidade de se disfarçar e o desejo de se fazer estimar inspiram nas mulheres (desejo que nem sempre é o primeiro que elas concebem), cedo ela sentiu que é impossível se esquivar dos prazeres sem viver nos tédios mais cruéis e que uma mulher, contudo, não pode se entregar a eles abertamente, sem se expor a uma vergonha e a perigos que sempre os tornam amargos. Dedicada à impostura desde a mais tenra juventude, ela pensara menos em corrigir as tendências viciosas do seu coração do que disfarçá-las sob a aparência da mais austera virtude. A sua alma, naturalmente... diria eu voluptuosa? Não: não era o temperamento de Fatme. Sua alma era levada para os prazeres. Pouco delicada, mas sensual, ela se entregava ao vício e não conhecia absolutamente o amor. Ainda não tinha vinte anos; há cinco estava casada e há mais de oito antecipara-se ao casamento. O que, normalmente, seduz as mulheres não fazia nenhum efeito sobre ela. Um aspecto amável, muito espírito, talvez lhe inspirassem desejos; mas ela não cedia. Os objetos de suas paixões eram escolhidos entre pessoas não suspeitas, comprometidas por seu gênero de vida a calar os seus prazeres ou entre aqueles cujo estado inferior os esquiva das suspeitas do público, que a liberalidade seduz, que o temor detém no silêncio e que, aparentemente devotados aos empregos mais vis, algumas vezes não parecem menos apropriados aos mais doces prazeres do amor. Fatme, de resto, maldosa, colérica, orgulhosa, abandonava-se sem perigo ao seu caráter. Não havia mesmo um defeito que ela não utilizasse com sucesso para a sua reputação. Altiva, imperiosa, dura, cruel, sem consideração, sem fé, sem amizade, o zelo por Brama, a tristeza que o desregramento dos outros lhe causava, o desejo de reconduzi-los a si mesmos, encobriam e honravam esses vícios. Era sempre com uma finalidade tão boa que ela causava prejuízos! Era vingativa de forma tão santa! A sua alma era tão pura! Qual o meio de suspeitar de um coração tão correto, tão sincero, de ser conduzido nos seus ódios por qualquer motivo que pudesse lhe ser pessoal!

CAPÍTULO III

Que contém fatos pouco verossímeis

Após a saída do seu marido, Fatme ia recomeçar a sua leitura quando entrou um velho brâmane, seguido de duas velhas, das quais se dizia consolador e de quem era o tirano. Fatme levantou-se e os recebeu com um ar tão modesto, tão recolhido, que era impossível não ser enganado. O velho brâmane precisou mesmo impedi-la de se prosternar diante dele, mas foi com um ar orgulhoso que me descreveu muito bem a importância que ele dava a si mesmo; parecia tão contente com o que ela fazia por ele, tão persuadido mesmo que merecia ainda mais, que me foi impossível não rir dentro de mim mesmo da tola vaidade desse ridículo personagem.

Era muito difícil que entre pessoas de um mérito tão raro a conversa não fosse às custas de outrem. Não que os que vivem na dissipação em geral não falem mal dos outros, mas, ocupados mais com os ridículos do que com os vícios, a maledicência para eles não passa de um divertimento e eles não são absolutamente perfeitos o suficiente para dela fazer um dever. Às vezes prejudicam, mas nem sempre têm a intenção de fazê-lo, ou pelo menos a sua leviandade e o gosto pelos prazeres não lhes permitem conservá-la por muito tempo, nem pensar em usá-la em proveito próprio. Essa maneira áspera e pesada de falar mal dos outros, e que achamos tão necessária para corrigi-los, que, sem esse prisma, pareceria condenável, lhes é desconhecida; eles...

– Será que isso vai demorar muito? – interrompeu o Sultão, encolerizado. – Não vedes que estais repetindo as vossas reflexões patifes?

– Mas, Sire – respondeu Amanzei –, existem ocasiões em que elas são indispensáveis.

– E eu afirmo – replicou o Sultão – que isso não é verdade; e quando for... Numa palavra, já que é para mim que fazem contos, pretendo que os façam segundo a minha fantasia. Diverti-me e trégua, por favor, com todas essas morais que não acabam mais e que me dão enxaqueca. Gostais de passar pelo bom falante: mas, droga! Colocarei uma boa ordem nisso e, palavra de Sultão, juro que matarei o primeiro que ousar me fazer uma reflexão. Veremos agora como vos saireis disso.

– Preservando-me das reflexões – respondeu Amanzei – uma vez que elas não têm a felicidade de agradar a Vossa Majestade.

– Está muito bem – disse o Sultão. – Continuai!

– Jamais se é sensível ao prazer de falar mal dos outros que não se seja também ao de falar bem de si mesmo. Fatme e as pessoas que estavam em sua casa tinham muita razão em se estimar muito para não desprezar todos aqueles que não se assemelhavam a elas. Esperando que aprontassem tudo o que lhes era necessário para representar, elas começaram uma conversa que em nada desmentiu os seus temperamentos. Entretanto o velho brâmane falou bem de uma mulher que Fatme conhecia e o elogio lhe desagradou. Entre todas as coisas contra as quais ela se irritava, o amor era o que lhe parecia mais digno de censura. Que uma mulher amasse, tivesse aliás as qualidades mais estimáveis, nada podia salvá-la do ódio de Fatme, mas que se tivesse os vícios mais desonrosos e mais odiosos e que não fosse possível dar nome ao seu amante, para ela era uma pessoa respeitável e cuja virtude não se poderia reverenciar o suficiente.

Infelizmente a mulher que o brâmane louvava estava no caso em que se merecia a indignação de Fatme.

– Uma mulher perdida – disse ela com um tom áspero – pode merecer os vossos elogios? – O brâmane se defendeu dizendo que ignorava que ela tivesse costumes tão condenáveis e Fatme o instruiu caridosamente sobre as razões que a faziam desprezá-la.

– Não tenho dúvidas, Fatme – disse-lhe então uma das mulheres que estavam em sua casa –, de que, generosa e inclinada ao bem como sois, sejais infinitamente sensível ao que vou vos informar. Nahami, essa Nahami cuja perda tanto deploramos juntos, Nahami, cansada dos seus erros, repentinamente acaba de deixar a sociedade: ela não se pinta mais.

– Pena! – exclamou Fatme – como ela é louvável se esse retorno for sincero! Mas, madame, sois boa e as pessoas de vosso caráter são facilmente enganadas. Sinto isso por mim mesma. Quando se nasceu com essa retidão de coração, essa candura que tendes, não se imagina que alguém seja bastante infeliz para absolutamente não tê-las. Pensando bem, é um belo defeito julgar excessivamente bem os outros. Mas, para voltar a Nahami, não poderia me impedir de temer que, no fundo da alma, pertencendo inteiramente à sociedade, ela não tenha abjurado sinceramente os seus erros. Larga-se a pintura com mais facilidade do que os seus vícios, e em geral se toma um ar mais reservado, mais modesto, menos para começar a entrar na virtude do que para se impor à sociedade pelos desregramentos aos quais ainda se está ligado.

– Meu caro amigo – disse Schah-Baham bocejando –, essa conversa é mortal para mim! Por amor a mim, não a acabe. Essas pessoas me extenuam a um ponto que não posso descrever. Conscientemente, isso não aborrece a vós mesmo? Em boa graça, fazei-os ir embora!

– Com muito prazer, Sire! – respondeu Amanzei. – Depois de ter levado o mais longe que pôde a conversa sobre Nahami, voltou às maledicências gerais e, em menos de um instante, eu soube de todas as aventuras de Agra. Em seguida elogiaram-se mutuamente, puseram-se a jogar tristemente, isto continuou com todo o amargor e toda a mesquinhez possível, e saíram.

– Estava impaciente – disse o Sultão. – Acabais de me socorrer consideravelmente. Vós me dais a palavra de que elas não voltarão, aquelas pessoas?

– Sim, Sire – respondeu Amanzei.

– Pois bem! – retomou o Sultão. – Para provar que sei recompensar os serviços que me prestam, eu vos faço Emir. Aliás, sois vós que bordais bem, trabalhais com ardor, creio que vos saireis bem do vosso conto, enfim... Tudo isso me dá prazer e depois é preciso encorajar o mérito!

O novo Emir, depois de render graças ao Sultão, continuou assim:

– Apesar do ar afável de Fatme, acreditei perceber que a visita dessas três pessoas provocou nela o mesmo efeito que em Vossa Majestade e que, se ela tivesse sido a sua amante, teria empregado o seu dia em outros divertimentos diferentes dos que elas lhe haviam proporcionado.

Logo que elas saíram, Fatme se pôs a sonhar profundamente, mas sem tristeza, os seus olhos se enterneceram, eles vagaram languidamente pelo gabinete. Parecia que ela desejava fortemente alguma coisa que não tinha ou da qual temia usufruir. Finalmente, ela chamou.

Ouvindo a sua voz, um jovem escravo de rosto mais fresco do que agradável se apresentou. Fatme, fixando-o com olhos em que reinavam o amor e o desejo, pareceu contudo indecisa e temerosa.

– Fecha a porta, Dahis – disse-lhe enfim. – Vem, estamos sozinhos, sem perigo podes te lembrar que te amo e me provar a tua ternura!

Com essa ordem, Dahis, deixando o ar respeitoso de um escravo, tomou aquele de um homem a quem se faz feliz. Ele me pareceu pouco delicado, pouco terno, mas vivo e ardente, devorado por desejos, não conhecendo absolutamente a arte de satisfazê-los por etapas, ignorando a galanteria, não sentindo nada de certas coisas, não detalhando nada, mas ocupando-se essencialmente de tudo. Não era um amante e para Fatme, que não procurava a diversão, era alguma coisa mais necessária. Dahis fazia elogios de forma grosseira, mas o pouco de finura dos seus elogios não desagradava a Fatme, que, contanto que lhe provassem vigorosamente que ela inspirava desejos, sempre acreditava estar sendo suficientemente bem louvada.

Fatme se compensou com Dahis da reserva com a qual se forçara com o seu marido. Menos fiel às severas leis da decência, os seus olhos brilharam com um fogo mais ardente. Ela distribuiu profusamente a Dahis os nomes mais ternos e as mais ardentes carícias. Longe de lhe subtrair algo de tudo o que ela sentia, entregava-se a toda a sua perturbação. Mais tranqüila, ela fazia Dahis observar todas as belezas que ela abandonava para ele e o forçava mesmo a lhe pedir novas provas de sua condescendência e que ele próprio não teria desejado.

Dahis, contudo, parecia pouco tocado. Os seus olhos paravam estupidamente sobre os objetos que a fácil Fatme lhe apresentava. Era de forma maquinal que eles lhe causavam impressão. A sua alma rude nada sentia, o prazer nem mesmo se insinuava até ela. Entretanto, Fatme estava contente. O silêncio de Dahis e a sua estupidez não chocavam em nada o seu amor-próprio e ela tinha razões muito boas para crer que ele era sensível aos seus encantos, para não preferir o seu ar indiferente aos elogios mais ousados e aos mais fogosos arroubos de um almofadinha.

Fatme, abandonando-se aos desejos de Dahis, anunciava suficientemente que ela tinha tão pouca delicadeza quanto virtude e não exigia dele essa vivacidade nos arroubos, essas ternas insignificâncias que a finura da alma e a polidez das maneiras tornam superiores aos prazeres ou que, melhor dizendo, são eles próprios.

Dahis saiu finalmente, depois de ter bocejado mais de uma vez. Era uma dessas pessoas infelizes que, jamais pensando alguma coisa, também jamais têm algo a dizer, e que são melhores para serem entretidas do que ouvidas.

Por uma pequena idéia que as diversões de Fatme me tivessem dado sobre ela, confessarei que, depois da retirada de Dahis, pensei que, não lhe restando mais nada no que pudesse meditar nesse gabinete, ela logo sairia dali. Estava enganado: era sobre esse tipo de meditação uma mulher incansável. Não fazia muito tempo que ela estava inteiramente entregue a esse tipo de reflexões de que Dahis lhe fornecera matéria tão ampla, quando lhe aconteceu fazer novas reflexões.

Um brâmane sério, mais jovem, viçoso e com uma dessas fisionomias cujo jeito sóbrio não destrói a vivacidade, entrou no seu gabinete. Apesar do seu hábito de brâmane, pouco feito para encantar, era fácil observar que ele era torneado de modo a dar idéias a mais de uma pessoa recatada, assim ele era o brâmane de Agra mais procurado, o mais consolador e o mais empregado. Ele falava tão bem! – diziam. Era com tanta doçura que ele insinuava nas almas o gosto pela virtude! O meio, sem ele, de não se extraviar! Eis o que falavam dele em público. Logo veremos sobre o que em particular deviam-lhe elogios e se aqueles que se lhe faziam mais alto eram os que ele melhor merecia.

Esse feliz brâmane aproximou-se de Fatme com um ar melífluo e empolado, mais enfadonho do que galante. Não que não procurasse ares leves, mas copiava mal os que tomava como modelos e o brâmane transparecia em meio à máscara que ele tomava emprestado.

– Rainha dos corações – disse a Fatme com afetação – hoje estais mais bela dos que os seres felizes destinados ao serviço de Brama! Elevais a minha alma a um êxtase que tem algo de celeste e que eu gostaria muito de vos ver partilhar!

Fatme, com um ar lânguido, respondeu-lhe no mesmo tom e, como o brâmane não mudava nada, estabeleceu-se entre eles uma conversa muito terna, mas na qual o amor falava uma língua bem estranha e aparentemente pouco feita para ele. Sem as suas ações, duvido que alguma vez tivesse compreendido os seus discursos.

Fatme, que naturalmente fazia muito pouco caso da eloqüência e que, apesar do que dissesse, não estimava muito a do próprio brâmane, foi a primeira a se entediar com o sentimento. O brâmane, ao qual ele não agradava mais do que a ela, logo o abandonou também e essa conversa tão enfadonha, tão melíflua acabou como a de Dahis começara.

É verdade, contudo, que Fatme, fazendo as mesmas coisas, era mais cuidadosa com as aparências. Ela queria igualmente parecer delicada e que o brâmane pudesse acreditar que ela cedia somente ao amor.

O brâmane, que pelo caráter e pela aparência se assemelhava bastante a Dahis, em nada ficou inferior a ele e mereceu todos os cumprimentos que continuamente lhe prodigalizava a complacente Fatme. Depois de terem dado à sua ternura o que ela exigira deles, ridicularizaram a virtude, entretiveram-se com o prazer que existe em enganar os outros e deram-se mutuamente lições de hipocrisia. Essas duas pessoas odiosas finalmente se separaram e Fatme foi desesperar o seu marido e exibir as suas mortificações.

Enquanto estive em casa dela não conheci quaisquer outras maneiras de entreter as suas horas vagas senão aquelas que contei a Vossa sempre Augusta Majestade.

Por mais prudente que fosse, Fatme às vezes se esquecia. Num dia em que, sozinha com o brâmane, ela se entregava aos seus arroubos, o seu marido, que o acaso conduziu à porta do gabinete, ouviu suspiros e certos termos que o espantaram. As ocupações públicas de Fatme deixavam imaginar tão pouco suas diversões particulares que duvido que o seu marido, inicialmente, adivinhasse de quem partiam os suspiros e as estranhas palavras que acabavam de atingir os seus ouvidos.

Finalmente, seja porque pensou ouvir a voz de Fatme, seja porque somente a curiosidade o fez desejar se esclarecer sobre essa aventura, ele quis entrar no gabinete.

Para a infelicidade de Fatme, a porta não estava bem fechada e ele a arrombou com um só golpe.

O espetáculo que fulminou os seus olhos o surpreendeu a tal ponto que, com a sua fúria suspensa, durante alguns instantes pareceu-lhe duvidar do que estava vendo e não sabia o que decidir.

– Pérfidos! – exclamou enfim. – Recebei o castigo devido aos vossos vícios e à vossa hipocrisia!

Com essas palavras, sem escutar Fatme nem o brâmane, que tinham se precipitado aos seus pés, ele os fez expirar sob os seus golpes.

Por mais horroroso que fosse esse espetáculo, ele não me tocou. Ambos tinham merecido a morte para que pudessem ser lastimados e fiquei encantado com o fato de que uma catástrofe tão terrível informasse a toda Agra o que tinham sido as duas pessoas que por muito tempo ali se considerara como modelos de virtude.

CAPÍTULO IV

Onde se verão coisas que se poderia muito bem não ter previsto

Depois da morte de Fatme, minha alma levantou vôo e foi para um palácio vizinho, onde tudo parecia mais ou menos estabelecido como naquele que estava abandonando. No fundo, entretanto, ali se pensava de um modo bem diferente.

Não que a dama que o habitava entrasse nessa idade em que as mulheres um pouco sensatas, quando não condenam a galanteria como um vício, pelo menos a olham como um ridículo. Ela era jovem e bela e não se podia dizer que amava a virtude somente porque não era absolutamente feita para o amor. Por seu ar simples e modesto, pelo cuidado que tinha em fazer boas ações e escondê-las, pela paz que parecia reinar no seu coração, dever-se-ia pensar que ela nasceu tal como aparentava. Bem comportada, sem constrangimento e sem vaidade, não considerava uma dificuldade ou um mérito seguir os seus deveres. Jamais a vi, por um instante, triste ou rabugenta. A sua virtude era doce e tranqüila, não considerava um direito seu atormentar nem desprezar os outros e, quanto a isso, era muito mais reservada do que o são essas mulheres que, tendo tudo para se censurarem, não encontram contudo ninguém isento de censura. O seu espírito era naturalmente alegre e ela não procurava diminuir a sua jovialidade. Sem dúvida, não acreditava, como muitas outras, que jamais se é mais respeitável do que quando se é muito entediante. Ela não falava mal de ninguém e, apesar disso, sabia divertir. Persuadida de que tinha tanta fraqueza quanto as outras, sabia perdoar as que descobria nelas. Nada lhe parecia vicioso ou criminoso a não ser o que efetivamente o é. Não se privava das coisas permitidas para somente se permitir, como Fatme, as coisas proibidas. A sua casa não tinha fausto, mas era conservada de maneira nobre. Todas as pessoas de bem de Agra tinham a honra de ali serem admitidas, todos queriam conhecer uma mulher de caráter tão raro, todos a respeitavam e, apesar da minha perversidade natural, finalmente me vi forçado a pensar como eles.

Quando entrei na casa dessa dama, ainda estava de tal forma tomado pela falsidade de Fatme que inicialmente não duvidava de que ela fizesse as mesmas coisas e, à primeira vista, confundi a mulher virtuosa com a hipócrita. Jamais via entrar um escravo ou um brâmane sem acreditar que me colocariam na conversa e por muito tempo fiquei espantado por ser ali considerado como nada.

O ócio ao qual me condenavam nessa casa finalmente me entediou e, persuadido de que seria em vão esperar que me dessem assunto para observações, abandonei o sofá dessa dama, encantado por me convencer de que existiam mulheres virtuosas, mas desejando muito pouco encontrá-las semelhantes a essa.

A minha alma, para variar os espetáculos que o seu estado atual podia lhe proporcionar, ao abandonar esse palácio, não quis entrar num outro e precipitou-se numa casa bastante feia, escura, pequena e de tal ordem que inicialmente duvidei se haveria razão para ali me asilar. Penetrei num quarto triste, mobiliado abaixo do medíocre e no qual, contudo, fiquei muito feliz por encontrar um sofá que, desbotado, danificado, testemunha bem o fato de que era às suas custas que os outros móveis que o acompanhavam foram adquiridos. Antes de saber em casa de quem eu estava, essa foi a primeira idéia que me veio e, quando o soube, não mudei de opinião.

De fato, esse quarto servia de retiro para uma moça bastante bonita e que, sendo, por origem e por si mesma, o que chamamos de má companhia, algumas vezes contudo via as pessoas que, dizem, compunham a boa. Era uma jovem dançarina que acabava de ser recebida entre as do Imperador e cuja fortuna e reputação ainda não estavam feitas, embora conhecesse em particular quase todos os jovens senhores de Agra, que ela cumulava com as suas bondades, e estes lhe assegurassem a sua proteção. Por mais que lhe tivessem prometido, duvido mesmo que sem um administrador dos domínios do Imperador que tomou gosto por ela a fortuna tivesse mudado de cara tão cedo.

Abdalathif é o nome desse administrador, por sua origem e pelo seu mérito pessoal, não fazia uma conquista brilhante. Era naturalmente rústico e brutal e, a partir de sua fortuna, acrescentara a insolência aos seus outros defeitos. Não que não quisesse ser polido, mas, persuadido que um homem como ele honra alguém quando lhe dispensa atenções especiais, assumira essa polidez fria e seca das pessoas de uma certa posição, que neles consente-se em chamar de dignidade, mas que em Abdalathif era o cúmulo da tolice e da impertinência. Nascido na mais profunda obscuridade, não somente a tinha esquecido mas mesmo não havia nada que não fizesse para se dar uma origem ilustre. Ele coroava o seu capricho desempenhando eternamente o papel de senhor. Fútil e insolente, a sua familiaridade ultrajava tanto quanto a sua altivez. Ignóbil e sem gosto em sua magnificência, nele ela não passava de um ridículo a mais. Com pouco espírito e menos educação ainda, não havia nada no que não acreditasse se reconhecer e do que não quisesse decidir. Todavia, tal como era, tratavam-no com deferência, não que ele pudesse prejudicar, mas sabia tornar as coisas obrigatórias. As maiores figuras de Agra com assiduidade eram complacentes com ele e o bajulavam, e mesmo as suas próprias mulheres estavam a ponto de perdoá-lo das impertinências que, com elas, ele levava ao excesso, ou de nada recusar aos seus desejos. Por mais em voga que estivesse em Agra, algumas vezes era bem fácil repousar das enormes solicitudes das mulheres qualificadas e procurar prazeres que, por serem menos brilhantes, nem por isso eram menos ardentes e (segundo o que ele tinha a insolência de dizer) em geral nada mais perigosos.

Foi numa noite que, saindo da casa do Imperador, diante de quem Amine dançara, esse novo protetor levou-a de volta para casa. Ele passeou no seu triste e sombrio alojamento olhares orgulhosos e distraídos, depois, mal se dignando a levantar os olhos para ela:

– Não estais bem aqui – disse-lhe ele. – É preciso vos tirar daqui. Tanto por mim quanto por vós é que desejo que estejais convenientemente alojada. Zombariam de mim se uma moça com quem me meto não estivesse de um modo a se fazer respeitar.

Depois dessas palavras, sentou-se sobre mim e, puxando-a bruscamente para si, tomou todas as liberdades que queria com ela, mas, como tinha mais libertinagens do que desejos, elas não foram excessivas.

Amine, que eu vira altiva e caprichosa com os senhores que iam à sua casa, longe de tomar ares familiares com Abdalathif, tratava-o com um extremo respeito e nem mesmo ousava olhá-lo a não ser quando ele parecia desejar que ela o fizesse.

– Vós me agradais muito – disse ele enfim –, mas quero que tenhamos juízo. Nada de pessoas jovens; modos, uma conduta regrada: sem tudo isso não seríamos bons amigos por muito tempo. Adeus, pequena – acrescentou, levantando-se – amanhã ouvireis falar de mim. Não tendes absolutamente móveis para que hoje se possa cear convosco; vou providenciar isso. Bom dia!

Com essas palavras, ele saiu. Amine reconduziu-o respeitosamente até a porta e voltou sobre mim, para se entregar a toda a alegria que lhe causava a sua boa sorte e contar com a sua mãe os diamantes e as outras riquezas que no dia seguinte ela esperava da generosidade de Abdalathif.

Essa mãe que, embora mulher honrada, era a mais complacente das mães, exortava a sua filha a se conduzir com juízo na felicidade que agradava a Brama lhe enviar e, comparando o estado em que estavam ao que elas iam se encontrar, fazia mil reflexões sobre a providência dos deuses que jamais abandona os que a merecem.

Depois disso, ela fez um longa enumeração dos senhores que foram amantes de sua filha.

– Quão pouco a amizade deles vos foi útil, minha

filha! – dizia-lhe ela. – Assim, é mesmo culpa sua! Por mil vezes já vos disse, nascestes muito doce. Ou vos dais por pura indolência, o que é um grande vício; ou, o que não vos vale mais e vos deu grandes ridículos, ficais fantasiando. Não digo que não nos satisfaçamos algumas vezes. Deus me livre! Mas não é preciso se sacrificar de tal forma aos seus prazeres, que se negligencie a sua fortuna. Sobretudo é preciso evitar que se tenha a possibilidade de dizer que uma moça como vós possa algumas vezes se entregar ao amor, e neste ponto, infelizmente, destes razões para se falar. Enfim, sois ainda muito jovem e espero que isso não vos prejudique muito. Nada perde tanto as pessoas de vossa condição do que essas leviandades que ouvi chamarem de complacências gratuitas. Quando se sabe que uma moça tem o infeliz hábito de se dar algumas vezes por nada, todo mundo acredita ser feito para tê-la ao mesmo preço ou, pelo menos, barato. Vede Roxane, Atalis, Elzire: elas não têm uma fraqueza a se censurar, assim Brama abençoou a sua conduta. Menos bonitas do que vós, vedes como são ricas! Aproveitai bem o exemplo delas, são moças bem racionais.

– Está bem! minha mãe, sim – respondeu Amine, a quem essa exortação tornava impaciente –, pensarei nisso. Mas a senhora me aconselharia, entretanto, a pertencer somente ao monstro que atualmente tenho? Isso é impossível, estou avisando.

– Na realidade, não – respondeu a mãe –; em relação ao coração, não se é a dona dele. Estou dizendo simplesmente que deveis renunciar aos senhores da Corte, a menos que os vejais *incógnito* e que tenham para convosco melhores modos dos que o tiveram até agora. Se quiserdes, eu falarei com eles, eu. Tendes Massoud, que amais, é uma boa escolha. Ninguém o conhece, ele se presta para tudo, vós o fazeis passar por vosso parente, tomam-no por isso e não há nada a dizer. Esse senhor que vos quer bem, se enganará, como os outros: conduzindo-vos com prudência, ele não duvidará de nada e...

– A senhora acredita, minha mãe – interrompeu Amine – que ele me dará diamantes? Ah, sim, ele me dará. Não que eu tenha vaidade – acrescentou ela –, mas quando se tem uma boa posição, tem-se muito prazer em ser como todo mundo!

Quanto a isso, ela se pôs a contar todas as moças que ficariam desesperadas tanto com os diamantes quanto com os belos vestidos que ela teria: idéia que a lisonjeava mais do que a sua própria fortuna.

No dia seguinte, bem cedo, um carro veio buscá-la e a minha alma, curiosa em ver o uso que Amine faria dos conselhos de sua mãe, a seguiu.

Conduziram-na a uma bonita casa inteiramente mobiliada, que Abdalathif tinha numa rua escondida. Ali chegando, instalei-me num sofá magnífico que puseram num gabinete extremamente ornado. Jamais vi alguém numa admiração tão tola quanto a que Amine testemunhava por tudo o que ali se oferecia aos seus olhos. Depois de examinar tudo cuidadosamente, ela foi se colocar no seu toucador. Os vasos preciosos com os quais o viu coberto, um porta-jóias cheio de diamantes, escravos bem vestidos que, com ar respeitoso, apressavam-se em servi-la, comerciantes e operários que aguardavam as suas ordens, tudo a arrebatava e aumentava o seu êxtase.

Quando voltou um pouco a si, pensou no papel que devia representar diante de tantos espectadores. Falou aos seus escravos com altivez, aos comerciantes e aos operários com impertinência, escolheu o que quis, ordenou que tudo o que queria estivesse pronto, no mais tardar, para o dia seguinte, voltou para o seu toucador, ali permaneceu por muito tempo e, esperando as magnificências que lhe eram destinadas, vestiu-se com um roupão suntuoso que fora feito para uma princesa de Agra e que ela mal achou suficientemente belo para ela.

Passou a maior parte do dia ocupando-se de tudo o que via e esperando Abdalathif. Finalmente, no fim de tarde, ele apareceu.

– Pois bem, pequena! – disse-lhe. – Como vos sentis com tudo isto?

Amine precipitou-se aos seus pés e, nos termos mais ignóbeis, agradeceu-lhe por tudo o que estava fazendo por ela.

Estava surpreso, eu que até então estivera em boa companhia, com tudo o que atingia o meu ouvido. Não que jamais tivesse ouvido tolices, mas pelo menos elas eram elegantes e nesse tom nobre com o qual parece que quase não se as diz.

CAPÍTULO V

Melhor para passar do que para ler

Antes de entabular uma conversa mais longa, Abdalathif tirou do bolso uma bolsa comprida cheia de ouro, que jogou numa mesa com ar negligente.

– Segure forte – disse-lhe ele. – Tereis pouca necessidade disso. Encarrego-me de toda a despesa de vossa casa e de vossa pessoa. Eu vos enviei um cozinheiro: depois do meu, é o melhor de Agra. Com freqüência penso cear aqui. Nem sempre estaremos sozinhos: senhores amigos meus, com algumas pessoas cultas, a quem empresto dinheiro, virão algumas vezes. A isso acrescentaremos vossas companheiras, as mais bonitas, claro: isso tornará as ceias alegres, gosto delas.

Com essas palavras, ele a conduziu ao pequeno gabinete onde eu estava, e a mãe de Amine, essa mulher respeitável, que até ali estava presente na conversa, retirou-se e fechou a porta.

– Não é de uma conversa dessas – disse Amanzei interrompendo-se – que prestarei contas exatas a Vossa Majestade. Amine ali pareceu completamente terna e viva até o arrebatamento. Abdalathif tivera o cuidado de lhe dizer antes que as mulheres reservadas nos seus discursos o desagradavam e, com a vontade que Amine tinha de agradar-lhe, a sua educação e os hábitos que contraíra, Vossa Majestade, sem dificuldade, imagina que ele disse propósitos que seria difícil reconstituir-lhe e que, aliás, não a lisonjeariam.

– Por que isso? – perguntou o Sultão. – Talvez eu os achasse muito bons. Vejamos!

– Vede! – disse a Sultana, levantando-se. – Mas, como estou certa de que eles não me divertiriam, achareis bom que eu saia.

– Ora vejam isso! – exclamou o Sultão. – A bela modéstia! Talvez pensais que vou perder uma dessas? Perdei as esperanças! Agora conheço as mulheres e, aliás, lembro-me que um homem que as conhecia tão bem quanto eu, ou mais ou menos, disse-me que as mulheres não fazem nada com tanto prazer a não ser o que lhes é proibido, e que somente gostam dos discursos que parece que não devem escutar; conseqüentemente, se sairdes não é porque tendes vontade de sair. Mas não importa, Amanzei me dirá quando eu me deitar o que não quereis que ele me diga agora. Com isso, precisamente, não perderei nada, não é?

Amanzei estava longe de discordar que o Sultão tivesse razão e, depois de ter exagerado a prudência de sua conduta, continuou assim:

– Depois da conversa de Abdalathif e de Amine, que foi mais longa do que interessante, serviu-se a refeição. Como eu não estava na sala de jantar, não posso, Sire, vos relatar o que ali disseram. Voltaram muito tempo depois. Embora tivessem ceado a dois, pareceu-me que não tinham ficado mais sóbrios. Depois de alguns discursos muito ruins, Abdalathif adormeceu no seio de sua dama.

Amine, por mais complacente que fosse, inicialmente achou ruim que Abdalathif tomasse tão grandes liberdades com ela. A sua vaidade sofria também do pouco caso que ele parecia fazer dela. Os elogios que lhe fizera sobre a maneira pela qual ela mantivera a conversa que tiveram haviam-na deixado orgulhosa e a faziam acreditar que merecia um esforço dele para conversar ainda com ela. Apesar das atenções que devia a Abdalathif, aborreceu-se com a coação em que ele a retinha e irrefletidamente teria demonstrado a sua tristeza se Abdalathif, abrindo pesadamente os olhos, não lhe tivesse perguntado, num tom brusco, que horas eram. Ele se levantou sem esperar a sua resposta.

– Adeus! – disse-lhe, acariciando-a brutalmente. – Mandarei vos dizer se amanhã puder cear aqui.

Com essas palavras, quis sair. Por mais que Amine tivesse vontade que ele a deixasse livre, pensou dever retê-lo. Embora levasse a falsidade até chorar pela sua partida, ele foi inexorável e livrou-se dos braços de Amine, dizendo-lhe que tinha prazer que ela o amasse, mas que não pretendia ser incomodado.

Logo que ele saiu, ela tocou a campainha, honrando-o em tom baixo com todos os epítetos que ele merecia. Enquanto a despiam, sua mãe veio lhe falar baixo. A notícia que dava a Amine fê-la apressar as suas escravas; finalmente ordenou que a deixassem sozinha. Poucos momentos depois que sua mãe e as suas escravas se retiraram, a primeira voltou. Ela trazia um negro malfeito, horrível de ser visto e que Amine contudo não percebera antes, que ela veio beijar com arrebatamento.

– Amanzei – disse o Sultão –, se tirásseis aquele negro de vossa história, penso que ela não seria pior.

– Não vejo no que ele a estraga, Sire – respondeu Amanzei.

– Eu vos direi, eu – replicou o Sultão –, pois não tendes espírito para vê-lo. A primeira mulher do meu avô Schah-Riar dormia com todos os negros do seu palácio. Graças a Deus, foi uma coisa bastante notória. Como conseqüência disso, meu supracitado avô não-somente mandou estrangular aquela, mas todas as outras que ele teve depois, até a minha avó Sherazade, que o fez perder esse hábito. Portanto, acho bastante desrespeitoso que, depois do que aconteceu na minha família, se venha me falar de negros, como se eu não tivesse que ter nenhum interesse nisso. Eu vos deixo passar esse, uma vez que ele veio, mas que não venha mais, por favor!

Amanzei, depois de ter pedido desculpas ao Sultão por sua irreflexão, continuou assim:

– Ah, Massoud – disse Amine ao seu amante –, como sofri por ficar dois dias sem te ver! Como odeio o monstro que me obceca! Como se é infeliz em se sacrificar à sua fortuna!

A tudo isso, Massoud respondia muito poucas coisas. Disse-lhe contudo que, embora a amasse com toda a delicadeza possível, não ficava aborrecido pelas atenções de Abdalathif para com ela. Em seguida exortou-a a fazer tudo o que fosse conveniente para arruiná-lo e, entregando-se depois a todo o furor das carícias de Amine, começaram uma espécie de conversa em que a alegria de enganar Abdalathif aumentava ainda mais a vivacidade. Antes de sair do gabinete, ela pagou muito generosamente Massoud pelo extremo amor que este lhe testemunhara.

Passou com ele a maior parte da noite e o mandou finalmente de volta quando viu nascer o dia; e a mãe de Amine, que por uma porta do seu aposento, que dava no da sua filha, ali o introduzira, fê-lo sair pelo mesmo caminho.

Amine passou a manhã experimentando todas as roupas que encomendara e ordenando a feitura de outras. Foi o seu divertimento até a hora marcada para ir dançar na casa do Imperador. Foi levada para ali por Abdalathif; eram seguidos por algumas jovens companheiras de Amine, por algumas jovens *omrahs* e por três das mais renomadas pessoas cultas de Agra. Eles se empenharam pela vontade de louvar a magnificência de Abdalathif, o seu gosto, o seu ar nobre, a delicadeza do seu espírito e a segurança de sua sabedoria. Eu não concebia como pessoas que, por sua origem ou o seu talento, conservavam uma posição privilegiada podiam se perdoar a baixeza e a falsidade dos seus elogios. Eles nem mesmo esqueciam de louvar Amine; mas, na verdade, era de uma maneira que deveria fazê-la sentir que ela não passava de uma subalterna e que, sem o que se queria obsequiar a Abdalathif, ter-se-ia sido com ela tão familiar quanto o que pouco se procurava parecer. Depois dos louvores de Abdalathif, cada um se dispersou no salão com quem lhe agradou. A conversa era, segundo os que falavam, ora viva, ora insípida, e no total pareceu-me que se tratava com pouca deferência as damas que deviam cear em casa de Amine e que elas não se achavam absolutamente ofendidas.

Finalmente desceu-se para cear. Como não havia abrigo para a minha alma no lugar onde se comia, não pude ouvir os discursos ali feitos. Julgando pelos que precederam a ceia e os que a seguiram, não se podia lastimar não estar ao alcance de ouvi-los.

Abdalathif, afogado no vinho, embriagado pelos elogios que o mérito descoberto em seu cozinheiro tornara mais vivos e mais numerosos, não demorou nada para adormecer. Um jovem, que tinha grande interesse que ele deixasse logo Amine em condições de dispor dela, ousou mesmo despertá-lo para lhe observar que um homem como ele, encarregado dos maiores negócios e tão necessário ao Estado quanto o era, podia às vezes permitir que os prazeres o distraíssem, mas não devia jamais se abandonar a eles. Finalmente provou tão bem a Abdalathif o quanto ele era caro ao príncipe e ao povo que o convenceu a não poder demorar em ir se deitar, sem que o Estado corresse o risco de ali perder o seu apoio mais firme.

Ele saiu e todo mundo com ele. Alguns olhares que surpreendera entre Amine e o jovem, que tão bem acabara de passar um sermão em Abdalathif, fizeram-me acreditar que logo voltaria a vê-lo. Ela começou a sua toalete com um ar displicente e, livre desse acompanhamento esplêndido, mais incômodo ainda para os prazeres do que o é para o amor-próprio, ordenou que a deixassem sozinha.

A respeitável mãe de Amine, finalmente conquistada pelo relato que o jovem lhe fizera sobre os seus sofrimentos (pois não poderia acreditar que uma alma tão bela pudesse ter sido sensível ao interesse), introduziu-o discretamente no aposento de sua filha e somente se retirou depois que ele lhe afirmou não fazer a Amine nenhuma proposta que pudesse alarmar o pudor de uma jovem bem comportada e modesta.

– Na verdade – disse Amine ao jovem, quando ficaram sozinhos – é preciso que eu vos ame com muita ternura para ter me decidido a fazer o que estou fazendo!

Pois, enfim, estou enganando um homem de bem, que na verdade não amo absolutamente, mas a quem contudo deveria ser fiel. Estou errada, sinto bem isso: mas o amor é uma coisa terrível, e o que hoje ele me faz fazer está bem longe do meu caráter.

– Eu vos sou muito mais reconhecido – respondeu o jovem, querendo beijá-la.

– Oh, por isso – replicou ela, repelindo-o – eis o que não quero vos permitir: confiança, sentimento, prazer em vos ver, eu vos prometi isso, mas se fosse mais longe trairia o meu dever.

– Mas, minha filha – disse-lhe o jovem –, estás ficando louca? Que jargão é esse de que te serves? Certamente, acredito que tens todo o sentimento do mundo; mas para que queres que ele nos sirva? Será para isso que vim aqui?

– Vós vos enganastes – respondeu ela – se esperastes de mim alguma coisa diferente. Embora não ame absolutamente o senhor Abdalathif, fiz voto de lhe ser fiel e nada pode me fazer faltar a isso.

– Ah, pequena rainha – recomeçou o jovem, zombando –, para começar, que fizestes um voto, não tenho nada a dizer, isso é respeitável e, pela raridade do fato, eu te permito permanecer fiel a ele. Eh! diga-me, fizestes muitos votos parecidos em tua vida?

– Não zombeis! – respondeu Amine – sou muito escrupulosa.

– Oh, não me espantas nada! – replicou ele. – Vós, moças, por pouco que sejais públicas, ficais todas cheias de escrúpulos e geralmente tendes mais do que as mulheres virtuosas. Mas a propósito do teu voto, terias igualmente feito bem em me informar há pouco e de não me fazer me dar ao trabalho de vir passar a noite aqui!

– É verdade – respondeu ela com um jeito embaraçado –, mas me fizestes propostas tão brilhantes que inicialmente elas me deslumbraram, confesso.

– Eh! – perguntou ele. – A reflexão as estragou, portanto? Olha – prosseguiu ele puxando uma bolsa –, aqui está o que te prometi; sou homem de palavra; aqui dentro existe o suficiente para curar os teus escrúpulos e te desligar de todos os votos que pudestes fazer. Concorda com isso, pelo menos!

– Como sois simplório! – respondeu ela, tomando-lhe a bolsa. – Vós me conheceis bem pouco! Eu vos juro que sem a inclinação que sinto por vós...

– Acabemos com isso! – interrompeu ele. – Para te provar o quanto sou nobre, eu te dispenso dos agradecimentos e mesmo dessa prodigiosa inclinação que tens por mim: ainda por cima, no trato que fizemos juntos, ela não me serviu para nada. Estou te pagando mesmo tão caro como se fosse o primeiro e sabes que isso não está nas normas.

– Parece-me que se – respondeu Amine – eu fizer uma perfídia por vós e...

– Se eu não te pagasse – interrompeu ele – senão na proporção do que ela te custa, eu te respondo que te teria por nada. Mas, uma vez mais, acabemos com isso. Embora tenhas tanto espírito quanto se possa ter, a conversa me aborrece.

Por mais impaciência que mostrasse, não pôde impedir Amine, que era a própria prudência, de contar o dinheiro que acabara de lhe dar. Não, dizia ela, que desconfiasse dele, mas ele próprio poderia ter se enganado. Enfim, ela somente se entregou aos seus desejos quando teve a certeza de que ele não cometera nenhum erro de cálculo.

Quando o dia já ia nascer, a mãe de Amine voltou e disse ao jovem que estava na hora de se retirar. Ele não tinha exatamente a mesma opinião, embora Amine lhe pedisse para ter a bondade de zelar por sua reputação. Essa consideração certamente não o teria abalado e, apesar dos seus apelos, ele teria ficado se Amine não lhe tivesse prometido conceder no futuro tantas noites quantas pudesse roubar de Abdalathif.

Além de Abdalathif, Massoud e esse jovem com quem, às vezes, ela mantinha a palavra, Amine, que reconhecera a utilidade dos conselhos que sua mãe lhe dera, recebia indiferentemente todos os que a achavam bastante bela para desejá-la, contanto que fossem bastante ricos para fazê-la aceitar os seus suspiros. Bonzos, brâmanes, imãs, militares, cádis, homens de todas as nações, de todos os gêneros, de todas as idades, nada era rejeitado. É verdade que, como ela tinha princípios e escrúpulos, custava mais para os estrangeiros, sobretudo àqueles que ela olhava como infiéis, do que para os seus compatriotas e para os que seguiam a mesma lei que ela. Somente ao preço de dinheiro eles podiam vencer as suas repugnâncias e, depois que ela se dera, triunfar sobre os seus remorsos. Quanto a isso, ela fizera mesmo alguns arranjos singulares. Havia cultos que ela tinha mais horror do que a outros e sempre me lembrarei que custou mais a um guebro, para dela obter complacências, do que custara em semelhante caso a dez maometanos.

Seja porque Abdalathif estivesse muito persuadido do seu mérito para acreditar que Amine pudesse ser infiel, seja porque, de forma igualmente ridícula, ele contasse com os juramentos que ela lhe fizera de jamais pertencer senão a ele, por muito tempo ficou com ela na mais perfeita segurança e, sem um acontecimento imprevisto, embora não fosse inédito, é visível que ele teria ficado sempre mergulhado ali.

– Compreendo bem – disse então o Sultão. – Alguém lhe disse que ela era infiel.

– Não, Sire – respondeu Amanzei.

– Ah, sim – retomou o Sultão –, vejo agora que era uma coisa completamente diferente; dá para adivinhar; ele próprio a surpreendeu.

– Nada disso, Sire – recomeçou Amanzei –; ele teria ficado muito feliz em se desobrigar por tão pouco.

– Não sei mais do que se tratava, portanto – disse Schah-Baham. – No fundo, não tenho nada a ver com isso e não tenho necessidade de esquentar a cabeça para adivinhar alguma coisa que não me interessa.

CAPÍTULO VI

Não mais extraordinário do que divertido

Chegara o momento fatal em que todas as grandezas, as riquezas que Amine possuía iam se desvanecer. Pelo menos, para se consolar da sua perda, restava-lhe a lembrança de um belo sonho e Abdalathif, supondo que tivesse sonhado, não sonhara de forma tão agradável quanto ela.

Já há alguns dias, eu observara que Amine estava mais triste do que o normal. De noite, a sua casa estava fechada e de dia ela via somente Abdalathif. Escreveram-lhe muitas cartas e todas a haviam entristecido. Perdia-me em reflexões para adivinhar o que ela poderia ter e, não podendo descortiná-lo, fui suficientemente imbecil para acreditar que somente os remorsos pelos quais estava agitada causavam a tristeza que ela parecia ter.

Embora o conhecimento que tinha do seu caráter devesse me proibir essa idéia, a dificuldade em descobrir a causa de sua inquietação me fez formá-la. Não levei muito tempo para ver que me enganara quanto a tudo o que havia imaginado.

Numa manhã, Amine, com jeito embaraçado, pensativo, sombrio, fazia a sua toalete. Abdalathif entrou. Ela enrubesceu ao vê-lo. Não estava acostumada a vê-lo de manhã e essa visita inopinada desagradou-lhe. Confusa e tímida, mal ousou levantar os olhos para ele. Pela cara carrancuda de Abdalathif, pelos olhares terríveis que de vez em quando ele lhe lançava, não era difícil pensar que estava atormentado por uma idéia desagradável que, provavelmente, ela ocasionara. Sem dúvida, Amine sabia o que era, pois jamais ousou perguntar-lhe. Ele permaneceu em silêncio por algum tempo.

– Sois bonita! – disse-lhe enfim, com uma fúria irônica. – Sois bonita! Sim, muito fiel! Oh, por Deus, minha rainha, por Deus! Saberão vos ensinar a ser bem comportada e vos colocar em situação em que sereis forçada a sê-lo, pelo menos por algum tempo.

– Que discurso é esse, senhor? – respondeu-lhe Amine com ar altivo. – Será a uma pessoa como eu que, em algum momento, ele pode se dirigir? Medi um pouco as vossas palavras, por favor!

A insolência de Amine, na situação presente, pareceu tão singular a Abdalathif que, de início, ela o confundiu, mas finalmente, vencendo a fúria, ele a encheu com todas as injúrias e com todo o desprezo que acreditava dever a ela. Amine quis se justificar, mas Abdalathif, que, sem dúvida, tinha testemunhas convincentes daquilo que acusava, ordenou-lhe bruscamente que se calasse.

Amine concordou nesse momento que Abdalathif tinha razão para se queixar, mas parecia-lhe tão pouco possível que fosse dela, que custava a acreditar. Por sua vez, ela pensou ter que oprimi-lo com censuras sobre as suas infidelidades, fazer-lhe mesmo repreensões quanto à má escolha que ele fazia: todas coisas que ela não lhe dizia, acrescentou, somente pelo extremo interesse que ela ousava ter para com o que dizia respeito a ele.

Um descaramento tão firme finalmente impacientou Abdalathif ao ponto de fazê-lo pensar em desaparecer completamente. Amine, vendo que ele não se iludia com a sua altivez nem com as suas reprimendas, e temendo, pela fúria em que o via, que essa cena terminasse para ela da maneira mais trágica, finalmente pensou que devia tomar o partido das lágrimas e da submissão. Foi em vão, nada acalmou Abdalathif. Não vos direi o que ele tinha, mas nunca vi um homem tão zangado. A cada momento ele entrava em acessos de fúria durante os quais, sem dúvida, teria quebrado tudo na casa, se o que ali estava não lhe pertencesse. Essa sábia consideração o detinha num estrépito indecente que talvez o tivesse aliviado, e a violência que fazia contra si para se conter quanto a isso aumentava a sua cólera contra Amine. O que mais o ultrajava é que tivesse ousado faltar de maneira tão cruel ao que se devia a um homem como ele. Somente isso parecia-lhe inconcebível.

Depois de ter dito todas as impertinências que a sua fúria e a sua presunção lhe ditavam alternadamente, apoderou-se em geral de tudo o que dera a Amine. Ela esperava ser abandonada e se consolava com isso, lançando de vez em quando os olhos sobre os diamantes e as outras coisas que acreditava que lhe restariam. Mas, quando viu o impiedoso Abdalathif disposto a tudo retomar, ela gritou da forma mais aguda e mais dolorosa. Então a sua mãe entrou, jogou-se mil vezes aos pés de Abdalathif e acreditou acalmá-lo muito confessando-lhe que era um maldito bonzo a causa de tudo o que estava acontecendo.

Longe de enternecer Abdalathif com o que se dizia do bonzo, isto pareceu determiná-lo a usar de todo o rigor possível.

– Infelizmente – acrescentou tristemente a mãe de Amine –, fomos bastante punidas por confiarmos num infiel! Minha filha sabe o que eu pensava e que eu sempre lhe disse que isso somente podia lhe trazer azar!

Durante esses lamentos, Abdalathif, tendo nas mãos uma lista de tudo o que dera a Amine, fazia-se restituir tudo por ordem. Quando isso acabou:

– Quanto ao dinheiro que lhe dei – disse ele a Amine com um ar sério – eu vos deixo. Não dependeu de mim, pequena rainha, que não tivésseis sido mais feliz. Esta mortificação, sem dúvida, vos tornará mais prudente: desejo isso sinceramente. Vamos – acrescentou ele –, não necessito mais de vós aqui. Dai graças a Deus que eu não leve mais adiante a minha cólera!

Com essas palavras, ordenou aos seus escravos que as mandassem sair, não ficando mais emocionado com as injúrias atrozes que então elas vomitavam contra ele do que ficara com as lágrimas que ele as viu derramar.

A curiosidade de ver como Amine usaria a sua humilhação, apesar da repugnância que os seus modos me causavam, fez-me decidir segui-la nesse reduto sombrio de onde Abdalathif a tirara e para onde retornou, escondendo a sua vergonha e a dor de não ter sabido arruiná-lo.

Foi nesse lugar que fui testemunha dos seus arrependimentos e das imprecações de sua virtuosa mãe. Os restos de sua fortuna, que ainda eram consideráveis, finalmente as consolaram pelo que perderam.

– Pois bem, minha filha! – dizia um dia a mãe de Amine. – Será que é uma desgraça tão grande o que vos aconteceu? Concordo que esse monstro que tínheis era a própria liberalidade; mas ele é o único a quem poderíeis agradar? Aliás, se não encontrásseis um único tão rico, acreditaríeis ser infeliz por causa disso? Não, minha filha: onde falta a espécie é preciso se compensar pelo número.

Se quatro não são suficientes para substituí-lo, pegai dez, mesmo mais se for necessário. Talvez me direis que é uma coisa sujeita a acidentes: é verdade. Mas quando nos colocamos acima de nada, que tememos tudo, ficamos no infortúnio e na obscuridade.

Por mais que Amine quisesse aproveitar desses sábios conselhos, o abandono em que se encontrava não lhe permitiu servir-se tão cedo quanto o teria desejado. A sua aventura com Abdalathif dera-lhe tanto em Agra a reputação de uma pessoa pouco segura no comércio que, excetuando-se o fiel Massoud, cuja ternura era a toda prova, durante muito tempo vi em sua casa somente algumas colegas que vinham vê-la, sem dúvida mais para gozar da sua desgraça do que para consolá-la.

O tempo, que apaga tudo, apagara finalmente a opinião ruim que se tinha de Amine. Pensou-se que ela mudara, imaginou-se que as reflexões que lhe deixaram tempo para fazer a teriam curado da fúria de ser infiel. Os amantes voltaram. Um senhor persa, que chegou naquele tempo em Agra e que conhecia as suas anedotas somente de forma medíocre, viu Amine, achou-a bonita e meteu-a na cabeça, tanto mais que um desses homens obsequiosos, que somente se ocupam do nobre cuidado de proporcionar prazeres aos outros, assegurou-lhe que, se ele tivesse a felicidade de agradar a Amine, ele deveria lhe ser tanto mais grato porque seria a primeira fraqueza que ela teria a se reprovar.

Qualquer outro teria achado a coisa impossível. O persa somente a achou extraordinária. Essa novidade o tocou e, com a ajuda do irrepreensível testemunho da virtude de Amine, comprou no preço mais alto os favores que, em Agra, começavam a ser taxados no preço mais baixo e entretanto ainda não eram tão desprezados quanto deveriam tê-lo sido.

Essa triste casa em que Amine morava, ainda uma vez foi abandonada por um palácio imponente, onde brilhava todo o fausto das Índias. Não sei se Amine empregou de modo sábio a sua nova fortuna: a minha alma, rejeitando estudar a sua, foi procurar objetos mais dignos de ocupá-la, no fundo talvez igualmente desprezíveis, mas que, mais embelezados, a revoltavam menos e a divertiam muito mais.

Voei para uma casa que, pela sua magnificência e pelo gosto ali reinante em todos os lados, reconheci como sendo uma daquelas em que gostava de permanecer, onde sempre se acha o prazer e a galanteria e onde o próprio vício, disfarçado sob a aparência do amor embelezado por toda a delicadeza e por toda a elegância possíveis, jamais se oferece aos olhos a não ser sob as formas mais sedutoras.

A dona desse palácio era encantadora e, pela ternura que tinha nos olhos tanto quanto pela sua beleza, julguei que a minha alma ali encontraria diversões. Permaneci por algum tempo no seu sofá sem que ela somente se dignasse ali sentar. Todavia, ela amava e era amada. Perseguida por seu amante, perseguida por si mesma, não havia sinais de que eu lhe fosse sempre tão indiferente quanto ela parecia ter se comprometido.

Quando entrei na sua casa, ele já obtivera a permissão de lhe falar do seu amor mas, embora fosse amável e insistente, e já a tivesse mesmo persuadido, ainda estava bem longe de vencer.

Fenime (é assim que ela se chamava) renunciava à sua virtude com dificuldade, e Zulma, muito respeitoso para ser atrevido, esperava do tempo e dos seus cortejos que ela tivesse por ele tanto amor quanto ele tinha por ela. Melhor informado do que ele das disposições de Fenime, eu não concebia que ele pudesse conhecer tão pouco a sua felicidade. Fenime, na verdade, ainda não lhe dizia que ela o amava, mas os seus olhos sempre o diziam. Estava lhe falando de alguma coisa indiferente? Sem que ela o quisesse, mesmo sem percebê-lo, a sua voz se enternecia, as suas expressões tornavam-se mais vivas. Quanto mais constrangimento ela se impunha com ele, mais ela lhe assinalava o seu amor. Nada do seu amante lhe parecia indiferente: dele, ela temia tudo, e as pessoas que menos amava, aparentemente, eram melhor tratadas do que ele. Algumas vezes ela lhe impunha silêncio e, esquecendo isso na mesma hora, continuava a conversa que quisera terminar. Todas as vezes que a encontrava sozinha (e sem perceber ela lhe dava mil ocasiões), a emoção mais terna e mais acentuada apossava-se dela involuntariamente. Se no decorrer de um encontro longo e animado ocorria que Zulma beijasse a sua mão ou se lançasse aos seus pés, Fenime se assustava, mas não se aborrecia. Era mesmo de forma tão terna que se queixava dos seus atrevimentos!

– E, contudo – interrompeu o Sultão –, ele não os continuava?

– Não, com certeza, Sire – respondeu Amanzei – quanto mais ele estava apaixonado...

– Mais era bobo – disse o Sultão –, dá para ver.

– O amor nunca é mais tímido – retomou Amanzei – do que quando...

– Sim, tímido – interrompeu ainda o Sultão –: eis um belo conto! Será que ele não via que deixava essa dama impaciente? No lugar daquela mulher, eu o teria mandado embora para sempre, eu que estou vos falando!

– Não há dúvida – retomou Amanzei – de que com uma coquete Zulma não estaria perdido, mas Fenime, que realmente desejava não ser vencida, comunicava ao seu amante a sua timidez. Aliás, quanto mais deferência ele tinha para com os escrúpulos de Fenime, mais ele assegurava a sua vitória. Um momento dado pelo capricho, se não é aproveitado, talvez jamais volte, mas quando é o amor que o dá, parece que quanto menos o aproveitamos mais ele se apressa em devolvê-lo.

– Entretanto ouvi dizer – replicou Schah-Baham – que as mulheres não gostam nada que não as adivinhemos.

– Isso pode acontecer algumas vezes – respondeu Amanzei –, mas Fenime pensava de modo diferente e jamais amava tanto Zulma do que quando ele fora mais respeitoso do que ela própria ainda não o desejara.

– E – perguntou ainda o Sultão – acontecia-lhe de se equivocar com freqüência?

– Sim, Sire – respondeu Amanzei –, e às vezes de modo tão grosseiro que era ridículo. Um dia, por exemplo, entrou na casa de Fenime. Há mais de uma hora que, entregue à sua ternura, ela somente se ocupava dele. Ela começara desejando-o fortemente e, com a sua imaginação aquecendo-se por graus, ela se abandonou voluptuosamente à sua desordem. Estava no ponto mais alto quando Zulma se apresentou aos seus olhos. A sua perturbação aumentou, ela enrubesceu mais ao vê-lo. Ah, se ele tivesse adivinhado o que então fazia Fenime enrubescer! Se tivesse mesmo ousado abraçá-la! Mas ele se sentia muito mal com ela por algumas liberdades muito inocentes que na véspera quisera tomar e empregou em lhe pedir perdão o tempo em que ela não teria ficado ofendida com nada.

– Ah, o estúpido! – exclamou o Sultão. – Não é crível que se seja tão bobo!

– Este fato, contudo, não deve vos espantar, Sire – recomeçou Amanzei. – Durante todo o tempo em que fui sofá, vi perderem mais momentos do que vi apreendê-los. As mulheres, acostumadas continuamente a nos esconder o que pensam, ficam sobretudo atentas para nos dissimular os ímpetos que as levam à ternura e uma delas talvez tenha que se gabar do fato de jamais ter sucumbido, devendo menos essa vantagem à sua virtude do que à opinião que dela soube dar.

Lembro-me que, estando em casa de uma mulher célebre por sua rara virtude, ali estive por muito tempo sem nada ver que desmentisse a idéia que se tinha dela no mundo. É verdade que ela não era bonita e que se deve convir que não existem quaisquer mulheres a quem seja mais fácil serem virtuosas do que aquelas a quem faltam atrativos. Esta acrescentava à sua feiúra um caráter de espírito duro e severo, que assustava pelo menos tanto quanto a sua aparência. Embora ninguém tivesse ousado tentar torná-la sensível, de qualquer modo se acreditava ser impossível que ela se tornasse assim. Não sei por qual acaso, um homem mais ousado ou mais caprichoso do que os outros ou que não acreditava na virtude das mulheres, encontrando-se um dia sozinho junto dela, ousou lhe dizer que ele a achava amável. Embora o tivesse dito de modo bastante frio para que não se desse crédito, um discurso tão novo para ela causou-lhe impressão. Ela respondeu modestamente, mas perturbada, que não era absolutamente feita para tais sentimentos. Ele beijou a sua mão; ela estremeceu. O seu jeito embaraçado, o seu rubor, o brilho que imediatamente animou os seus olhos foram garantias seguras da desordem que se levantava na sua alma. Ele lhe repetiu, apertando-a nos braços com arroubo, que ela lhe causava a impressão mais forte. Não sei (enquanto ela continuava a se espantar) como ele fez para lhe provar que dizia a verdade, mas essa modéstia com a qual ela se armara começou a ceder à evidência. De qualquer natureza que fosse a prova que ele lhe oferecia, convencendo-a, ele acabou por subjugá-la. Seja porque assuntos tão novos para ela lhe inspirassem respeito, seja porque nesse momento sentisse cansaço pelo peso da sua virtude, ela mal se lembrou que o decoro pedia-lhe pelo menos que combatesse e ela se entregou com mais presteza do que as mulheres mesmo acostumadas a resistir menos. Esse exemplo e alguns outros do mesmo estilo fizeram-me acreditar que existem muito poucas mulheres virtuosas que não se possa atacar com sucesso e que não existem mulheres mais fáceis para se vencer do que as que têm menos o hábito do amor. Mas vou voltar aos dois amantes cuja história estava contando a Vossa Majestade.

CAPÍTULO VII

Onde se encontrará muita coisa a ser retomada

Uma noite, deixando Fenime, Zulma perguntou-lhe quando poderia revê-la. Embora temesse muito a sua presença, não sabia ficar sem ele; assim, depois de sonhar por algum tempo, ela lhe respondeu que poderia vê-la no dia seguinte.

Fenime, que sentia bem o perigo que corria em ficar sozinha com ele, pensara em ter muita gente à volta e entretanto mandou dizer, no dia do encontro, que ela não estava para ninguém, exceto para Zulma. Parecia-lhe que, quando ele encontrava alguém em sua casa, quanto menos liberdade tivesse de lhe falar do seu amor, por mil coisas imaginadas, mais ele tentava fazê-la compreender que estava perpetuamente preocupado com isso, e na sociedade se é tão sagaz! Ela entendia tão bem Zulma! A maldade dos espectadores não podia lhes dar essa perspicácia que ela devia somente ao amor? Zulma era menos perigoso para ela quando estavam a sós, pois então ele sabia ser respeitoso, enquanto que, diante de testemunhas ele não era prudente o suficiente; portanto, acompanhado, seria preciso vê-lo o menos possível.

Aliás, ele ficava tão triste quando não podia falar com ela! Não havia desumanidade excessiva em privá-la de um prazer que até então ela tinha encontrado tão poucos riscos em lhe conceder?

Todas essas razões haviam feito Fenime decidir, ou pelo menos ela pensava isso, e fundamentava sempre ou nos hábitos ou em coisas que lhe pareciam igualmente sensatas aquilo que somente o amor a fazia fazer em prol de Zulma.

Nesse mesmo dia estivera extremamente tentada a fazer a sua felicidade. Ela se dissera tudo o que pode se dizer a uma mulher que quer vencer a si mesma, sobre o que ela opõe ao seu amor; exagerara para si mesma a constância e os cortejos de Zulma, esse desejo tão premente que ele tinha de agradá-la: ela se lembrava mesmo com prazer que ele sempre preferira ser enganado a ser infiel. Aliás, Zulma era jovem, espirituoso, bem feito, todas as coisas sobre as quais ela pensava não insistir mas que, mesmo assim, não deixavam de ser as que a tocavam mais.

– Quem, diabos, a prendia, então? – perguntou o Sultão. – Esta mulher me irrita!

– Oito anos de virtude – respondeu Amanzei –, oito anos dos quais uma única fraqueza ia lhe tirar todo o mérito.

– De fato – exclamou o Sultão –, aí está o que se chama de uma perda!

– Para uma mulher que pensa, ela é mais considerável do que Vossa Majestade acredita – respondeu Amanzei. – A virtude está sempre acompanhada de uma paz profunda; ela não diverte, mas satisfaz. Uma mulher bastante feliz por possuí-la, sempre contente consigo mesma, jamais pode se olhar senão com complacência; a estima que tem por si é sempre justificada pela dos outros e os prazeres que ela sacrifica não valem os que o sacrifício lhe proporciona.

– Dizei-me um pouco – disse o Sultão –, o senhor acredita que, se tivesse sido mulher, eu teria sido virtuosa?

– Na verdade, Sire – respondeu Amanzei, estupefato com a pergunta –, não sei nada sobre isso.

– Por que não sabeis nada sobre isso? – perguntou o Sultão.

– Mas é crível que se façam tais perguntas? – disse a Sultana.

– Não é à senhora que estou perguntando – replicou ele. – Quero somente que Amanzei me diga se eu teria sido virtuosa.

– Sire, penso que sim – recomeçou Amanzei.

– Pois bem, meu caro! O senhor se engana – retomou Schah-Baham –, eu teria sido exatamente o contrário. De resto, o que digo sobre isso – acrescentou, dirigindo-se à Sultana – não é para vos desgostar por serdes virtuosa, vós. O que penso sobre isso diz respeito somente a mim e pode ser que se eu fosse mulher mudaria de opinião: sobre essa espécie de coisas, cada um pensa como quiser e não forço ninguém.

– O vosso senhor está embaraçado – disse sorrindo a Sultana a Amanzei –, e vos respondo que ele vos será muito grato se continuardes o vosso conto.

– O que ouço não é ruim – replicou o Sultão –, não diriam que sou eu que estou interrompendo?

– Zulma entrou – retomou Amanzei –, e, embora viesse mais cedo do que ela pensava, Fenime não deixou de lhe dizer que ele vinha muito tarde.

– Como estou feliz, Fenime – disse-lhe ele ternamente –, que me acheis culpado!

Somente nesse instante Fenime se apercebeu da força daquilo que acabava de dizer. Ela quis se desculpar e não soube o que responder. Zulma sorriu do embaraço que via nela e ela enrubesceu por tê-lo visto sorrir. Ele lançou-se aos seus pés e beijou-lhe a mão com um ardor extremo. Ela fez um movimento para retirá-la, mas, como ele não fazia esforços para retê-la, ela a devolveu.

Zulma, contudo, dizia-lhe as coisas mais ternas. Ela não lhe respondia, mas o escutava com uma atenção e uma avidez que certamente ela teria se censurado se tivesse podido deslindar os seus impulsos. O seu colo estava um pouco descoberto, ela percebeu que os olhos dele para ali se dirigiam e quis cobri-lo com o seu vestido.

– Ah, cruel! – disse-lhe Zulma.

Essa exclamação bastou para reter a mão de Fenime. Para permitir que Zulma usufruísse do leve favor que lhe concedia, sem poder concluir nada contra ela, fingiu ter algo a ajeitar no penteado. Os olhos de Zulma não puderam, sem se inflamarem, se fixar por muito tempo sobre o objeto que Fenime lhe abandonara. Inicialmente ela se entregou ao prazer de ser admirada por quem amava, os seus olhos ficaram perturbados, olhou Zulma de maneira lânguida e pareceu mergulhada no mais terno devaneio.

– Vamos, Zulma! – disse então o Sultão. – Mas ele não via isso, ele! Ah, a besta cruel!

– Fenime, apesar da desordem que dela se apossava – prosseguiu Amanzei –, percebeu a do seu amante e, temendo igualmente a emoção de Zulma e a sua, levantou-se bruscamente. Ele fez alguns esforços para retê-la e, não tendo mais força para lhe falar, regando a sua mão com prantos que espalhava, tentou fazê-la compreender o quanto estava tocado pela cruel resolução que ela tomava. Tanto respeito acabou comovendo Fenime, mas, como o amor ainda não a vencera completamente, ela triunfou tanto sobre os seus próprios desejos quanto os do seu amante, para ela talvez mais perigosos do que os seus próprios.

Logo que se achou livre dos braços de Zulma, fez-lhe sinal para se levantar; ele obedeceu. Por algum tempo eles se olharam, guardando o silêncio. Fenime disse-lhe enfim que ela queria jogar. Por mais deslocado que esse desejo parecesse a Zulma, ele não sabia resistir às vontades de Fenime e preparou tudo, ele mesmo, com tanta vivacidade como se fosse ele que tivesse desejado o jogo. Essa nova prova de sua submissão tocou extremamente Fenime e eu a vi prestes a lhe pedir perdão por uma fantasia que então ela achava ridícula.

O arrependimento de Fenime não durou tanto tempo quanto seria preciso para a felicidade de Zulma, e quanto mais ela se sentia comovida mais achava que devia esconder a sua perturbação. Pôs-se então a jogar, mas sentiu um tédio que logo a fez saber que o que imaginara contra Zulma, para ela, era um recurso bem fraco. Entretanto não quis acreditar inicialmente que as disposições em que se achava quanto a ele lhe causassem esse langor em que se sentia e, atribuindo-o unicamente ao jogo que escolhera, apressou o seu amante para começar um outro. Ele obedeceu suspirando e mesmo assim ela não ficou menos atormentada. Essa desordem que ela acreditava acalmar, essas ternas idéias com as quais procurava se distrair, pela violência que fazia contra si, pareciam aumentar e dominar mais a sua alma. Abismada em seu devaneio, ela acreditava olhar o seu jogo e se ocupava somente de Zulma.

O ar compenetrado que via nele, os profundos suspiros que ele dava, as suas lágrimas que ela via prestes a correr e que somente o seu respeito por ela parecia ainda reter, acabaram enternecendo Fenime. Inteiramente entregue aos ternos impulsos que ele lhe inspirava, ela se dedicou unicamente a olhá-lo. Seja enfim porque ficou confusa com o estado em que se encontrava ou que não pôde mais sustentar os olhares de Zulma, ela apoiou a sua cabeça na mão. Zulma, assim que a viu nessa atitude, jogou-se aos seus pés. Ou Fenime, muito ocupada, não o viu ou não quis impedi-lo de fazer isso. Ele aproveitou desse momento de fraqueza para beijar a mão que ela tinha livre e a beijou com mais exaltação do que um amante comum sente ao gozar de tudo o que pode torná-lo feliz.

Satisfeito com um favor que, pelo tempo em que estavam juntos, ele ainda não ousava esperar, quis procurar nos olhos de Fenime qual devia ser o seu destino. Ela continuava com a cabeça apoiada na mão. Ele pegou-a docemente e Fenime, descobrindo o rosto, deixou vê-lo coberto por suas lágrimas. Esse espetáculo comoveu Zulma a ponto de fazer ele próprio chorar.

– Ah, Fenime! – exclamou ele, dando um profundo suspiro.

– Ah, Zulma! – respondeu ela ternamente.

Com essas palavras eles se olharam, mas com aquela ternura, aquele ardor, aquela volúpia, aquele desvario que somente o amor, e o amor mais verdadeiro, pode fazer sentir.

Zulma finalmente, com a voz entrecortada pelos suspiros, retomou a palavra:

– Fenime – disse ele com exaltação. – Ah! se for verdade que finalmente o meu amor vos toca e que ainda temeis dizê-lo, deixai pelo menos a cargo desses olhos encantadores, desses olhos que adoro, a liberdade de se explicarem a meu favor.

– Não, Zulma – respondeu ela –, eu vos amo e não me perdoarei de vos suprimir algo de um triunfo que merecestes tão bem. Eu vos amo, Zulma; a minha boca, o meu coração, os meus olhos, tudo deve dizê-lo e tudo vos diz isso... Zulma! meu querido Zulma! Sou feliz somente a partir do momento em que posso vos revelar tudo o que sinto por vós!

Diante de palavras tão doces e tão pouco esperadas, Zulma pensou morrer com a sua alegria. Por maior desvario em que ela o mergulhasse, ele não esqueceu que Fenime podia torná-lo ainda mais feliz. Embora não ignorasse que a confissão que ela lhe fazia o autorizava a realizar mil coisas que até esse momento ele mal ousara imaginar, o respeito que tinha por ela vencendo os seus desejos, ele quis esperar que ela acabasse de decidir o seu destino.

Fenime conhecia muito Zulma para se enganar com o motivo que interrompia o seu empenho. Ela o olhou ainda com uma extrema ternura e, cedendo finalmente aos doces impulsos que a agitavam, precipitou-se para ele com um ímpeto que os termos mais fortes e a imaginação mais ardente jamais poderiam descrever corretamente.

Quanta verdade! Quanto sentimento em seus arroubos! Não, jamais um espetáculo tão enternecedor se apresentara aos meus olhos! Ambos, embriagados, pareciam ter perdido toda a posse dos seus sentidos. Não eram absolutamente esses impulsos momentâneos que o desejo dá, era o verdadeiro delírio, essa doce fúria do amor, sempre buscados e tão raramente sentidos.

– Ó Deuses! Deuses! – dizia de vez em quando Zulma, sem poder dizer mais coisas.

Fenime, por seu lado, abandonada a toda a sua agitação, apertava ternamente Zulma nos seus braços, separava-se deles violentamente para olhá-lo, lançava-se neles novamente, olhava-o ainda uma vez.

– Zulma – disse ela, arrebatada –, ah, Zulma! como conheci tarde a felicidade!

Essas palavras eram seguidas por esse silêncio delicioso ao qual a alma tem prazer em se entregar, quando faltam as expressões ao sentimento que a invade.

Zulma, contudo, tinha ainda muitas coisas a desejar e Fenime, a quem o ardor as tornava nesse momento quase tão necessárias quanto a ele mesmo, longe de querer opor algo aos seus desejos, a eles se entregou cegamente. Parecia mesmo que ele fazia mais por ela do que ela para ele. Quanto mais se defendia contra o seu amor, mais ela acreditava ter que lhe provar o quanto a sua resistência lhe custara e lhe dar uma espécie de satisfação pelos tormentos que o fizera sentir por tanto tempo. Ela teria enrubescido por se armar com essa falsa decência que com tanta freqüência perturba e corrompe os prazeres e que, parecendo pôr incessantemente o arrependimento ao lado do amor, deixa, no seio da própria felicidade, uma felicidade ainda mais doce para ser desejada. A terna, a sincera Fenime teria se sentido culpada para com Zulma se houvesse lhe roubado alguma coisa da própria paixão que ele lhe inspirava. Ela voava diligentemente na frente de suas carícias e, como alguns momentos antes ela julgava resistir a ele, punha então toda a sua glória em convencê-lo mesmo de sua ternura.

Num desses intervalos que, por mais curtos que fossem, eles preenchiam por mil ternas exaltações:

– Fenime – disse-lhe Zulma com o olhar mais apaixonado –, colocais bastante verdade em todos os vossos impulsos, para que algumas vezes eu não devesse acreditar que me amáveis: por que retardastes por tanto tempo essa confissão?

– O meu coração decidiu-se prontamente pelo vosso – respondeu Fenime –, mas a minha razão por muito tempo se opôs aos meus sentimentos. Quanto mais eu me sentia capaz de sentir a paixão mais sincera, mais temia me engajar. Sem ter amado, sentia que exigiria mais ternura do que poderia inspirar. Somente vós me fizestes saber que existem ainda homens capazes de amar; vós me tínheis tocado mas não vencido. Eu vos confessaria, Zulma? Essa virtude que hoje vos sacrifico com tanto prazer, por muito tempo combateu contra vós. Não imaginava, sem desespero, que uma única fraqueza ia me extasiar tanto pela doce certeza de que eu era estimável quanto pela felicidade de ser estimada. Ah, Zulma – acrescentou ela, apertando-o nos braços – como me tornas odiosos todos os momentos que não passei absolutamente a te provar a minha ternura! Quem? eu, Zulma, eu pude resistir a ti! Eu te fiz derramar lágrimas e nem sempre foram as que hoje derramas! Perdoai-me; eu era mais infeliz do que tu mesmo! Sim, Zulma, sempre me censurarei por ter podido acreditar que ser tua não devesse preencher todos os meus votos e me substituir tudo. Tu me amavas e eu podia devanear com a estima dos outros! Ah, posso ainda merecer a tua?

– Sem dúvida, Vossa Majestade adivinha – continuou Amanzei – qual foi a continuação de uma conversa desse tipo. Por mais prazer que ela me tenha dado, ser-me-ia impossível lembrar os discursos dos dois amantes que, enebriados consigo mesmos, se interrogavam e jamais se davam o tempo para responder e cujas idéias, sem ter nenhuma ligação então entre si, somente descreviam a desordem de suas almas e não deviam ter um terço do mesmo encanto que para eles. Fiquei surpreso com a vivacidade da sua paixão e com os recursos que nela encontravam. Eles se separaram somente muito tarde e, mal Zulma tinha saído, Fenime, que lhe consagrara todos os seus momentos, pôs-se a lhe escrever.

Zulma voltou no dia seguinte bem cedo, sempre mais apaixonado, sempre mais ternamente amado, para usufruir aos pés ou nos braços de Fenime os momentos mais deliciosos.

Apesar da minha inclinação em mudar sempre de domicílio, não pude resistir ao desejo de saber se Zulma e Fenime se amariam por muito tempo e essa curiosidade me prendeu em casa dela cerca de um ano; mas vendo enfim que o seu amor, longe de diminuir, parecia tomar novas forças a cada dia, e que eles acrescentaram mesmo a todas as delicadezas, a toda a vivacidade da paixão mais ardente, a confiança e a igualdade da amizade mais terna, fui buscar em outro lugar a minha libertação ou novos prazeres.

CAPÍTULO VIII

Ao sair da casa de Fenime, entrei em outra onde, vendo somente essas coisas que, de tanto serem comuns, não valem a pena serem olhadas, nem contadas, não fiquei por muito tempo. Ainda passei alguns dias sem encontrar, nos diferentes lugares para onde a minha inquietude e a minha curiosidade me conduziram, nada que me divertisse ou que pudesse me parecer novo. Aqui, as pessoas se entregavam por vaidade; acolá, o capricho, o interesse, o hábito, mesmo a indolência eram os únicos motivos das fraquezas de que me tornava testemunha. Com bastante freqüência encontrava esse impulso vivo e passageiro que se honra com o nome de gosto, mas em nenhum lugar voltei a encontrar esse amor, essa delicadeza, essa terna volúpia que, em Fenime, por tanto tempo constituíram a minha admiração e os meus prazeres.

Cansado da vida errante que levava, convencido de que o sentimento com o qual incessantemente queremos parecer estar preenchidos é contudo aquele que menos sentimos, comecei a me aborrecer com o meu destino e a desejar vivamente encontrar essa ocasião que devia terminar o suplício ao qual estava condenado.

– Que costumes! – exclamava eu às vezes. – Não, Brama que os conhece lisonjeou-me com uma vã esperança; ele não acreditou que, com esse gosto desenfreado pelos prazeres que reina em Agra e esse desprezo pelos princípios que ali estão geralmente difundidos, eu pudesse algum dia encontrar duas pessoas como ele as pede, para me chamar para uma outra vida!

Inteiramente entregue a essas penosas reflexões, transportei-me para uma casa onde tudo tinha o ar calmo. Uma moça, de uns quarenta anos, ali habitava sozinha. Embora ainda estivesse bastante bem para, sem ridículo, entregar-se ao amor, ela era bem comportada, fugia dos prazeres ruidosos, via poucas pessoas e parecia mesmo ter procurado menos fazer uma sociedade agradável do que a viver com pessoas que, seja por sua idade, seja pela natureza dos seus empregos, pudessem colocá-la ao abrigo de qualquer suspeita. Assim, em Agra havia poucas casas mais tristes do que a sua.

Entre os homens que iam à sua casa, aquele que ela parecia ver com maior prazer e que também menos a deixava era um homem já de uma certa idade, sério, frio, reservado, mais ainda por temperamento do que por estado, embora fosse chefe de um colégio de brâmanes. Ele era duro, odiava os prazeres e não acreditava que houvesse algum pelo qual a alma do verdadeiro sábio pudesse não ser aviltada. Por esse mau humor, por esse lado exterior sombrio, inicialmente eu o tomei por uma dessas pessoas mais ferozes do que virtuosas, inexoráveis para com os outros, indulgentes para consigo mesmas, e censurando asperamente em público os vícios aos quais elas se entregam em segredo: finalmente o tomei por um falso devoto. Fatme estragara terrivelmente o meu espírito quanto às pessoas cujo lado exterior era bem comportado e regrado. Embora nunca tivesse me iludido, pensando mal deles, enganava-me quanto a Mocles e quando o conheci ele merecia que eu tivesse outras idéias quanto a ele. Sua alma era então direita, e sua virtude, sincera. Toda Agra acreditava que fosse mais bem comportado do que queria parecer. Ninguém duvidava de que a sua aversão pelos prazeres fosse real e que, por mais duros que fossem os seus princípios, ele não os seguisse sempre. Tinha-se de Almaide (é o nome da moça em cuja casa eu estava) idéias igualmente favoráveis. A estreita ligação existente entre ela e Mocles não dera margem a quaisquer suspeitas que lhes fossem desvantajosas e, qualquer que fosse a maldade do público sobre as ligações íntimas, não havia ninguém que não respeitasse a deles e que não acreditasse que ela fosse baseada sobre o gosto que tinham pela virtude.

Mocles vinha todas as noites à casa de Almaide e, estivessem eles acompanhados ou sozinhos, as suas ações eram irrepreensíveis e os seus discursos sábios e comedidos. Normalmente, eles discutiam alguns pontos de moral. Mocles, nessas discussões, fazia sempre brilhar o seu saber e a sua retidão. Somente uma coisa me desagradava: era que duas pessoas, tão superiores às outras e que continham todas as suas paixões em limites tão estreitos, não tivessem absolutamente triunfado sobre o orgulho e que mutuamente elas se propusessem como exemplo. Freqüentemente mesmo, não repousando na estima que tinham um para com o outro, cada um empreendia o seu panegírico e se louvava com uma complacência, um calor, uma vaidade com a qual, certamente, a sua virtude não deveria se orgulhar.

Embora uma casa tão triste me entediasse muito, decidi ali ficar por algum tempo. Não que esperasse ali me divertir um dia ou encontrar a minha libertação. Quanto mais pensava que Almaide e Mocles eram bastante perfeitos para operá-la, menos ousava esperar deles uma fraqueza; mas, cansado ainda das minhas corridas, enojado do mundo, sentindo então com horror a que ponto ele me pervertera, não ficava aborrecido em ouvir falar de moral, seja porque a novidade que ela significava para mim fosse unicamente o que a tornava agradável, ou que nas disposições em que estava, eu a olhasse como uma coisa que podia me ser salutar.

– Ah, realmente! – exclamou o Sultão. – Não estou mais espantado que se me tivésseis sobrecarregado com ela. Vejo onde a tomastes; mas para que não sejais ainda tentado a me mostrar a vossa eloqüência ou vossa memória, reitero as ameaças que vos fiz com tanta prudência no começo do vosso conto. Se fosse menos clemente, não interviria e, com o prazer que tendes em falar, sem dúvida iríeis longe. Mas não gosto do embuste e consinto em vos dizer novamente que nada é menos salutar do que a moral.

– Apesar da rara virtude da qual Almaide e Mocles eram dotados – retomou Amanzei –, algumas vezes eles misturavam à moral descrições do vício um pouco detalhadas demais. Sem dúvida, as suas intenções eram boas, mas não lhes parecia mais prudente se deterem em idéias das quais não poderíamos afastar demais a imaginação, se quiséssemos escapar à perturbação que normalmente elas trazem aos sentidos.

Almaide e Mocles, que não sentiam perigo nisso, ou se acreditavam superiores, não temiam o suficiente dissertar sobre a volúpia. É bem verdade que, depois de terem exposto todos os seus encantos, eles exageravam a sua vergonha e os seus perigos. Concordavam mesmo que a felicidade se encontra somente no seio da virtude, mas concordavam com isso de modo seco e como se fosse uma verdade reconhecida de forma muito geral para ter necessidade de ser discutida. Não era com a mesma rapidez que faziam o exame do prazer; eles se alongavam numa matéria tão interessante e carregavam nos detalhes mais perigosos, com uma confiança com a qual enfim eu ousava esperar que pudessem bem iludir a si mesmos.

Fazia pelo menos um mês que, todas as noites, eles se divertiam com essas descrições vivas que eu pensava serem tão pouco feitas para eles e que, qualquer assunto que tratassem inicialmente, sempre recairiam naquele que deveriam ter evitado. Mocles, cujo humor esses discursos insensivelmente abrandavam, vinha à casa de Almaide mais cedo do que de costume, ali se divertia muito mais e saía mais tarde. Almaide, por seu lado, o esperava com mais impaciência, via-o com mais prazer, escutava menos distraidamente. Quando Mocles chegava em sua casa e havia muita gente, ali ficava com ar constrangido e embaraçado e ela própria não parecia estar mais contente. Finalmente sozinhos, eu observava em seus rostos essa alegria que sentem dois amantes que, por muito tempo perturbados por uma visita inoportuna, finalmente encontram a felicidade de poderem se entregar à sua ternura. Almaide e Mocles aproximavam-se um do outro com empenho, queixavam-se de que não lhes deixavam o tempo suficiente para si mesmos e se olhavam mutuamente com uma extrema complacência. Era mais ou menos a mesma maneira de falar, mas não era mais o mesmo tom. Enfim, eles viviam com uma familiaridade que devia levá-los tanto mais longe quanto se atordoavam com o que a fizera surgir, ou (no que acreditaria mais facilmente) não o compreendiam.

Um dia, Mocles louvou excessivamente Almaide quanto à sua virtude.

– Para mim – disse ela –, não é muito singular eu ter sido bem comportada: numa mulher os preconceitos ajudam a virtude, mas num homem eles a corrompem. É uma espécie de tolice não serdes galantes, em nós é um vício sê-lo. Vós que me louvais, por exemplo, pensando somente como eu, deveis ter merecido contudo mais estima.

– Deixando de examinar as coisas com essa exatidão de raciocínio que as mostra como são – respondeu ele em tom sério –, imaginariam que, de fato, sou mais estimável do que vós e se enganariam. Para um homem, é fácil resistir ao amor e tudo entrega as mulheres a ele. Se não for a ternura que as leva a ele, são os sentidos. Na falta desses dois impulsos, que todos os dias causam tantas desordens, elas têm a vaidade que, por ser a fonte de suas fraquezas menos desculpáveis, talvez mesmo assim não seja a menos comum e – acrescentou ele suspirando e levantando os olhos para o céu – o que é ainda mais terrível para elas, é a perpétua ociosidade na qual definham. Essa indolência fatal entrega o espírito às idéias mais perigosas; a imaginação, naturalmente viciosa, adota-as e as alonga; a paixão que já nasceu adquire mais poder sobre o coração ou, se ele ainda estiver livre de desordem, esses fantasmas de volúpia que gostamos de apresentar o predispõem para a fraqueza. Quando sozinha e abandonada a toda a atividade de sua imaginação, uma mulher persegue uma quimera que a sua ociosidade a obrigou a gerar; para não ser perturbada nesse gozo imaginário, ela afasta todas essas idéias de virtude que a fariam enrubescer pelas ilusões que desenvolve. Quanto menos o objeto que a seduz é real, mais ela pensa ser inútil resistir a ele. É no silêncio, é diante de si mesma que ela é fraca; o que tem ela a temer? Mas esse coração que ela alimenta com ternuras, esses sentidos que ela submete ao hábito da volúpia, será que sempre se contentarão com ilusões? Supondo-se mesmo que ela não procure o que fere mais realmente a virtude, pode ela se gabar que num momento (e que será talvez um daqueles nos quais interiormente ela se perde) em que um amante terno, ardente, solícito, vier gemer ajoelhado diante dela e ali trazer ao mesmo tempo as suas lágrimas e os seus arroubos, ela reencontrará num coração que por tantas vezes ela entregou aos encantos da languidez, esses princípios que, sozinhos, podiam fazê-la triunfar sobre uma ocasião tão perigosa?

– Ah, Mocles – exclamou Almaide enrubescendo –, como é difícil praticar a virtude!

– Sois menos feita do que uma outra para acreditar nisso – respondeu ele –, vós que, com todos os adornos possíveis, nascida para viver no meio dos prazeres, sacrificastes tudo a essa mesma virtude que hoje se sacrifica às próprias coisas que menos pareceriam dever vencê-la.

– Não me gabo absolutamente – replicou ela – por ter chegado à perfeição; mas é verdade que temi tudo, sobretudo essa ociosidade de que acabais de falar, tanto quanto esses livros e esses espetáculos perniciosos que somente podem amolecer a alma.

– Sim, eu sei – retomou ele –, e é a esse cuidado contínuo em vos ocupar que deveis sobretudo o vosso bom comportamento, pois (eu o vejo por nós mesmos) nada nos entrega mais às paixões do que a ociosidade; e se ela nos é inteiramente prejudicial, nós que nascemos menos frágeis, imaginai o que ela pode sobre vós.

– É verdade – replicou ela – que devemos combater tudo.

– Infinitamente mais do que nós – replicou ele –, e era o que estava vos dizendo. Além do mais, é preciso considerar que as mulheres sempre são atacadas e que (se excetuardes algumas, sem pudor e sem princípios que, mesmo sem amar, são as primeiras a dizer que amam), por mais corrompido que se esteja hoje, não nos ocorre ter que combater esses galanteios, esses prantos e essa obstinação que, com tanto sucesso todos os dias empregamos contra as mulheres. Aliás, se acrescentardes às homenagens que lhes prestamos, o exemplo...

– Quanto a isso – imterrompeu ela –, não temos nenhuma vantagem sobre vós. O exemplo deve mesmo tanto mais vos conduzir, que sois galante por estado.

– Isso não é absolutamente verdade para todos os homens – retomou ele –, pois existem muitos a quem o seu próprio estado proíbe esse frenesi da alma, que chamamos prazer de amar: eu, por exemplo, estou neste caso.

– Quando esse prazer não tiver nascido – replicou ela – com sorte suficiente para ficar inacessível às paixões, sempre teríeis...

Aqui Mocles levantou os olhos para o céu, suspirando.

– O quê! – continuou Almaide. – Vos censuraríeis alguma coisa? Ah, Mocles! Se não estais contente convosco, quem poderia ousar estar consigo mesmo? O quê! Teríeis querido conhecer o amor?

– Sim – respondeu ele tristemente –, essa confissão me humilha, mas eu a devo à verdade. É verdade também que não cedi a essa funesta tentação. Confessando-vos que algumas vezes fui obrigado a combater, sem dúvida mostro aos vossos olhos fraquezas das quais, pelo vosso espanto, vejo bem que não me acreditaríeis capaz; mas, tirando-me de um erro que me era desvantajoso, temo vos fazer ainda pensar muito bem de mim. É menos humilhante ser tentado do que é glorioso resistir à tentação. Confiando-vos as minhas fraquezas, sou forçado a vos falar dos meus triunfos. O que perco por um lado parece que queira voltar a ganhar pelo outro, e não sei se devo temer que atribuais ao orgulho uma confissão que somente vos faço para evitar a mentira.

Terminando esse modesto discurso, Mocles baixou os olhos.

– Oh, não arriscais nada comigo – disse-lhe Almaide –, eu vos conheço! Pois bem! algumas vezes, portanto, fostes tentado a sucumbir. Não me espantais: por mais que nos esforcemos em andar com um passo constante em direção à perfeição, jamais chegamos a ela.

– O que dizeis, infelizmente, está mais do que provado – respondeu ele.

– Desgraçadamente! – exclamou ela dolorosamente. – Pensais portanto que tenho tanto para me louvar de mim mesma e que esteja isenta dessas fraquezas das quais vos censurais?

– O quê! – disse-lhe ele. – Vós também, Almaide?

– Confio muito em vós para querer vos esconder algo – retomou ela – e vos confessarei que tive que combater cruelmente. O que, por muito tempo me espantou e que ainda hoje não concebo é que essa perturbação que se apodera dos sentidos e os confunde seja independente de nós mesmos. Cem vezes ela me surpreendeu nas ocupações mais sérias e que, naturalmente, deviam tornar a minha alma menos acessível a ela. Algumas vezes eu a combatia com bastante sucesso; em outros momentos, menos forte contra ela, apesar da minha vontade, ela me subjugava, arrastava a minha imaginação, submetia todas as minhas faculdades. Que esses impulsos vergonhosos subjuguem uma alma que gosta de alimentá-los e que se acha feliz somente quando está em suas presas, isso não me surpreende; mas por que se fica exposto a eles quando se toma o maior, o mais contínuo dos cuidados para aniquilá-los?

– O que se chama de bom comportamento – respondeu Mocles – consiste muito menos em não ser tentado do que em saber triunfar sobre a tentação, e haveria muito pouco mérito em ser virtuoso se, para sê-lo, não se tivesse obstáculos a vencer. Mas, já que estamos falando disso, dizei-me por favor, desde que estais nessa idade em que o sangue, correndo nas veias com menos impetuosidade, vos torna menos suscetível aos desejos, tendes ainda esses impulsos horrorosos?

– Eles são muito menos freqüentes – recomeçou ela – mas ainda estou sujeita a eles.

– Também estou no mesmo caso – respondeu ele, suspirando.

– Mas estamos loucos em falar como o fazemos – disse Almaide enrubescendo –, e essa conversa não é feita para nós.

– Refletindo bem, duvido que deveríamos temê-la muito – respondeu Mocles, sorrindo com um ar frívolo. – É bom desconfiar de si mesmo; mas também nos acreditarmos tão suscetíveis seria ter uma péssima impressão de nós mesmos. Estou de acordo que o assunto que tratamos nos reconduz necessariamente a certas idéias; mas é bem diferente discuti-las visando esclarecê-las ou se seduzir e, sem nos enganarmos, penso, podemos nos responder pelos nossos motivos e nos repousar sobre eles pela nossa tranqüilidade. Aliás, não é necessário que essas espécies de assuntos, tão perigosos para as pessoas que vivem na desordem, possam causar a mesma impressão sobre nós. Em si mesmos, eles não são nada. Pessoas da mais rara virtude às vezes são obrigadas a parar neles, sem que a discussão mais exata sobre essas matérias prejudique a inocência dos seus costumes. Tudo é mal e corrupção para os corações corrompidos, como as coisas que parecem mais contrárias ao bom comportamento não têm poder sobre aqueles que absolutamente não procuram se deleitar com elas.

– Não há dúvida, já que acreditais nisso – respondeu ela –, e estou longe de ter escrúpulos, quando vos parece que não devo tê-los.

– Jamais adivinhareis – disse ele – a curiosidade que me ocupa; não ouso revelá-la, porque penso que é indiscreta, e contudo não posso resistir a ela. Gostaria de saber se algum dia alguém vos fez propostas de um certo tipo, se enfim alguma vez (para vos mostrar por inteiro a minha curiosidade) suportastes os arroubos de algum homem, seja voluntariamente, seja contra a vossa vontade?

Com essa pergunta que Almaide não previra, ela ficou espantada, enrubesceu e pareceu sonhar. Enfim, decidindo-se:

– Mas claro – respondeu ela embaraçada. – E já que quereis saber vos confessarei naturalmente que um dia um jovem doidivanas (pois não quero vos dissimular nada), que, apesar da minha aversão para com os homens, parecia-me bastante amável, encontrando-me sozinha, disse-me esse tipo de galanteios que os homens pensam nos dever, quando ainda não chegamos a essa feliz idade que não lhes inspira por nós senão o respeito ou que somos bastante lamentáveis por ter uma aparência que nos exponha aos seus desejos. Estávamos sozinhos. Respondi-lhe segundo os princípios aos quais me habituara. Longe de que a minha palavra lhe impusesse respeito, ele acreditou que eu procurava menos esquivar-me da sua conquista do que fazê-la valer: ousou mesmo me assegurar que eu o amaria. Imaginais bem que lhe afirmei vigorosamente o contrário. Não sei com que mulheres vivia normalmente esse doidivanas, mas seguramente elas não o habituaram ao respeito. Ele se aproximou de mim e, tomando-me bruscamente nos seus braços, derrubou-me num sofá. Por gentileza, dispensai-me do resto de um relato que feriria o meu pudor e que talvez ainda perturbaria os meus sentidos. Que vos baste saber...

– Não – interrompeu Mocles –, vós me direis tudo: é menos, estou vendo isso (e não o vejo sem estremecer por vós), o temor de emocionar os vossos sentidos ou de ferir o pudor que fecha a vossa boca do que a vergonha de confessar que fostes excessivamente sensível e esse motivo, longe de ser louvável, somente poderia ser muito censurado. Posso, creio mesmo, devo acrescentar ao que vos digo que, se é verdade que temeis que o relato que exijo de vós vos lance numa emoção perigosa, não podeis suprimi-lo nem suavizá-lo sem ser culpada. Portanto, para vós, não tem nenhuma importância o fato de ignorar o poder de certas idéias sobre vós? Ousaríeis contar convosco quando não vos tivésseis posto à prova? Assim, portanto, poupando sempre a vossa alma, sempre ignorais quais são as suas forças! Almaide, acreditai em mim, jamais tememos suficientemente um perigo que não conhecemos e normalmente se cai por ter contado muito consigo mesmo. Não podeis, portanto, pensar muito sobre todas as circunstâncias de vossa história; somente pelo efeito que hoje elas vos farão podereis saber até onde vão os progressos que fizestes no caminho da virtude ou (o que é ainda mais essencial) o que ainda vos resta para ser destruído para chegar a essa aversão total aos prazeres que sozinha faz os virtuosos.

Esse conselho, na boca de Mocles, me surpreendeu; conhecia a sua retidão e o seu saber e não concebia o que, nesse instante, o fazia raciocinar de uma maneira tão contrária aos seus princípios.

– O quê! – disse-me com espanto. – É Mocles, esse sábio Mocles que aconselha a Almaide a carregar nos detalhes que podem ferir o pudor e levar à corrupção?

O desejo que tinha de esclarecer os motivos de Mocles me fez olhá-lo com atenção e vi tanto desvario nos seus olhos que comecei a acreditar que poderia bem encontrar a minha libertação no lugar do mundo que menos teria ousado esperar.

Enquanto construía tão doces esperanças, tanto sobre a idéia da virtude de Almaide e de Mocles quanto sobre a perturbação em que os dois começavam a se colocar, Almaide continuou a sua história.

CAPÍTULO IX

Onde se encontrará uma grande questão a ser decidida

– Eu vos obedecerei cegamente – respondeu Almaide a Mocles. – Acabais de me fazer sentir que somente a vaidade calava a minha boca e vou me punir disso confessando-vos sem disfarces as circunstâncias de minha aventura que mais me mortificam. Parece-me que vos disse que esse jovem de quem vos falava derrubara-me num sofá. Ainda não me refizera de meu espanto quando ele ali se precipitou sobre mim. Embora o excesso de minha surpresa mal me permitisse lhe exprimir a minha raiva, ele a leu facilmente nos meus olhos e, querendo tomar precauções contra os meus gritos, apesar da minha resistência, ele conseguiu fechar a minha boca com o beijo mais insolente. Ser-me-ia impossível vos dizer o quanto, inicialmente, fiquei revoltada. Entretanto eu o confessarei: a minha indignação não demorou muito. A natureza, que me traía, logo levou esse beijo para o fundo do meu coração, repentinamente, à minha raiva misturaram-se impulsos que não a deixaram mais agir senão com fraqueza. Todos os meus sentidos despertaram, um ardor desconhecido deslizou por todas as minhas veias: não sei que prazer que, detestando-o, me arrastava, preencheu insensivelmente toda a minha alma; os meus gritos converteram-se em suspiros e, exaltada por impulsos aos quais, apesar da minha raiva e da minha dor, não podia mais resistir, gemendo pelo estado em que me via, não tinha mais a força de me defender.

– Aqui está – exclamou Mocles – uma situação terrível! E aí? – continuou, olhando-a com olhos ardentes.

– O que vos direi? – retomou ela. – Quando podia, censurava-o: mas era de modo automático. Penso que lhe falava, tratava-o com todo o desprezo que merecia; digo que penso, pois não ousaria vos assegurar isso. À medida que essa agitação cruel aumentava, sentia expirarem a minha força e a minha fúria; uma confusão singular reinava em todas as minhas idéias. Entretanto, ainda não tinha me entregado. Mas que resistência! Como ela era fraca! E por mais fraca que fosse, ainda me custava! Mocles, somente recordo dessa lembrança com horror, e a vergonha que ela me causa torna-a tão presente quanto se eu gemesse ainda entre os braços desse jovem atrevido. Que momento para a minha virtude! Ah, Mocles! Como, sentindo todo o peso dessa inocência que procuravam me arrebatar, nada temendo mais, mesmo no meio da desordem à qual estava entregue, do que a desgraça de perdê-la, encontrava tanta doçura nessa volúpia que de mim se apoderara? Como temores tão vivos não me arrancaram dos prazeres ou por que os prazeres ainda deixavam no meu coração tanto poder à virtude? Eu desejava (mas com que esforços! o quanto eu não sofria desejando isso!) que viessem me arrancar da sina que me ameaçava. Ao mesmo tempo em que formava essa idéia, um movimento contrário que agia sobre mim com a última violência e que, contudo, me desagradava menos do que o primeiro fazia-me desejar fortemente que nada se opusesse à minha derrota. Enrubescendo pelo que sentia, queimava de vontade de sentir mais; sem imaginar novos prazeres, desejava-os; o fogo que me devorava começava a se tornar um suplício para mim e a cansar os meus sentidos. Qualquer que fosse a embriaguez em que estava mergulhada, ainda não conseguira abafar essa voz inoportuna que gritava no fundo do meu coração e que, não podendo me arrancar da minha fraqueza, continuava censurando-a em mim, quando esse jovem, sem dúvida observando a impressão que me causava, finalmente impeliu até o fim os ultrajes que me fazia. Ele... Mas como poderia vos exprimir aquilo pelo que ainda enrubesço? Ocupada unicamente, tanto quanto a minha agitação o permitia, em me defender dos seus beijos, com que ele me cumulava incessantemente, eu, aliás, não tomara nenhuma precaução contra ele. Apesar do estado cruel em que me encontrava, esse novo insulto despertou a minha fúria. Infelizmente, não foi muito tempo! Logo senti aumentar a minha desordem; até os esforços que fazia para escapar a esse jovem atrevido ou pelo menos, para atrapalhá-lo, tudo contribuía para isso, tudo acabava me seduzindo. Perdida enfim em arroubos inexprimíveis, num êxtase cuja idéia me seria impossível vos dar, caí sem forças e imóvel entre os braços do cruel que me fazia afrontas tão sangrentas.

– Que estado! – exclamou Mocles. – E como temo as suas conseqüências!

– Elas não foram, contudo, como as que imaginais – respondeu Almaide. – No meio de uma situação em que tinha tanto mais a temer porque não temia mais nada, não sei por que o meu inimigo, de repente, suspendeu todo o seu furor e as suas empreitadas. Por um prodígio que jamais pude conceber e no qual talvez não acreditareis, de tão extraordinário que é, no instante em que não tinha mais nada a lhe opor e no qual ele mesmo parecia no cúmulo do desvario, os seus olhos, cujo brilho e a expressão eu não podia sustentar, mudaram; uma espécie de langor, que ali veio reinar, dali baniu o furor; ele cambaleou e, apertando-me em seus braços, com mais ternura e menos violência do que antes, tornou-se (justa punição pelos males que me fizera) tão fraco quanto eu mesma estava. Nesse momento a minha agitação começava a se dissipar e fiquei bastante feliz em poder gozar de toda a humilhação do meu inimigo. Após tê-la considerado com todo o prazer possível e ter agradecido interiormente a Brama pela proteção visível que me concedera, levantei-me com violência. À medida que os meus sentidos se acalmavam e que as minhas idéias se tornavam mais claras, sentia mais vivamente a minha vergonha. Por vinte vezes abri a boca para encher esse jovem temerário com as censuras que ele merecia: mas essa confusão secreta, pela qual estava oprimida, sempre a fechou e, depois de olhar com toda a indignação que merecia a insolência do seu procedimento, deixei-o bruscamente. Para vos dizer a verdade, eu preferia guardar silêncio a entrar em detalhes que teriam me feito enrubescer e que a fraqueza da qual acabara de ser capaz me fazia temer. Aqui está – prosseguiu ela – a única vez em que me encontrei nesse perigo que sempre temera antes de conhecê-lo e que somente conheci para evitá-lo com mais cuidado do que nunca. Senti-me tanto mais obrigada a fugir dele porque não duvidava, pelos impulsos que sentira, de que tivesse mais inclinação para o amor do que pensara.

– Vedes – disse Mocles – como é importante testar a sua alma. Mas, a propósito, como vai a vossa? Esse relato produziu em vós as impressões que temíeis?

– Mas enfim – respondeu ela, enrubescendo –, ela não está tão tranqüila quanto estava.

– De modo que – retomou ele –, se atualmente encontrásseis um temerário, não deixaríeis de ficar um pouco embaraçada.

– Ah, não me faleis mais disso! – exclamou ela. – Seria a desgraça mais cruel que poderia me acontecer!

– Sim – respondeu ele distraidamente –, isso é facilmente concebível.

Ao terminar essas palavras, ele caiu no devaneio mais profundo: de vez em quando olhava Almaide com um ar proibido e com olhos que descreviam os seus desejos e a sua indecisão. A confissão que Almaide acabara de fazer sobre a sua agitação encorajava-o, mas a sua inexperiência não lhe permitindo saber aproveitá-la, por pouco ela não se lhe tornou inútil. A maneira pela qual devia agir para terminar de seduzir Almaide não era a única coisa com a qual sonhava. Contido pela lembrança do que fora, tiranizado pela idéia dos prazeres, seduzido, deixando de sê-lo, eu o via, alternadamente, prestes a fugir ou a tentar tudo.

Enquanto ele passava por tantos combates, Almaide não estava num estado mais tranqüilo. O relato que Mocles lhe pedira produzira tudo o que temera. Os seus olhos se animaram; um rubor diferente daquele que o pudor faz nascer, suspiros entrecortados, inquietação, langor, tudo me mostrou, melhor do que a ela mesma, a força do desvario no qual estava mergulhada. Eu esperava com impaciência o que se tornaria a situação em que duas pessoas tão bem comportadas tinham imprudentemente se engajado. Por algum tempo temi mesmo que eles sentissem o erro a que a sua enorme segurança os induzira e que, em corações tão acostumados com a virtude, ele não fizesse todo o progresso que o meu estado e as promessas de Brama forçavam-me a desejar.

Finalmente acreditei ver, pelos olhares de Almaide e de Mocles, que, a cada momento, se tornavam menos tímidos e se carregavam com mais volúpia, que era menos o temor de sucumbir que os retinha do que o embaraço de trazer a sua queda. Ambos estavam igualmente tentados, ambos pareciam-me ter o mesmo desejo e a mesma necessidade de se conhecer. Essa situação, para duas pessoas que tivessem sido um pouco habituadas ao mundo, não teria sido embaraçosa; mas Almaide e Mocles, longe de saber a arte de se ajudarem mutuamente, não ousavam nem se confidenciarem os seus estados, nem se definirem de outra forma, senão por olhares ainda mal assegurados, o fogo pelo qual se sentiam queimados. Ainda que acreditassem que um tinha as mesmas idéias que o outro, sabiam eles a que ponto ambos estavam seduzidos? Que vergonha não seria para aquele que falasse primeiro, se encontrasse no coração do outro resquícios de virtude; e como poder se esclarecerem, quando ambos tinham tantas razões para não romper o silêncio? Supondo que Almaide ainda tivesse mais fraqueza do que Mocles, mesmo assim era forçada a esperá-lo. A essa sabedoria, que sempre professara, acrescentavam-se o pudor e as conveniências do seu sexo, que não lhe permitiam declarar os seus desejos, e mesmo que para todas as mulheres essa lei nem sempre fosse inviolável, Almaide, ou inteiramente novata ou pouco feita para a galanteria, temia o desprezo tão justamente ligado a um passo dessa natureza. Aliás, será que sabia por quem Mocles a tomaria? Talvez se tivesse a certeza de que Mocles, desprezando-a, quisesse ceder, ela teria se atordoado com isso; mas se ele se ativesse somente ao desprezo?

Depois de se inquietarem por algum tempo, internamente, pela maneira pela qual poderiam se falar sem se exporem à vergonha de fracassar, Mocles, cujo orgulho e o estado teriam sido muito feridos por uma confissão formal dos seus sentimentos, pensou que não poderia ser mais bem sucedido do que pelo sofisma; supondo-se contudo que a escolha dos meios ainda dependesse do exame que deles podia fazer a sua razão e que ele ainda não procurasse fascinar mais a si mesmo ou a salvar a sua glória, no caso em que a prova que ia tentar não desse absolutamente certo para ele, senão enganando Almaide. Sorte se, para se defender, tivesse querido empregar somente a metade da arte que usou para acabar de se seduzir, ou para justificar a sua sedução perante si mesmo!

– Oh, por Deus! – disse então o Sultão. – Podemos dizer que, se ele for mal sucedido, não será por culpa de ter sonhado muito com isso.

– Mas – disse a Sultana – não sei por que estais tão espantado que ele tenha feito tantas reflexões. Parece-me que a situação em que se encontrava exigia que ele fizesse algumas delas.

– Algumas, está bem – respondeu Schah-Baham. – E é precisamente porque somente algumas eram necessárias que ele não precisava fazer tantas. Era preciso que aquelas pessoas estivessem terrivelmente tentadas para não voltar a si mesmas, com o tempo que se davam para isso.

– Arriscastes a fazer uma observação sensata – retomou a Sultana.

– Arriscastes! – disse Schah-Baham. – Ousaria mesmo vos perguntar o que isso quer dizer? Tendes pequenas maneiras de falar, tão pouco respeitosas quanto conheça e com as quais talvez não haja Sultão no mundo que tenha querido se habituar.

– Mas estou querendo dizer – respondeu a Sultana – que ela é falha. Todas essas idéias tumultuadas que ocupavam Almaide e Mocles sucediam-se com uma extrema presteza; e, se quereis pensar bem nisso, vereis que o que Amanzei nos disse somente em quinze minutos não deve ter interrompido por dois minutos as suas resoluções.

– Pois bem – replicou o Sultão –, o contador é portanto uma besta se emprega tanto tempo para dizer o que as pessoas de quem fala pensaram com tanta presteza.

– Gostaria muito – retomou ela – que fôsseis obrigado a descrever isso da mesma forma.

– Tenho as minhas razões para acreditar que me sairia muito bem – recomeçou ele. – Mas ainda melhor do que isso; pois, o que acharei difícil para dizer, não terei absolutamente nenhuma dificuldade em dispensar.

– As idéias nas quais Mocles estava absorvido, os seus desejos, os esforços que fazia para extingui-los, o prazer com o qual se entregava a eles davam-lhe um ar tão sério e tão ocupado que Almaide finalmente julgou oportuno perguntar-lhe o que ele tinha para guardar silêncio por tanto tempo.

– Temo – acrescentou ela – que tenhais idéias funestas.

– Tendes razão – recomeçou ele –, e é o relato que acabais de me fazer que fez nascê-las em mim.

Almaide pareceu espantada com o que ele lhe dizia.

– Não vos surpreendais com isso – continuou ele – e nem fiqueis mais chocada com o que vou vos dizer, por mais extraordinário que isso pareça em minha boca. Estou desolado porque esse jovem temerário, que vos tratou com tão pouca deferência, não teve tempo de terminar o seu crime.

– Ah, Mocles! – exclamou ela. – E por quê?

– Porque – respondeu Mocles – estaríeis em condição de acalmar dúvidas que me atormentam há muito tempo, que acabais de me devolver com toda a sua força e que a nossa inexperiência recíproca sempre deixará subsistir, uma vez que não podereis absolutamente responder às minhas perguntas e que será muito perigoso para mim interrogar uma outra pessoa que não seja vós sobre aquilo que me agita. A minha curiosidade gira em torno de coisas de uma natureza tão estranha para um homem do meu caráter e da minha profissão que, a menos que me conheça, como fazeis, não deixariam de atribuí-la a um motivo que não me honraria.

– É certo – respondeu ela – que podeis me dizer tudo sem arriscar nada.

– É isso mesmo – retomou ele – que me faria quase desejar que fôsseis mais instruída, pois tendo em mim tanta confiança quanto tenho em vós, certamente não me esconderíeis nada. Quando tiver podido duvidar de vossa amizade e da maneira pela qual contais com a minha discrição, a verdade com a qual acabais de me confiar até os vossos mais íntimos impulsos ter-me-á convencido.

– Assim mesmo, vejamos o que vos ocupa – replicou ela. – Talvez, de tanto raciocinar, consigamos.

– Oh, não! – interrompeu ele. – Somente poderíeis me fazer algumas conjecturas; o que me ocupa é de uma natureza que exige a mais completa certeza. Sem vos inquietar mais, vos direi o que é e, pensando como penso, julgareis se me deve ser indiferente estar numa ignorância tão profunda, num assunto dessa natureza. Aliás, o vosso interesse se encontra unido ao meu, pois não é possível que, virtuosa como sois, não estejais atormentada pelas mesmas idéias que eu.

– Vós me assustais! – disse-lhe Almaide. – Falai, eu vos suplico!

– Pois bem – disse ele –, penso na possibilidade de termos muito pouco mérito em jamais nos termos afastado dos nossos deveres.

– Pode ser que sim – exclamou ela, com um ar bastante aborrecido pelo fato de que a conversa tomasse um rumo tão sério.

– Sem dúvida – retomou ele –, e vos convencerei

disso. Vós jamais provastes as doçuras do amor (pois, o que quer que possais pensar dele, não há dúvida de que o que vos aconteceu com esse jovem não vos deu senão uma idéia muito imperfeita dele); eu sempre fugi dele. Existe aqui algo para nos acreditarmos tão perfeitos? Mas, direis, tivemos desejos e triunfamos sobre eles. Será esta uma grande vitória? Sabíamos o que desejávamos? Temos absoluta certeza de ter tido desejos? Não! O nosso orgulho nos enganou; o que tomamos pelos desejos mais ardentes, sem dúvida, eram tentações bem leves. Somente por ignorância, talvez, nos tenhamos equivocado: queira Deus! Mas se é verdade (como tenho muito temor) que somente o desejo que tínhamos de exagerar sobre os nossos triunfos ou de que os alcançávamos, nos enganou quanto a isso, em qual erro culpável não vivemos? Nos gabamos de sermos virtuosos, enquanto talvez não fôssemos mais imperfeitos do que aqueles que ousávamos censurar e que a nossa vaidade nos dava mesmo um vício a mais do que a eles.

– É verdade – disse Almaide –, acabais de fazer uma reflexão aflitiva!

– Não é de hoje que ela me atormenta – replicou ele com um ar triste –, e tanto mais que, para me curar de minhas dúvidas, não vejo senão um meio que, por mais simples que seja, não deixa de ser perigoso.

– Mesmo assim, vejamos – pediu-lhe ela. – Como estou precisamente no mesmo caso que o vosso, tenho o mais urgente interesse do mundo em saber o que pensastes.

– É preciso vos conhecer como conheço – respondeu ele – para não temer vos dizê-lo. Pensamos ser virtuosos, vós e eu; mas como vos dizia agora há pouco, não sabemos exatamente o que é isso e não ireis mais duvidar disso. Em que consiste a virtude? Na privação absoluta das coisas que deleitam os nossos sentidos. Quem pode saber qual é a coisa que mais os deleita? Somente aquele que gozou de todas. Se unicamente o gozo do prazer pode ensinar a conhecê-lo, aquele que absolutamente não o sentiu não o conhece: o que, portanto, pode ele sacrificar? Nada, uma quimera; pois qual outro nome dar a desejos que se dirigem a alguma coisa que ignoramos? E se, como está decidido, somente a dificuldade do sacrifício constitui o seu preço, que mérito pode ter aquele que somente sacrifica uma idéia? Mas, depois de ter se entregado aos prazeres e ter se sentido sensível a eles, renunciar, se imolar, eis a grande, a única, a verdadeira virtude e aquela que nem vós nem eu podemos nos gabar de possuir.

– Vejo isso com muita clareza – disse Almaide. – É certo que não podemos nos gabar disso.

– Entretanto, nós nos gabamos – disse vivamente Mocles, que temia o fato de que, deixando a Almaide o tempo de refletir, ela sentisse o quanto os raciocínios que empregava eram falsos. – Ousamos acreditar nisso e, a partir desse momento, eis-nos culpados de orgulho. Estimo muito – continuou ele – e estou sinceramente satisfeito tanto pelo que sentis que, enquanto não nos colocarmos ao alcance de poder fazer uma comparação exata do vício e da virtude, somente podemos ter idéias falsas de ambos. Aliás (pois esse mal, por maior que seja, não é o único), incessantemente estamos atormentados pelo desejo de aprender aquilo que nos obstinamos em ignorar. A alma exercitada, contra a sua vontade, por esse movimento de curiosidade certamente negligencia mais os seus deveres. Presa de distrações freqüentes, ela perde raciocinando, entrevendo, seguindo, detalhando, aprofundando o que concebeu, o tempo que, sem essa tormentosa idéia que sempre a obceca, ela daria unicamente à prática da virtude. Se ela soubesse ao que se ater quanto ao que deseja conhecer, ficaria mais tranqüila. Mais tranqüila, seria mais perfeita. Portanto, é preciso conhecer o vício, seja para ser menos perturbado no exercício da virtude, seja para estar seguro da sua.

Embora Almaide estivesse numa situação de não poder entender nada daquilo que, demonstrando-lhe a necessidade do prazer, a libertaria do temor dos remorsos, esse sofisma a fez estremecer. Por alguns momentos ela permaneceu confusa: mas a vontade que tinha de se esclarecer quanto à volúpia, ou de nela se perder, vencendo o seu terror, ela me pareceu finalmente mais surpresa do que assustada com o que acabava de ouvir.

– Acreditais então – perguntou ela com uma voz trêmula – que seríamos mais perfeitos com isso?

– Realmente – replicou ele – não tenho dúvidas: pois, por gentileza, considerai a situação em que estamos e julgai se existe alguma mais horrível.

– Está mais do que claro – disse ela. – É realmente pavorosa!

– Primeiramente, não sabemos se somos virtuosos: triste estado para pessoas que pensam como nós. Essa dúvida, por mais cruel que seja, não é a única desgraça que a nossa situação acarreta: é mais do que certo que, contentes com a privação à qual nos impusemos, existem mil coisas mais essenciais, talvez, quanto às quais pensamos estar dispensados de nos observarmos; conseqüentemente, à sombra de uma virtude que bem poderia ser unicamente imaginária, cometemos crimes reais ou (o que, não sendo da mesma importância tem, contudo, inconvenientes consideráveis) negligenciamos o fato de fazer boas ações. Enfim, supondo-nos ser como nos acreditávamos até agora, ainda duvidarei de uma virtude que escolhemos e não imaginaria que houvesse um grande mérito em tê-la. Colocai diferentes fardos à escolha de um homem, não há dúvida de que se encarregará do mais leve.

– Eu vos entendo – disse ela, suspirando –, quereis dizer que fizemos o mesmo. A quantos escrúpulos não me entregais – continuou ela, baixando os olhos – e como não ficar sempre atormentada, quando o único meio que temos para nos livrarmos, ele mesmo faz nascer tantos outros em nós!

– Esse meio – retomou ele vivamente – no fundo é menos temível do que parece. Suponho que (e quisera que eu não supusesse nada!), cansado de nossa incerteza, sentindo enfim que é nosso dever sairmos dela, queiramos conhecer o prazer e julgar os seus encantos por si mesmos; qual seria o perigo dessa prova? De não poder nos arrancarmos dele uma vez que o tivéssemos conhecido? Para almas um pouco fracas, confesso que isso seria arriscado; mas parece-me que, sem muita presunção, podemos contar um pouco conosco. Se, para não vos esconder nada, como presumo, esse prazer for menos sedutor do que se diz, não valerá a pena nos entregarmos a coisas de cuja privação, lisonjeadoras ou não, atribuímos a glória; se, pelo contrário, elas puderem trazer à alma uma perturbação tão grande quanto se assegura, nos privaremos delas com tanto mais alegria que estaremos certos de que há muita virtude em fazê-lo.

Esse raciocínio que, sem dúvida, Almaide teria detestado se fosse mais senhora de si mesma, fez, para uma alma que não esperava mais para sucumbir senão a aparência de uma desculpa, todo o efeito que o infeliz Mocles se prometera. Depois de tê-lo olhado por algum tempo com olhos incertos e perturbados:

– Como vós – disse ela –, sinto a necessidade absoluta dessa prova; mas com quem poderíamos fazê-la com segurança?

Com essas palavras, ela se inclinou languidamente sobre Mocles que, pouco a pouco, se aproximara dela, a ponto de que, nesse instante, ele a segurava em seus braços.

– Creio – respondeu ele – que, se quiséssemos arriscá-la, isso somente poderia ser entre nós dois: estamos ambos seguros, e como não podemos duvidar de modo algum nada que seja para uma maior busca da virtude que nos decidimos por ações que parecem feri-la, estamos certos de não adquirirmos um hábito de um movimento de curiosidade que somente parte de um princípio tão bom. De qualquer maneira que possa ser, enfim, ganharemos com isso, já que pelo menos a lembrança de nossa queda nos garantirá um orgulho.

Embora Almaide nada respondesse, ela parecia ainda estar incerta. Mocles que, a qualquer preço, queria fazê-la se decidir, para acabar de vencê-la, propôs tentar essa prova somente por graus, a fim de que, dizia ele, se em suas primeiras tentativas encontrassem volúpia suficiente para assentar as suas dúvidas, eles não fossem mais adiante. Ela consentiu nisso. Logo ficaram desvairados e, irritando os seus desejos por coisas que, embora fossem feitas sem encantos e desajeitadamente nem por isso deixavam de dominar os seus sentidos, eles perderam de vista o contrato que tinham acabado de fazer. Ambos, achando demais ou muito pouco o que sentiam, julgaram oportuno prosseguir ou não puderam parar e...

– De repente vos tornastes outra coisa? – interrompeu o Sultão.

– Não, Sire – respondeu Amanzei.

– Não estou entendendo nada disso – retomou Schah-Baham – e sei muito bem por que: é que isso é incompreensível. Pois não há dúvida de que obtiveram tudo o que o vosso Brama pedia.

– Inicialmente acreditei nisso, como vossa invencível Majestade – recomeçou Amanzei. – Entretanto, era preciso que pelo menos um dos dois tivesse iludido o outro.

– Imagino que ficastes bem aborrecido – replicou o Sultão –, e, dizei-me, de qual dos dois desconfiastes mais?

– O relato de Almaide – respondeu Amanzei – deu-me grandes suspeitas contra ela, e a ignorância que fingiu quando se entregou a Mocles, apesar de ser extrema, não me impediu de pensar que, fazendo o relato de sua aventura, ela suprimira a circunstância que me fizera permanecer na minha prisão.

– Coisa típica das mulheres! – exclamou o Sultão. – Oh, sim! a vossa reflexão é correta. Pois bem! nada disse sobre isso, mas teria apostado que ela não estava dizendo tudo. Se tivesse me vangloriado disso, existem aqui pessoas que teriam me acusado de bancar o espírito independente. Ora vamos, tende certeza disso; foi ela que impediu que fôsseis libertado.

– A coisa, por mais provável que seja – respondeu Amanzei –, apresenta dificuldades; Mocles, para um homem até então irrepreensível, pareceu-me ter experiência...

– Isto muda a tese – disse o Sultão – pois... Ah, sim! Está bem claro, era ele.

– Mas, ponham-se de acordo – disse a Sultana. – Era ela, era ele. Por que, sem se atormentar tanto, não pensar que os dois estavam de má-fé?

– Tendes razão – replicou o Sultão –; a todo rigor, isso poderia acontecer: parece-me entretanto que seria mais divertido se fosse um dos dois; não sei por que, mas preferiria isto. Continuemos, o que disseram eles depois? Não é isso o que me interessa menos.

– Mocles foi o primeiro a voltar do seu desvario; inicialmente ele me pareceu como que surpreso por se encontrar nos braços de Almaide e, voltando pouco a pouco à razão, à surpresa seguiu-se o horror. Parecia-lhe não poder compreender o que via; procurava duvidar disso, a se lisonjear de que somente um sonho lhe ofereceria tão cruéis objetos. Enfim, imensamente seguro de sua desgraça, levantou os olhos dolorosamente sobre si mesmo e, retraçando tudo o que fizera para seduzir Almaide, o quanto a sua cruel paixão criminosa o cegara, com que arte ele a corrompera por etapas, ele caiu na mais amarga dor.

Almaide finalmente abriu os olhos: mas, ainda perturbada, não distinguindo os objetos tão bem quanto Mocles, primeiramente ficou mais confusa do que aflita. Seja, enfim, porque o desespero em que ela o via fez-lhe sentir a sua queda, seja porque, por ela mesma, soubesse tudo o que tinha para se reprovar:

– Ah, Mocles! – exclamou ela, chorando. – Vós me perdestes!

Mocles concordou com isso: ele confessou tê-la seduzido, lamentou-a, tratou de consolá-la e lhe falou como homem realmente humilhado sobre o perigo que existe em contar muito consigo mesmo. Enfim, depois de ter dito tudo o que podem inspirar a mais viva dor e o arrependimento mais sincero, sem ousar fitá-la, ele se despediu dela para sempre.

Ficando sozinha, Almaide nem assim ficou menos envergonhada nem mais tranqüila. Passou a noite inteira a chorar e a se censurar tudo, até a censura que fizera a Mocles e no qual, então, ela achava muita vaidade. Mocles, a partir do dia seguinte, tomou o partido do retiro mais austero...

– Eis o que acaba de me determinar – interrompeu o Sultão –: não era ele.

– E Almaide – continuou Amanzei –, sempre inconsolável, alguns dias depois seguiu o seu exemplo.

– Isso me atrapalha – retomou o Sultão –, portanto, não deveria ser ela. Jamais uma questão mais difícil de resolver se oferecera à minha mente, e a deixo a quem puder fazê-lo.

CAPÍTULO X

Onde, entre outras coisas, se encontrará a maneira de passar o tempo

Por mais gosto que tivesse tomado pela moral, começava a me entediar em casa de Almaide, quando Mocles a seduziu. Um dia depois teria saído de lá, persuadido de que havia em Agra pelo menos duas mulheres insensíveis. Felizmente a minha paciência me salvou de uma falsa idéia.

Depois de ter deixado Almaide, vaguei por muito tempo. Prometendo-me pouco a pouco as coisas ridículas ou os vícios de um gênero que já conhecia, evitei cuidadosamente essas casas onde tudo tinha a aparência de decente e de arrumado. Minhas andanças me conduziram a um arrabalde de Agra que era cheio de casas muito enfeitadas. Aquela pela qual me decidi pertencia a um jovem senhor que não morava ali, mas que algumas vezes ali vinha *incognito*.

Um dia após ter me instalado ali, à noite vi chegar misteriosamente uma dama que, pela sua magnificência e mais ainda pela nobreza do seu porte, tomei por uma mulher da mais alta categoria. Os meus olhos ficaram deslumbrados com os seus encantos. Com mais brilho ainda do que Fenime, tinha a mesma modéstia e uma fisionomia tão doce que não pude vê-la sem me interessar vivamente por ela. Pelo jeito com que entrou no gabinete em que eu estava, parecia espantada com a atitude que tomava. Somente tremendo, falou ao escravo que a conduzia e, sem ousar levantar os olhos, veio se sentar sobre mim, sonhando, mas com tanta languidez que não me foi difícil adivinhar qual era o impulso que a ocupava.

Mal ficou sozinha e entregue a si mesma e, ocupando-se com as mais tristes reflexões, depois de suspirar várias vezes, os seus belos olhos derramaram lágrimas. A sua dor, contudo, parecia mais terna do que forte e ela parecia chorar menos por desgraças do que por temê-las. Mal enxugara os prantos e um jovem muito bem feito e suntuosamente vestido, com impetuosidade e cantando, entrou no gabinete. A sua presença acabou de perturbar a dama; ela enrubesceu e, desviando os olhos de cima dele e escondendo o rosto, tentou ocultar-lhe a confusão em que estava.

Quanto a ele, avançou na sua direção com o ar menos terno e mais galante do mundo, e lançando-se aos seus pés:

– Ah, Zefis! – disse-lhe ele – os meus olhos não me enganam? Será Zefis que estou vendo aqui? Sois mesmo vós? Vós, que eu adoro e que quase não ousava esperar! O quê! Sois vós que finalmente seguro nos meus braços?

– Sim – respondeu ela, suspirando –, sou eu que jamais deveria ter vindo aqui; sou eu que morro de vergonha de aqui me encontrar e que contudo não temi vir até aqui.

– Como me tornais cara essa solidão – exclamou ele, beijando-lhe a mão.

– Ah! – respondeu ela – como talvez um dia ela me custará remorsos! As provas que aqui vos dou da minha fraqueza se tornarão mais cruéis para mim, à medida que se apagarão de vossa lembrança, e elas se apagarão, Mazulhim; ou, se vos lembrardes algumas vezes, será unicamente para me desprezar pelo que terei feito por vós.

– Mas que erro! – replicou ele com um tom jocoso. – Bela como sois, podeis vos formar esse tipo de quimeras?

Sabeis que, *de verdade*, jamais amei alguém de forma tão terna quanto a vós? E duvidais dos meus sentimentos!

– Não, não tenho de modo algum a felicidade de duvidar deles – retomou ela tristemente. – Sei que não podeis ser nem constante, nem fiel: duvido mesmo que saibais amar; contudo eu vos amo, eu vos disse isso e venho aqui dizê-lo ainda. Sinto a minha fraqueza em toda a minha extensão, causo piedade a mim mesma, vejo todas as suas conseqüências e entretanto cedo a isso. A minha razão me faz ver tudo o que tenho a temer, o meu amor me faz enfrentar tudo.

– Mas, na verdade – respondeu ele –, sabeis mesmo que cometeis um verdadeiro erro comigo, um erro mortal por não me ver tão terno quanto sou?

– Ah, Mazulhim – exclamou –, é assim que sentis tudo o que sacrifico por vós e que tranqüilizais o meu coração? Eu vos amo, Mazulhim. Se me conhecêsseis melhor, não duvidaríeis disso. Esse coração que vos adora, sempre (não podeis ignorar isso) pertenceu somente a vós. Dizei-me que desejais que ele sempre esteja aqui. Se soubésseis o quanto preciso acreditar que me amais, não recusaríeis me dizer isso, mesmo que fosse por humanidade. Hoje é somente a vós que a minha felicidade está ligada. Vos ver, amar sempre, é o meu único bem e os meus únicos votos. Seria mesmo verdade que fôsseis incapaz de pensar em mim como penso em vós?

– Ah! – exclamou ele – eu vos garanto...

– Mazulhim – interrompeu ela –, deixai-me o cuidado de vos justificar; eu me sairei melhor do que vós mesmo e tenho mais vontade de acreditar que me amais do que vós de me persuadir disso.

– Eu vos confessarei, Madame – retomou ele com um ar mais sério do que tocado –, que não me acreditava suficientemente infeliz para que as provas de minha ternura que, há seis meses, tentei vos dar vos tivessem persuadido tão pouco. Sei bem que um amor extremo, como o que tive a felicidade de vos inspirar, sempre é acompanhado de um pouco de desconfiança. Se o que sentis por mim pudesse atormentar somente a mim – acrescentou ele, apertando-a entre os seus braços – eu me queixaria muito menos e o prazer de vos achar tão delicada me faria esquecer o quanto sois injusta. Mas aqui se trata do vosso repouso e, se conhecêsseis melhor os meus sentimentos, não vos seria difícil acreditar que ele me é infinitamente mais caro do que o meu.

Ao terminar essas palavras, ele quis tomar com Zefis as mais ternas liberdades, mas ela se defendeu com um ar tão verdadeiro que, não podendo mais imaginar que houvesse nela vontade de ter modos afetados, nos quais somente não se presta mais atenção hoje, ele a olhou com espanto.

– E então, Zefis – disse-lhe ele –, é assim que me provais a vossa ternura e deveria eu esperar tanta indiferença?

– Mazulhim – respondeu ela, chorando –, dignai-vos me escutar! Não vim aqui sem saber ao que estava me expondo e me veríes derramar menos lágrimas se eu não estivesse decidida a me entregar à vossa ternura. Eu vos amo e, se acreditasse somente nos impulsos do meu coração, estaria nos vossos braços. Mas, Mazulhim, ainda está em tempo e não nos comprometemos tanto um com o outro para que me escondais os vossos sentimentos. Não existe tempo em que não me seja horrível saber que não me amais; mas julgai o quanto teria de me queixar de vós, julgai qual seria o meu estado se o soubesse unicamente depois que a minha fraqueza não vos tivesse deixado nada a desejar! Dominado pelo desejo de agradar, acostumado à inconstância por sucessos que não são absolutamente desmentidos, não procurais senão vencer e não quereis amar. Talvez tenha sido sem paixão por mim que me atacastes? Examinai bem o vosso coração, sois senhor do meu destino e não mereço que o torneis infeliz. Se não for o amor mais terno que vos liga a mim, numa palavra, se não me amais como vos amo, não temais declarar isso. Não enrubescerei por ser o preço de um amor, mas morrerei de vergonha e de dor se me visse unicamente como objeto de um capricho.

Embora essas palavras e os prantos que Zefis derramava ao pronunciá-las não enternecessem Mazulhim, elas o fizeram tomar um tom menos frio do que aquele que inicialmente empregara com ela.

– Como os vossos temores me tocam – disse-lhe ele –, mas como os mereço pouco! Será possível que imaginais que vos confundo com esses objetos desprezíveis que, até hoje, pareceram me ocupar? Confesso que a maneira pela qual vivi pôde causar vossas suspeitas; mas, Zefis, queríeis que tivesse unido ao ridículo de ter tido as mulheres que constituíram o meu entretenimento a vergonha de tê-las amado? É verdade, eu temia o amor; ora! o que podia fazer de melhor para sempre escapar dele do que viver com mulheres sem costumes e sem princípios que, no momento mesmo em que me seduziam mais por seus agrados, pelo seu caráter me salvavam do perigo de uma paixão? Estou, dizeis, acostumado à inconstância pelo sucesso. Vós me estimais tão pouco para acreditar que, antes de vos ter tocado, eu me vangloriava por ter tido alguns sucessos? Não há uma dessas vitórias que, talvez, vós me achais tão fútil, interiormente não me tenha coberto de confusão; nenhuma enfim que, ao preço de todo o meu sangue, eu não quisesse absolutamente ter ganho, pois elas me tornam menos digno de vós!

Com essas palavras, Zefis pareceu um pouco tranqüilizada e estendeu a mão a Mazulhim, fixando nele os seus belos olhos, com essa expressão terna e tocante que somente o amor pode dar.

– Sim, Zefis – continuou Mazulhim –, eu vos amo! E com que intensidade! Com que prazer sinto, ajoelhado diante de vós, que no meio de todos os arrebatamentos mais ardentes, não era ao amor que estava fazendo sacrifício! Como me é doce conhecê-lo e somente conhecê-lo através de vós! Sem os vossos encantos, mesmo sem as vossas virtudes, sem dúvida eu teria ignorado sempre esse sentimento ao qual, até vós, eu me recusara a me entregar. É somente a vós que o devo, é somente por vós que desejo ser eternamente preenchido por ele!

– Ah, Mazulhim – exclamou ela –, como seremos felizes se pensais o que dizeis! Se é verdade que me amáveis, sempre me amareis!

Com essas palavras, ela se inclinou para Mazulhim e, apertando-o ternamente entre os seus braços, aproximou a sua cabeça da dele. O mais terno enlevo estava estampado em seus olhos e logo Mazulhim, por seus arroubos, penetrou em toda a sua alma. Oh, Deus! Que olhos, quando ele acabou de perturbá-los! Jamais vira os mesmos a não ser em Fenime.

Contudo, por mais preparada que estivesse para tornar Mazulhim o amante mais feliz do mundo, ela não pôde, sem voltar a se lembrar dos seus temores e talvez da sua virtude, vê-lo tão perto de sua felicidade.

– Não duvidais que eu vos ame – disse-lhe ela, opondo-lhe a mais fraca resistência –, mas não podeis...?

– Ah, Zefis! – interrompeu ele – Zefis! Podeis temer ainda me provar a vossa ternura?

Zefis suspirou e nada respondeu. Mais vencida pelo seu amor do que estava persuadida do amor de seu amante, finalmente cedeu aos seu desejos. Que sorte, Mazulhim! Quantos encantos se ofereceram aos teus olhos e o quanto o pudor de Zefis não aumentava o seu preço? Assim Mazulhim pareceu-me fortemente impressionado. Tudo o surpreendia, tudo em Zefis era o objeto de um elogio e de um beijo. Embora, longe de condenar a admiração em que ele estava mergulhado, eu a partilhasse com ele, pareceu-me, para a situação em que ele se encontrava, ela durava tempo demais e que parecia mesmo suspender ou fazê-lo esquecer dos seus desejos.

É bem verdade que quanto mais se é delicado mais nos divertimos com coisas sem importância. Somente o sentimento conhece esses ternos desvios que ele imagina e varia incessantemente; mas, enfim, não se poderia sempre se deleitar com isso e, se pararmos, é menos para ali limitar os seus desejos do que para encontrar novas fontes de paixão. Por alguns instantes tive uma opinião bastante boa de Mazulhim para atribuir o aniquilamento em que o via somente a um excesso de amor, e os encantos de Zefis justificavam essa idéia. Provavelmente Zefis também pensou o mesmo e por mais tempo do que eu. Eu não concebia como os arroubos de um amante tão terno, tão apressado em ser feliz, se enfraqueciam à medida que encontravam com o que se ampliarem. Ele era vivo sem ser ardente; louvava, admirava sempre: mas, não é, portanto, somente por elogios que um amante sabe exprimir os seu desejos?

Por mais habilidade com que Mazulhim dissimulasse a sua infelicidade, Zefis percebeu o pouco sucesso de seu encantos; ela não pareceu surpresa nem chocada e virando os seus belos olhos para o seu amante:

– Levantai-vos! – disse ela, com o sorriso mais doce. – Estou mais feliz do que pensava.

Mazulhim, com esse discurso que lhe pareceu somente insultante, esforçou-se, mas em vão, para mostrar a Zefis que ele não merecia que ela tivesse dele a idéia que parecia ter formado. Forçado finalmente a fazer justiça consigo mesmo:

– Infelizmente, Madame – disse-lhe ele, com um tom que me fez rir –, sois vós que me entristecestes!

– A vossa perturbação me divertiu – respondeu Zefis –, mas a vossa dor me ofenderia. Seria excessivamente cruel para mim que acreditásseis meu coração ferido...

– Ah, Zefis – interrompeu Mazulhim –, como é horroroso estar errado convosco e difícil justificar isso!

– Cessai então de vos afligir! – respondeu ternamente Zefis. – Creio que me amais, faz somente um instante mesmo que acredito nisso e não podíeis melhor me provar a vossa ternura senão pelas coisas que censurais em vós.

– Ah! isso, como se diz, é bom para o discurso – disse o Sultão –, mas no fundo da alma certamente aquela dama não estava contente. Primeiramente, porque em si mesmo isso é aflitivo e, aparentemente, o que aflige todas as mulheres não poderia divertir uma, ou pelo menos convireis que naquele caso ela seria bem caprichosa. Aliás, é que o sentimento não é uma coisa tão consoladora, quando isso acontece, quanto se poderia bem dizê-lo. Quanto a isso, lembro-me que um dia (por Deus, eu era bem jovem) havia uma mulher... Não vos direi como isso aconteceu; entretanto estávamos os dois... Realmente, jamais teria desconfiado disso; e não é que, de repente... não sei bem como vos dizer isso. Pois bem! Esforcei-me por manter-lhe os propósitos mais galantes do mundo: quanto mais eu falei, mais ela chorou. Jamais vi isso a não ser uma vez, mas é verdade que era uma coisa bem enternecedora. Disse-lhe, entretanto, entre outras coisas, que não era preciso se desesperar com nada, que eu não fizera de propósito...

– Ei, acabai a vossa cruel história! – interrompeu a Sultana.

– Acho ótimo – retomou Schah-Baham – que não me seja permitido fazer um conto, e sobretudo em minha casa! Daí, como estava vos dizendo – prosseguiu ele –, concluí e para sempre que não há mulher alguma a quem isso dê um certo prazer; conseqüentemente, a dama de Mazulhim, que dizia coisas tão bonitas...

– Teria igualmente gostado de não ter que dizê-lo – interrompeu a Sultana –, isso é provável. Mas saibai, entretanto, que o que pensais ser tão aborrecido para uma mulher a aflige menos do que a embaraça.

– Ah, sim – retomou o Sultão –, por exemplo, não terei senão que... mas não tende medo! Continuai, Emir.

– Por mais desconcertado que Mazulhim me parecesse com a sua aventura, pareceu-me que estava ainda mais surpreso com a maneira pela qual Zefis a encarava.

– Se alguma coisa – disse ele – pode me consolar desse horrível infortúnio é que ele não faça nenhum mal para o vosso coração. Quantas mulheres me detestariam, se tivessem tanto de que se queixar de mim!

– Eu vos confesso – respondeu Zefis – que talvez fizesse como elas, se pudesse atribuir esse acidente à vossa frieza; mas se, como me dissestes e eu acredito, somente o amor perturba os vossos sentidos, nessa aventura somente encontro mil coisas mais lisonjeadoras para mim do que todos os vossos arroubos. Eu vos amo demais para não acreditar que me amais. Talvez, também, tenha vaidade demais – acrescentou ela, sorrindo – para imaginar que haja erro meu, mas, qualquer que seja o motivo da minha indulgência, a verdade é que vos perdôo. De resto vos aviso que ficaria menos tranqüila quanto à mais simples suspeita sobre a vossa fidelidade do que quanto ao que chamais de um crime. Sim, Mazulhim, sede fiel a mim e que eu possa sempre vos encontrar como sois atualmente! O que eu perderia do lado daquilo que chamais de prazeres eu não o reencontraria mesmo na certeza de que seríeis constante?

Enquanto Zefis falava, Mazulhim, que bem gostaria de ter menos obrigação para com ela, não poupava nada de tudo o que podia fazer o seu infortúnio cessar. Zefis se prestava aos seus desejos com uma complacência que, internamente, talvez ele não aprovasse, porque a cada momento ela o tornava menos desculpável. Essa complacência cada vez se tornava mais terna, aumentava insensivelmente. Zefis defendia menos ou concedia com melhor boa vontade; os seus olhos brilhavam com um ardor que ainda não vira nela; parecia que somente naquele instante ela realmente se entregara: até ali, ela somente se submetera aos empenhos de Mazulhim, então os dividia com ele. Essa repugnância inseparável do primeiro momento, que tantas mulheres representam e que sentem tão pouco, tinha cessado. Zefis sustentava sem embaraço os elogios de Mazulhim e parecia mesmo desejar que ele pudesse se colocar em condições de lhe fazer novos. Ela enrubescia e não era mais o pudor que a fazia corar; os seus olhares não se desviavam mais dos objetos que inicialmente pareceram feri-los. A piedade que Mazulhim lhe inspirou finalmente não teve mais limites. Contudo...

– Ah, sim – interrompeu o Sultão –, contudo... Compreendo bem, eis um homenzinho impaciente. Não conheço nada que, há longo termo, seja mais insuportável do que os procedimentos que ele tem com Zefis. Estou bem certo de que ela se aborreceu.

– E eu – disse a Sultana – sou da opinião contrária: aborrecer-se com um infortúnio desses é merecê-lo.

– Bem – retomou o Sultão –, pensais que uma mulher faz uma reflexão dessas? O que há de certo para mim é que num caso assim eu me aborreceria e, claro, não pensaria ser menos razoável por isso, não! Vejamos entretanto o que disse Zefis; pois, pelo que estou vendo, nisso como em qualquer outra coisa cada um tem o seu gosto.

– Por mais indulgente que fosse – retomou Amanzei –, a obstinação do infortúnio de seu amante pareceu-me entediá-la; seja porque, tendo feito mais por ele do que da primeira vez, ela pensou merecê-la menos; seja porque, estando naquele momento disposta de forma mais favorável, ela encontrasse em sua razão menos força para sustentá-lo.

Mazulhim, menos convencido do que Zefis do seu infortúnio, ou talvez acostumado a enfrentar semelhantes desgraças, não pensando de Zefis tão bem quanto devia, tentou o que, se fosse mais sábio ou mais polido, não teria tentado. Pareceu-me que ela não concedia prova que lhe mostrasse ainda menos presunção em Mazulhim do que a má opinião que ele ousava ter dos seus encantos.

Apesar da sua perturbação, escapou-lhe um sorriso malicioso que parecia dizer a Mazulhim que ela não era absolutamente alguém a quem essa temeridade fosse dispensada e pudesse ficar feliz. Certa de que logo ele seria punido por isso, ela se entregou às suas ridículas empreitadas com uma intrepidez que qualquer mulher é bastante frívola para ter em semelhante caso, mas que, em todas, absolutamente não é justificada pelo sucesso. Embora nesse momento Mazulhim fosse menos lamentável do que fora, não estava contudo numa situação em que se poderia felicitá-lo e, quaisquer que fossem os seus esforços, Zefis teve razão em não temê-los.

Pelo ar espantado de Mazulhim, tive que acreditar que, se estivesse acostumado a uma parte do que lhe acontecia, ele não o estava para encontrar mulheres que, como Zefis, não pudessem deixar em seus infortúnios nenhum recurso. O que digo, contudo, sem querer ofender a nenhuma. E, sabe-se lá se seria sempre a elas a que se deveria atribuir as culpas?

De qualquer forma, a surpresa de Mazulhim foi marcada de forma tão engraçada e, às custas de muitas outras mulheres, elogiava tão bem Zefis que ela não pôde se impedir de rir disso.

– Se tivésseis me perguntado – disse-lhe ela –, eu vos teria dito, mas talvez não tivésseis acreditado em mim.

– Certamente estaria errado – respondeu ele –, mas não devia estar esperando por isso; uma experiência de dez anos, sempre feliz, fez-me acreditar ser sempre possível aquilo que, convosco, tentei inutilmente. Ah, Zefis – acrescentou ele –, será preciso que encontre naquilo que deveria satisfazer os meus desejos novas razões para me lastimar?

– De fato – respondeu ela, rindo –, concebo como sois infeliz e deveis também ter bastante certeza da minha piedade.

– Zefis – retomou ele, com um arrebatamento mais verdadeiro do que todos os que eu vira nele –, nada, a não ser os vossos encantos, nada se iguala à minha ternura; cada momento aumenta o meu ardor e o meu desespero; e sinto...

– Ei! Mazulhim – interrompeu ela –, qual teria sido portanto essa felicidade cuja perda tanto lamentais? Não, se for verdade que me amáveis, não sois lastimável. Um único dos meus olhares deve vos tornar mais feliz do que todos esses prazeres que procurais, se os tivésseis encontrado junto a uma outra.

– Os vossos sentimentos me encantam e penetram em mim – disse ele – mas, redobrando o meu amor, aumentam os meus arrependimentos e a minha dor.

– Acabemos com esse encontro – disse Zefis, levantando-se.

– O quê? – exclamou ele. – Já gostaríeis de me deixar? Ah, Zefis, não me abandonai ao horror da minha situação!

– Não, Mazulhim – replicou ela –, eu vos prometi passar este dia convosco. Ai! que ele não possa absolutamente vos parecer mais longo do que a mim! Mas saiamos deste gabinete, vamos gozar do delicioso frescor que começa a se espalhar, distrair a vossa imaginação, desviá-la enfim de cima dos objetos que talvez a entristeçam. Mazulhim, quanto mais procuramos o prazer, menos podemos saboreá-lo; tentemos ver se, nele parando menos o nosso pensamento, não ficaremos melhor dispostos.

Ao terminar essas palavras, a generosa Zefis saiu e Mazulhim lhe deu a mão com o ar mais respeitoso do mundo.

O fato singular é que esse Mazulhim, que empregava tão mal os encontros que lhe marcavam, era o homem mais procurado de Agra; não havia uma mulher que não o tivera ou não quisesse tê-lo como amante: vivo, amável, volúvel, sempre enganador e mesmo assim encontrando mais pessoas para enganar, todas as mulheres o conheciam e contudo todas procuravam agradá-lo. Enfim, a sua reputação era surpreendente. Acreditavam que ele era... O que não se pensava dele? E entretanto, o que era ele? O que não devia ele à discrição das mulheres, ele que, procedendo tão mal com elas, as tratava contudo com tão pouca deferência?

Depois de uma hora de passeio, Zefis e ele vieram de volta do jardim. Procurei imediatamente em seus olhos para saber se estavam mais contentes do que quando saíram. Pelo ar modesto de Mazulhim, pensei que não e não estava enganado. Zefis sentou-se sobre mim, indolentemente, e Mazulhim se pôs aos seus pés, num chão ladrilhado. Tendo muito pouca coisa a lhe dizer e inicialmente não imaginando nenhuma espécie de diversão que tivesse condição de lhe proporcionar, abandonou-se ao devaneio, olhando-a com muita ternura. Pouco tempo depois, com vergonha do personagem que ele representava junto à mais bela mulher de Agra, mas ainda consternado com os seus infortúnios, tremendo e querendo repará-los, pronto a sofrer novas afrontas, por alguns instantes não sabia o que decidir. Finalmente, temeu que o seu silêncio e a sua frieza parecessem mais a Zefis como provas de indiferença do que de temor ou de arrependimento. Tomou-a bruscamente nos braços e, dando-lhe os mais ternos beijos, numa grande ostentação, pareceu querer sair da profunda letargia em que estava mergulhado. Inicialmente Zefis pareceu decidir em si mesma se ela se prestaria às novas empreitadas de Mazulhim. Se a sua ternura pedia-lhe para tudo conceder, essa mesma ternura a fazia ver dolorosamente que jamais era mais cruel para com Mazulhim do que quando nada lhe recusava. Desejava ele ficar feliz ou a conhecia bem pouco para acreditar que, se ele não procurasse fazê-lo, ela ficaria magoada? Enfim, seria o amor ou a vaidade que o fazia voltar tão terno?

Enquanto ela se ocupava com essas idéias, Mazulhim (seja porque buscasse unicamente se sair de uma situação que o aborrecia, seja porque, como era admirável nos mínimos detalhes do amor, quisesse impedir que Zefis se entediasse) acreditou ter que empregar essas insignificâncias, encantadoras quando precedem ou se seguem a uma conversa séria, mas que, por sua frivolidade, não são feitas para fazer as vezes dela. Inicialmente Zefis se recusou a se prestar a isso, mas acreditando no desvelo extremo com o qual Mazulhim lhe pedia mais complacência do que precisava que ela tivesse, por pura generosidade ela consentiu, balançando os ombros, fato pelo qual ele imaginava grandes idéias e do qual ela (pois é preciso fazer-lhe justiça) esperava muito menos do que ele.

O ar desatento e mesmo de tédio que ela guardou por muito tempo, longe de impacientar Mazulhim, o fez redobrar os seus galanteios e, como era o homem do seu tempo que melhor sabia tratar as pequenas coisas, ele a forçou a prestar mais atenção nele; da atenção ele a conduziu ao interesse. O pouco de realidade dos objetos que ele lhe oferecia desapareceu insensivelmente aos seu olhos; ela mesma auxiliava na ilusão em que ele a lançava e, finalmente, soube de quantos prazeres a imaginação é a fonte e o quanto, sem ela, a natureza seria limitada.

Para cúmulo da felicidade, o que talvez Mazulhim tivesse olhado menos como um recurso para ele do que como uma espécie de indenização que ele devia a Zefis, causou-lhe uma impressão mais forte do que a que ele se lisonjeava. Os encantos de Zefis, tornando-se mesmo mais tocantes, fizeram-no sentir essa emoção que até ali buscara em vão e, na doce desordem que começava a se apoderar dos seus sentidos, perdendo a lembrança dos seus infortúnios ou estando então mais irritado do que abatido por eles, finalmente venceu gloriosamente esses obstáculos cruéis, pelos quais se vira preso por muito tempo e de forma tão cruel.

– Compreendo – disse então o Sultão –, é muito bem feito: *antes tarde do que nunca*; quer dizer que...

– Não ireis nos explicar isso – interrompeu a Sultana. – E pensais que Amanzei tenha tido a prudência ou delicadeza de nos deixar alguma coisa para adivinhar?

– Não sei de nada – retomou o Sultão –, não tenho nada com isso; mas enfim, o fato é que, como sabeis tão bem quanto eu, esse Mazulhim é um pouco sujeito a acidentes e que me parece bem simples que nos informemos...

porque, por acaso, poderia ser que... pois bem! Dizei-me então um pouco: Mazulhim?

– Sire, ele foi feliz. Mas sabia melhor ofender do que reparar os ultrajes que fazia e duvido que, se tivesse tratado com uma pessoa menos generosa do que Zefis, teria podido obter o seu perdão por tão pouco. Mais frívolo do que apaixonado, ele me pareceu sentir menos a felicidade de possuir Zefis do que o prazer de ter que enrubescer menos diante dela. Começaram uma conversa terna onde Zefis colocou muito sentimento e Mazulhim gíria em excesso.

Pouco tempo depois serviram uma ceia na qual ele esgotaria a delicadeza e o gosto. Zefis, cada vez mais animada pela presença do seu amante, disse-lhe mil coisas finas e apaixonadas, que me fizeram admirar igualmente o seu espírito e a sua ternura. Embora ele mesmo ficasse surpreso com tantos encantos, estes não agiram sobre ele de forma tão viva quanto sobre mim e pareceu-me que o seu orgulho estava mais lisonjeado com a conquista de Zefis do que o seu coração estava tocado por essa paixão viva e delicada que tinha por ele e pela qual, apesar do que temia de sua inconstância, estava unicamente tomada.

Se a posse de Zefis não tornara Mazulhim tão apaixonado quanto deveria tê-lo feito, pelo menos ele se tornara mais ardente. O seu coração, inacessível ao sentimento, ainda esmorecia; todas as virtudes de Zefis, que o ingrato louvava sem conhecer e talvez sem acreditar nelas, longe de ligá-lo a ela, pareciam afastá-lo e reprimi-lo. Eu não o via nem mesmo emocionado com o amor terno e verdadeiro que ela tinha por ele, mas ela começava a lhe inspirar desejos. Ele a olhava com exaltação, suspirava, falava-lhe com entusiasmo da felicidade que usufruíra e pareceu esperar com impaciência que a ceia terminasse. Ele lhe disse mesmo isso; mas seja porque se divertia ali ou que não tivesse tão boa opinião quanto a dele sobre a pós-ceia, ela estava menos impaciente. Contudo o amava; ele a apressou, logo... Ah, Mazulhim! como terias sido feliz se tivésseis sabido amar!

Pouco tempo depois, Zefis saiu e Mazulhim a seguiu, protestando-lhe amor e reconhecimento que eu pensei serem tanto menos verdadeiros quanto mais ela os merecia. Zefis era excessivamente amável para que ele pudesse se ligar constantemente a ela. Era verdadeira, sem maquilagem, sem coqueteria; Mazulhim era o seu primeiro caso, mas o que teria feito a felicidade de um outro, para esse coração corrompido não passava de uma ligação onde não encontrava prazer nem diversão. Ele somente precisava dessas mulheres que, nascidas sem sentimento nem pudor, têm mil aventuras sem ter um amante e que, à indecência da sua conduta, poderíamos acusar de buscar ainda mais a desonra do que o prazer. Não era espantoso que Mazulhim, que não passava de um pretensioso, agradasse às mulheres desse gênero e que, por sua vez, ele as procurasse.

– Mas, Amanzei – perguntou a Sultana –, como um homem de tão pouco mérito pudera tocar uma pessoa tão amável quanto vós nos descrevestes Zefis?

– Se Vossa Majestade tivesse a bondade de voltar a se lembrar do retrato que fiz de Mazulhim, ela se espantaria menos com o fato de que ele soubesse agradar a Zefis; ele tinha garbo e sabia fingir virtudes. Aliás, Zefis não seria a primeira mulher racional que teria tido a desgraça de amar um presunçoso, e Vossa Majestade não ignora que todos os dias não se vê outra coisa.

– Sem dúvida! – disse o Sultão. – Ora essa, ele tem razão, somente se vê isso! De resto, não me pergunteis por que, pois nada sei sobre isso.

– Também não é a vós que o pergunto – retomou a Sultana. – São coisas que, com todo o espírito que tendes, parece-me simples que não o saibais. Que uma mulher racional – continuou ela – se entregue a um amor igualmente terno e constante; que, segura dos sentimentos e da probidade de um homem que a ama (se contudo alguma coisa pode assegurá-la disso), ela finalmente se entrega a ele, isso não me surpreende; mas que seja capaz de cometer fraquezas por um Mazulhim, eis o que não posso compreender!

– O amor – respondeu Amanzei – não seria o que é se...

– Se, se – interrompeu o Sultão. – Bancareis por muito tempo os pedantes? E não tendes mais a lembrança de que eu proibi as dissertações? O que vos importa, dizei-me, que essa Zefis ame esse Mazulhim, que uma seja uma falsa beata e o outro um presunçoso? Pois bem! Ela o ama assim como ele é. Quereis saber por quê? Por que não perguntáveis a Amanzei enquanto ele era mulher? Acreditais que ele se lembre disso, ele, agora? De resto, sois a causa, com todos os vossos discursos, do fato de que todos os contos que me fazem nunca acabam e isso me cansa. Vejamos, Emir, onde estáveis? O que é feito dessa Zefis tão racional que acaba aborrecendo? Qual foi o fim de tudo isso?

– O que devia ter – retomou Amanzei. – Mazulhim, não querendo inicialmente faltar totalmente com o respeito a Zefis, enganou-a da forma mais secreta possível. Ou os cuidados que teve para com ela não foram empregados de forma hábil o suficiente para enganá-la por muito tempo ou as infidelidades que ele lhe fazia eram exageradamente freqüentes e acentuadas para que ele pudesse sempre ocultá-las. De qualquer forma, ela se queixou; mas, como com todas as delicadezas do amor mais terno ela tinha toda a sua cegueira, ele conseguiu acalmá-la facilmente. Ele continuou as suas infidelidades e ela recomeçou as suas censuras. Finalmente ele se impacientou e, pouco tocado pelo seu amor e pelas suas lágrimas, rompeu completamente com ela e a deixou entregue à vergonha de tê-lo amado e à dor de tê-lo perdido.

– Palavra – disse o Sultão –, ele fez muito bem em deixá-la; e a prova disso é que eu teria feito o mesmo! Sei muito bem que ela era muito bonita, que tinha muito mérito, mas aquele mérito, a mim que desejo que me divirtam, teria me aborrecido exatamente como a ele. Entretanto, não é que eu seja um Mazulhim, penso que não me censurarão isso. Mas é que não deixa de ser agradável deixar mulheres, nem que seja somente para ouvir o que elas têm a dizer sobre isso.

CAPÍTULO XI

Que contém uma receita contra os encantamentos

Três dias depois que vi Zefis pela primeira vez, Mazulhim chegou sozinho. Mal tivera tempo de dar algumas ordens e uma mulher baixa, de aparência viva, indecente, travessa e entretanto afetada, entrou no gabinete. De longe, não lhe faltava brilho. De perto, não passava de uma figura medíocre e que, sem os seus ridículos, os trejeitos e essa prodigiosa vivacidade que ostentava, nem se teria notado. Assim, era a única coisa que fizera nascer em Mazulhim o desejo de vê-la.

– Ah! – exclamou ele, vendo-a –, sois vós! Mas sabeis que sois divina chegando tão cedo?

Essa beleza que, apesar dos seus ares infantis, tinha pelo menos trinta anos, avançou em direção a Mazulhim com essa nobre indecência que compunha quase todas as suas graças e, sem responder-lhe, nem quase olhá-lo:

– Tendes muita razão – disse-lhe ela – em me dizer

que vossa pequena casa era bonita; mas é que ela é encantadora! Mobiliada com um gosto! Com uma voluptuosidade! isso é divino!

– Não é verdade – respondeu ele – que é a mais bonita do arrabalde?

– Quanto a isso – replicou ela –, não diriam que conheço muitas? Este gabinete é encantador – continuou ela –, galante tanto quanto o possível.

– Estou encantado – disse ele – em vos ver nele e que ele vos agrade.

– Oh! para mim – replicou ela – talvez não tenha vindo tão afetada quanto devia. Não que eu não saiba, tão bem quanto uma outra, a arte de ir embora e de pôr decência num caso: mas...

– Não a praticais – interrompeu ele. – Oh, por isso fazem justiça convosco.

– É que isso é verdade, pelo menos – retomou ela. – Exatamente, não sou nada falsa. Ontem, quando me dissestes que me amáveis e que me propusestes vir até aqui... estive entretanto bastante tentada em vos responder não, mas a verdade do meu caráter não me permitiu isso de forma alguma. Sou franca, natural, vós me agradais e aqui estou, talvez não pensais mais mal de mim por isso?

– Quem? Eu? – respondeu ele, balançando os ombros. – Eis uma bela idéia! Se me fosse possível, pensaria mil vezes melhor!

– Na verdade, sois encantador – retomou ela. – Mas, dizei-me então, há muito tempo que estais aqui?

– Estava chegando – recomeçou ele – e enrubesço por isso, estou confuso. Mas pensastes em ser a primeira a estar aqui.

– Isso teria sido realmente bonito – disse ela –, e eu não teria deixado de vos ser reconhecida!

– Concebeis bem – respondeu ele – que não fazemos

essas coisas de propósito e que elas podem acontecer às pessoas mais solícitas.

– Sim, sim – retomou ela –, concebo bem isso; entretanto não gostaria disso. Escutai então algumas notícias. Neste instante Zobeide acaba de deixar Areb-Chan.

– Ela somente lhe fez isso? – perguntou ele.

– E Sofie – continuou ela – acaba de tomar Dara.

– Ela tomou somente ele? – continuou ainda.

Enquanto ela falava, Mazulhim, que a conhecia demais para respeitá-la somente um pouco, tomava com ela as maiores liberdades. Longe de me parecer mais comovida do que ele, passeou os seus olhos distraidamente no gabinete, depois, voltando-os para o seu relógio:

– Mas que loucura então, Mazulhim! – disse ela. – Ficaremos sozinhos o dia todo?

– Aí está uma boa pergunta – respondeu ele. – Sem dúvida estaremos sozinhos!

– Mas, realmente – retomou ela –, eu não contara com isso. Largai-me, então – acrescentou ela, sem nenhum desejo que ele terminasse nem que continuasse (assim ele não ficou mais embaraçado do que ela) –; na verdade, sois de uma loucura que a nada se assemelha. E a propósito do que estarmos sozinhos, por favor?

– Parece me – respondeu friamente Mazulhim – que essa conversa não impedia de nos divertirmos, que isso estava combinado entre nós.

– Combinado? – disse ela. – Que conto! Onde inventastes isso? Não falei uma palavra sobre isso, juro; e sabe o que mais, para mim tanto faz e saberei bem vos conter. Ah! para isso, deixai comigo! Tendes modos singulares...

– Nem tanto, parece-me que não sou mais singular do que um outro. Aliás, estando juntos como estamos, devo acreditar que não exagero nada. Ah! Zulica! Vós que tendes gosto, dizei-me o que achais desse teto?

– Estava sonhando com isso – disse ela –, gostaria que ele fosse menos carregado de dourado. Assim como está, contudo, eu o acho muito bonito! – acrescentou ela, sentando sobre os seus joelhos e, segundo tudo parecia, não era para atrapalhá-lo.

– Quando penso nisso... – retomou ela. – É preciso que esteja bem louca para acreditar que me sereis fiel, vós que ainda não o fostes com ninguém.

– Ah! não falemos disso – replicou ele, continuando a se ocupar e (graças às bondades de Zulica) de forma muito cômoda –, talvez estivésseis bem embaraçada se eu fosse mais constante do que suspeitais que eu seja.

– Portanto, não quereis me deixar? – disse ela, não fazendo o menor movimento para escapar dele ou para constrangê-lo. – Com relação à constância – continuou ela tão friamente quanto se ele não tivesse continuado – tenho isso no caráter, ouso dizê-lo!

– Hoje a constância não é uma virtude, de tão comum que é – respondeu ele –, e, sem nos vangloriarmos, podemos dizer que somos capazes de ser constantes. Vós, entretanto e apesar da constância de que podeis alardear, mudastes algumas vezes...

– Nem tanto, não acreditareis nisso!

– Mas conheço, e não o ignorais, todos os amantes que tivestes.

– Pois bem – disse ela –, nesse caso convireis que dependeu somente de mim ter muitos mais. Acabai com isso, portanto, vós me atormentais!

– Muito menos do que deveria.

– Mas, enfim – replicou ela –, é sempre mais do que quero.

– O quê! – disse-lhe ele. – Não me amais? Tereis um capricho? Não combinamos tudo?

– Está bem! Claro que... sim – respondeu ela –, mas... Ah! Mazulhim, vós me desagradais!

– É um conto – recomeçou ele friamente –, isso não pode acontecer!

Então ele a colocou suavemente sobre mim.

– Eu vos asseguro, Mazulhim –, disse ela, arrumando-se ali – que estou indignada convosco. Estou lhe dizendo, jamais vos perdoarei!

Apesar dessas terríveis ameaças de Zulica, Mazulhim quis terminar de melindrá-la. Como, entre outras coisas, ele tinha o mau hábito de jamais esperar a si e que aparentemente ela tinha o de jamais esperar ninguém, de fato ele a melindrou a um ponto que não se poderia imaginar. Contudo, apesar de sua raiva, ela esperou e a sua vaidade fê-la suspender o seu julgamento. Em todas as ocasiões em que se encontrara (e certamente elas foram freqüentes), jamais tinham lhe faltado ao prometido; para ela era uma prova incontestável do que ela valia. Aliás, esse Mazulhim que ela achava tão pouco digno de estima, se acreditássemos no público, de quais prodígios não seria capaz? Se (como parecia-lhe estar bastante provado) ela não tinha nada a se censurar, por qual acaso Mazulhim que, dizia-se, jamais procedera mal com alguém, por que o fizera tão singularmente com ela? Ela ouvira de todo mundo que era encantadora; a reputação de Mazulhim era bela demais para que ele não a merecesse, pelo menos, sob algum ponto de vista; portanto o que o fazia refletir tanto não era nada natural e não podia durar.

Com essas idéias consoladoras e de boato em boato, Zulica se armara de paciência e escondia da melhor forma possível o seu despeito. Mazulhim, contudo, mantinha os mais galantes propósitos do mundo acerca das belezas dela, que pareciam tocá-lo tão pouco. Era preciso, dizia ele, que para torná-lo assim como se encontrava todos os mágicos das Índias tivessem trabalhado contra ele.

– Mas – continuou ele – o que podem os encantos deles contra os vossos? Amável Zulica, eles divergiram do seu poder, mas não triunfarão sobre ele!

A tudo isso, Zulica, mais aborrecida do que Mazulhim estava desconcertado, somente lhe respondeu por sorrisos maliciosos, mas aos quais, com pena de terminar com ele, ela não ousava dar toda a expressão que desejaria ter.

– Estais – perguntou-lhe ela com um ar debochado – indisposto com os mágicos? Aconselho-vos a vos reconciliar com eles; pessoas capazes de fazer uma coisa dessas são inimigos perigosos.

– Eles seriam menos se tivésseis posto bem na cabeça de lhes dar o desmentido disso – respondeu ele –, e duvido também que, apesar da sua má vontade, se eu vos amasse com menos ardor, eu teria sentido...

– Oh! é um propósito no qual faço muito pouca fé, este que me dizeis – interrompeu Zulica que, tendo determinado em si mesma o tempo que se poderia ficar encantado, acreditava então ter concedido bastante prazo.

– Sei bem – retomou ele – que se me julgais com rigor, não deveis estar contente; mas, quanto menos estiverdes, mais deveríeis acabar de me tirar a razão!

– Duvido – replicou ela – que isso fosse conveniente.

– Acredito que fôsseis menos ligada à decência – retomou ele com um ar zombeteiro – e ousava esperar...

– Certamente usais bem o vosso tempo para zombar – interrompeu ela. – Tendes razão; nada é tão glorioso para vós quanto essa aventura!

– Mas, Zulica – retomou ele –, não poderíeis portanto sentir alguma vez que o tom que tomais somente pode me aborrecer e perpetuar a minha humilhação?

– Eu vos juro – disse ela –, isto é o que menos me preocupa.

– Mas – perguntou ele –, se vos preocupais tão pouco com isso, com o que vos aborreceis tanto?

– Permitireis que vos diga, Senhor, que é uma pergunta muito tola a que me fazeis.

Com essas palavras ela se levantou, apesar de todos os esforços que ele fez para retê-la.

– Deixai-me – disse ela com um tom áspero. – Não quero vos ver nem ouvir.

– Certamente – exclamou ele – vi mulheres igualmente infelizes mas jamais tão aborrecidas!

Essa exclamação de Mazulhim não agradou a Zulica. Desesperada com o acidente que estava acontecendo, exasperada com o jeito frio de Mazulhim, em sua fúria apoderou-se de um grande vaso de porcelana que encontrou à mão e o quebrou em mil pedaços.

– Infelizmente, Madame – disse-lhe Mazulhim sorrindo –, não teríeis encontrado aqui nada para quebrar se todas as pessoas que não estivessem contentes comigo tivessem se vingado da mesma maneira. De resto – acrescentou ele, sentando-se sobre mim – suplico-vos para não vos incomodar.

– Eis uma mulher que me agrada inteiramente – disse Schah-Baham –; ela tem sentimento e não é como essa Zefis, para quem tudo é igual e que, aliás, era mesmo a preciosa mais tola que encontrei em toda minha vida! Sinto que ela me interessa infinitamente e a recomendo para vós, Amanzei; compreendeis? Faça com que não a magoem sempre.

– Sire – respondeu Amanzei –, eu a favorecerei tanto quanto o respeito devido à verdade poderá permiti-lo.

Mazulhim, terminando de falar, pôs-se a sonhar com um ar distraído. Zulica, que fora se sentar num canto e longe dele, durante algum tempo manteve muito bem a indiferença desdenhosa que ele lhe testemunhava e, para devolvê-la, pôs-se a cantar.

– Ou estou enganado – disse ele quando ela terminou –, ou o trecho que Madame acaba de cantar é da ópera tal.

Ela nada respondeu.

– Tendes – continuou ele – uma bonita voz, pouco extensa, mas aflautada e cujos sons vão diretamente ao coração.

– Felizmente ela vos agrada – continuou ela, sem olhá-lo.

– Talvez não acrediteis nisso – recomeçou ele –, mas é verdade, entretanto, que poderíeis ficar lisonjeada com isso e que poucas pessoas conhecem tão bem esse assunto quanto eu. E outro agrado que acho em vós, e que vos diria agora se pudesse vos parecer digno de vos louvar, é uma expressão encantadora, que nada deixa a desejar por sua vivacidade e por sua exatidão e que vossos olhos apóiam tão bem, que é impossível vos ouvir sem se sentir comovido até o fundo do coração. Ireis me responder ainda que é muita sorte que isso me agrade.

– Não – respondeu ela com um tom mais doce –, não estou aborrecida porque encontráveis em mim coisas mais amáveis, e quanto mais sei que sois perito, mais os vossos elogios devem me lisonjear.

– Aí está precisamente – disse ele – a razão que me faria desejar merecer os vossos.

– Ah, sem dúvida! – disse ela.

– Ireis me dizer que não entendeis nada disso – respondeu ele – e, para cúmulo da injustiça, não imaginais também que me é indiferente o fato de pensardes bem ou mal de mim? Acrescentareis essa injúria a todas que já me fizestes? Ah, Zulica! seria possível que o que deveria aumentar a vossa ternura não sirva senão para vos irritar contra mim?

– É também possível – retomou ela com arrebatamento – que acreditais que eu seja tão simplória para olhar como prova de amor a afronta mais sangrenta que jamais poderíeis me fazer?

– Uma afronta – exclamou ele –, amável Zulica! Conheceis pouco o amor, se pensais que deveríamos, vós e eu, enrubescer com o que nos aconteceu. Não temerei vos dizer mais coisas: as pessoas a quem honrastes bastante com a vossa ternura vos amaram bem pouco, se não as achastes todas tão infelizes quanto eu.

– Oh! para isso, senhor – disse ela, levantando-se –, terminai, ou vos deixo. Não posso mais sustentar o ridículo e a indecência de vossos propósitos.

– Não ignoro que eles vos ferem – respondeu ele –, e estou surpreso, confesso, por causarem este efeito sobre vós, mas com o que não me conformo é que vos obstineis a me achar tão culpado. Acharia bem simples que uma mulher comum, sem sociedade, sem hábitos, se ofendesse mortalmente com uma aventura semelhante; mas vós! Que sejais precisamente como alguém que jamais viu coisa alguma! Na verdade isso não é perdoável.

– De fato! – disse ela. – É preciso ser tola ao extremo para não achá-la lisonjeira e não me espanto de, absolutamente, não ter ainda vos agradecido pela impressão singular que causei em vós!

– Zombaria à parte – disse ele, querendo se levantar –, vou vos provar que não estou errado.

– Não, senhor – exclamou ela –, eu vos proíbo de vos aproximar!

– Executarei as vossas ordens, por mais injustas que sejam, e provarei de longe, pois julgais isso conveniente.

– Sim – replicou ela –, certamente isso vos será mais

cômodo. Mas façamos melhor: não faleis mais disso; de qualquer forma, não sou tão imbecil para que algum dia possais me persuadir de que, quanto mais um amante tem ternura, menos pode exprimi-la àquele que ama.

– Quer dizer – retomou ele, com um ar negligente – que acreditais precisamente no contrário, vós?

– Sim – recomeçou ela –, precisamente; é que não se pode estar mais persuadido de uma coisa do que estou desta.

– Pois bem, Madame! Podeis vos gabar de ser a mulher menos delicada que existe no mundo e se eu não vos amasse ao ponto que não conheço sob o céu nada tão forte para me arrancar de vós, eu vos confessaria que essa maneira de pensar me afastaria para sempre de vós.

– Seria bastante surpreendente – disse ela – que essa maneira vos agradasse!

– Oh, não! – retomou ele com um ar despreendido. – Não estou interessado, tanto quanto quereis me dar a honra de acreditar, em me declarar seu inimigo; mas, por todos os tempos, está decidido que quanto mais se tem amor, menos se tem o uso dos seus sentidos e que somente corações grosseiros e incapazes costumam se deixar penetrar pelos encantos da volúpia, de se possuir nos momentos em que me encontrastes tão longe de mim mesmo. Se a esperança do prazer bastasse para perturbar um amante, julgai o que deve produzir nele a aproximação desses instantes felizes que ele desejou tão intensamente. O quanto a sua alma deve estar gasta nos arroubos que os precedem e se essa desordem que me censurais é tão descortês para uma mulher que sabe pensar quanto esse sangue-frio de que, sem dúvida por não refletir, gostaríeis de que eu tivesse sido capaz. Francamente – acrescentou ele, indo lançar-se aos seu pés –, seria a primeira vez que vós...

– Ah! acabai com essa brincadeira de mau gosto – interrompeu ela. – Deixai-me; quero sair e jamais voltar a vos ver.

– Mas, Zulica – disse-lhe ele trazendo-a para o meu lado –, jamais desejareis sentir que, pela maneira pela qual tomais o meu infortúnio, parece que não acreditais terdes encantos suficientes para fazê-lo cessar?

Seja porque as delicadas distinções de Mazulhim já tivessem predisposto Zulica para a clemência, seja porque a grande reputação que ele adquiria tornasse o que ele dizia mais verossímil, ela se deixou conduzir sobre mim, fazendo essa leve resistência que, normalmente, abrasa mais do que detém. Pouco a pouco, Mazulhim obteve mais dela e tornou a se encontrar na mesma circunstância em que Zulica se zangara.

Já perturbada pelos arroubos de Mazulhim, ela começava a desejar vivamente que ele se deixasse impressionar menos com os sentidos do que da primeira vez. Ela já estava mesmo esperando quando Mazulhim, mais delicado do que nunca, falou cruelmente em suas mais doces esperanças. Ela ficou tanto mais indignada que (vaidade à parte) teria então tido prazer em se comportar de modo diferente.

– Oh! está bem – disse o Sultão –, que ele também acabe então; isso me aborrece tanto quanto ela. Não é porque tomei o partido de Zulica, mas pergunto-vos se existe alguém a quem isso não impacientaria, se a paciência de um dervixe agüentaria? Por Deus, vale mesmo a pena fazê-la esperar? Amanzei, não me prometestes isso, pelo menos? No fim acabaríes me fazendo acreditar que quereis mal àquela mulher e vos digo naturalmente, não acharia isso bom, mas nada bom.

– Seria – respondeu Amanzei –, se fizesse um conto para Vossa Majestade; ser-me-ia fácil arranjar os assuntos como ela o quisesse, mas estou contando o que vi e não posso, sem alterar a verdade, dar a Mazulhim procedimentos diferentes dos que ele tinha.

– Ah, que tolo esse Mazulhim – exclamou Schah-Baham –, e como estou irritado com ele!

– Mas – disse a Sultana – não sei por que quereis tão mal a ele; ele não fazia aquilo mais de propósito do que vós.

– Ele? – retomou o Sultão. – Palavra, não sei nada disso: era um homem maldoso!

– Aliás – disse ainda a Sultana –, é que essa Zulica que tanto vos agrada era a última das...

– Peço-vos, Madame – interrompeu ele –, para pensar baixinho o que vos agradar e para não me falar nada mal dela. Sei muito bem que basta eu ter amizade por alguém para que ela vos desagrade e isso me choca, estou avisando.

– A vossa cólera não me assusta nada – respondeu a Sultana –, e, além do mais, eu não ficaria nada espantada se essa Zulica, que hoje amais tanto, amanhã vos aborrecesse mortalmente.

– Duvido! – retomou o Sultão. – Eu não me predisponho como vós; esperando que isso aconteça, continuemos a ver o resto da história.

Zulica enrubesceu de fúria diante da nova afronta que Mazulhim fazia aos seus encantos:

– Na verdade, Senhor – disse ela, empurrando-o com violência –, se é uma preferência que me dais, ouso dizer que ela é mal empregada.

– Seria o primeiro a dizê-lo – respondeu ele – se pudesse imaginar por um só momento que acreditásseis merecer os danos que vos causei; mas não vejo aparência disso e sem dificuldade confessarei que nada me justifica.

– O fato é que, quando nos conhecemos de uma certa forma – disse ela –, devemos deixar as pessoas tranqüilas.

– Sem dúvida, será este o partido que tomarei, se isto tiver conseqüências – replicou ele. – Permitireis entretanto que me gabe do contrário.

– Na verdade – disse ela – não vos aconselho a fazer isso!

Então ela se levantou, pegou o seu leque, recolocou as suas luvas e, tirando uma caixa de ruge, foi para a frente de um espelho. Enquanto, com toda a atenção possível, ela procurava se arrumar como estava quando entrou, Mazulhim, que viera atrás dela, atrapalhando a sua obra, pediu-lhe ternamente para absolutamente não ter o trabalho que certamente ela teria que recomeçar. Zulica, inicialmente, não respondeu senão por uma cara que deve ter lhe provado a pouca fé que ela tinha em suas predições; mas vendo finalmente que ele continuava a atormentá-la:

– Pois bem, senhor – disse ela –, seria isso eterno e não quereis que eu possa sair? É só me dizer.

– Mas tanto quanto possa me lembrar – respondeu ele – disso, tudo já foi dito; não ceareis aqui?

– Não que eu saiba – retomou ela.

– Vereis – disse ele sorrindo – que também não contastes com isso.

– Enfim – disse ela – estou comprometida e está tarde.

– Eis uma loucura bastante boa! – disse ele, tornando a deitá-la sobre mim e querendo ainda tentar encontrar finalmente o meio de lhe tornar as horas menos longas.

– Olhai, Mazulhim – disse ela com um tom doce –, acreditareis em mim se quiserdes, digo-vos isso sem raiva; mas o personagem que me fazeis representar é insustentável.

– Mais bondade de vossa parte – respondeu ele – me tornaria menos lastimável; mas sois tão pouco complacente!

– Na verdade – recomeçou ela – também seria muito desumano vos tirar a única desculpa que pudesse vos restar.

Ele lhe respondeu com firmeza que, de bom grado, estava correndo o risco.

Então ela deixou-se convencer, para ter o prazer de satisfazê-lo com todos os atos condenáveis que se possa imaginar. Quanto mais ele merecia a sua piedade (pois ela não nascera generosa), mais ela se sentia indignada. Ferida por ele ter se sentido tão pouco sensível aos seus encantos, parecia estar ainda mais indignada por ele ter respondido mal às suas últimas bondades: somente a sua vaidade a fazia suportar o que a feria de modo tão sensível. Mal se gabara do triunfo, ela o via se desvanecer. Por vinte vezes esteve prestes a renunciar a uma esperança que somente parecia se lhe apresentar para depois enganá-la mais cruelmente. Mas ora, depois de tudo o que fizera por Mazulhim, ela o abandonaria ao seu destino? Um momento a mais pôde vencer a sua ingratidão. Se para ela tivesse sido mais doce dever tudo à ternura de Mazulhim, deve ser mais glorioso tirar-lhe tudo.

Esse raciocínio talvez não fosse o mais justo que Zulica pudesse fazer; mas, para a situação em que se encontrava, ainda era muito se ela pudesse raciocinar.

Mazulhim, que sentia, pelo jeito com que ela o olhava, que, para resistir à frieza perseverante que, mesmo contra a sua vontade, ele lhe testemunhava, ela tinha necessidade de ser apoiada, fazia-lhe incessantemente os elogios mais lisonjeiros sobre o seu caráter compassivo.

– Certamente – exclamou ela por sua vez, num instante onde talvez a impaciência, levando a melhor, fazia-a achar mais mérito nas bondades que ela tinha por Mazulhim –, certamente é preciso convir que tenho uma bela alma!

Diante dessa exclamação tão bem colocada, Mazulhim não pôde se impedir de dar uma gargalhada e Zulica, que sabia o quanto, às vezes, é perigoso rir, zangou-se muito seriamente pelo que ele rira.

A alegria de Mazulhim, contudo, não lhe foi tão funesta quanto ela temera. Os feiticeiros, que até aquele momento o tinham perseguido tão cruelmente, começaram a retirar os seus braços malfeitores de cima dele. Embora faltasse muito para que a vitória que ela conseguia sobre eles fosse completa, ela não deixou de se felicitar bem alto. Não que, com a inteligência que tinha, ela se enganasse, mas queria fortificar Mazulhim pela confiança que ela parecia ter: ela o conhecia bem pouco para acreditar que ele tivesse necessidade disso.

Mal Mazulhim, que era o homem mais presunçoso do mundo, se sentiu menos abatido, que teve a temeridade de se achar capaz dos maiores empreendimentos. Por mais que Zulica, que estava em condições de julgar os assuntos de forma mais sadia do que ele, pudesse lhe dizer, não pôde detê-lo. Seja imaginando que ele não podia se demorar sem se perder ou que (o que é mais verossímil) acreditasse não precisar dizer nada mais junto dela, ele quis tentar aquilo que (e ainda pelo maior risco do mundo) jamais lhe faltara a não ser uma vez. Zulica, que não se deslumbrava facilmente e que aliás não era a mulher de Agra que menos pensava bem de si mesma, ficou surpresa com a presunção de Mazulhim e lhe fez as objeções mais razoáveis. Elas não tiveram sucesso e Mazulhim, teimando sempre, por uma conseqüência necessária de sua confiança em seus encantos e para humilhá-la, ela não se recusou mais do que Zefis a idéias cujo ridículo ela não podia admirar o suficiente.

– Ah, sim! – disse ela com um ar desdenhoso.

De repente a sua fisionomia mudou e, pelo seu

rubor e pelo seu despeito, tanto quanto pelo ar zombeteiro e insultante de Mazulhim, julguei que o que ela anunciara como impraticável era extremamente fácil.

– Imaginai isso! – exclamou o Sultão. – E depois as mulheres se queixarão ou passarão por excêntricas! É bom saber disso.

– O quê? – perguntou-lhe a Sultana. – Qual a admirável descoberta que acabais de fazer?

– Oh, estou sendo bem claro – respondeu o Sultão –, é que, se algum dia alguém tiver a audácia de me censurar, sei agora o que terei que responder. Estou, contudo, muito aborrecido pelo fato dessa mortificação acontecer a Zulica, certamente ela a merecia menos do que ninguém. Mas continuai, Emir; existem coisas muito belas no que acabais de nos contar e esse fato me dá uma ótima opinião do resto.

SEGUNDA PARTE

CAPÍTULO XII

Aproximadamente, a mesma coisa que o anterior

Se o dissabor que acontecia a Zulica a mortificou muito, não lhe tirou a presença de espírito que lhe era necessária num acidente tão deplorável. Ela felicitou Mazulhim, queixou-se de uma coisa bem diferente da que a que a enchia de fúria e, para tentar salvar a sua glória, não temeu dar-lhe uma honra que ele não merecia absolutamente.

Não sei se foi para mortificar Zulica ou se, contrariamente ao seu normal, ele queria se fazer justiça: mas, por mais que ela fizesse, ele jamais quis acreditar que fosse o que ela dizia. Havia, dizia ele obstinadamente, dias infelizes, dias que, se os prevíssemos, seria preferível morrer a esperá-los.

Zulica concordava que, de fato, havia dias que não começavam de modo brilhante mas dos quais, no fim, se encontrava mais coisas para se louvar do que para se queixar.

– Eu vos confesso – acrescentou ela, com uma ternura da qual, nesse momento, estava bem afastada – que tive ocasião de acreditar que o que me dissestes cem vezes sobre a minha beleza não era sincero ou que as coisas que parecestes admirar em mim estavam apagadas por defeitos que vos chocavam tanto mais quanto os havíeis menos previsto: mas me tranqüilizastes.

– Ah, Zulica – exclamou o impiedoso Mazulhim –, os vossos temores eram então bem medíocres! Sinto tudo o que devo às vossas bondades; mas elas não me cegam; e quanto mais vos acho generosa, mais aumentais os meus remorsos.

– Mas que loucura! – recomeçou ela. – Pelo menos

não ireis vos impressionar com uma idéia tão falsa: nada seria mais injusto!

Com essas palavras, puseram-se a passear pelo quarto, ambos muito embaraçados um com o outro, sem amor, sem desejos e reduzidos, por sua mútua imprudência e pela combinação que acarreta um encontro numa pequena casa, a passar juntos o resto de um dia que eles não pareciam dispostos a empregar de um modo que pudesse agradá-los. Zulica tinha belas reflexões a fazer sobre a falsidade das reputações. O que interiormente a desesperava (pois eu lia facilmente em sua alma) era a impossibilidade de se vingar de Mazulhim.

– Se eu contar isso, quem acreditará? – dizia-se ela. – Ou, se acreditarem, será que a prevenção que se tem contra ele permitirá pensar que ele teria me causado tantos danos, se tivesse tido com o que impedi-lo de causá-los? Qualquer coisa que eu fizer, ser-me-á impossível desiludir todo mundo.

Essas idéias a ocupavam com bastante tristeza. Para Mazulhim, parecia que isso não tinha qualquer interesse para ela. Eles passearam algum tempo sem nada se dizerem; de vez em quando, contudo, sorriam um para o outro de maneira fria e constrangida.

– Estais sonhando! – disse ele finalmente.

– Estais surpreso com isso? – respondeu ela com um ar hipócrita. – Pensais que estar com alguém como estou convosco não seja, para uma mulher racional, uma coisa extraordinária?

– Não – replicou ele –, penso que as mulheres racionais estão inteiramente acostumadas com isso.

– Parece – retomou ela – que ignorais o que isso produz sobre elas e o quanto, antes de se renderem, elas têm que combater.

– O que dizeis, por exemplo, é muito provável –

replicou ele – pois, pela maneira pela qual elas abreviaram os combates, era preciso que eles as cansassem cruelmente.

– Aqui está – exclamou ela – um dos piores propósitos que se possa manter. Acreditais ter tido muito espírito quando dissestes semelhantes coisas? Sabeis bem que isso não passa de um verdadeiro discurso de almofadinha?

– Eu não o consideraria pior por isso – respondeu ele.

– Pelo menos o acharíeis bastante falso – retomou ela – se soubésseis o que me custou para vos pegar.

– O que – exclamou ele –, sonhastes com isso! Isso me ultraja; eu me lisonjeava do contrário e estou descontente convosco por me tirar um erro no qual eu ganhava, sem que nisso perdêsseis nada no meu espírito. Eh! dizei-me, por gentileza, Zadis vos custou tantas reflexões?

– O que quereis dizer? – perguntou ela friamente. – Que Zadis é esse?

– Peço-vos desculpas – respondeu ele, zombando –, teria jurado que o conhecíeis.

– Sim – respondeu ela –, como se conhece todo mundo.

– Creio, por pouco conhecido que vos seja, que ele ficaria bem aborrecido se soubesse que estais aqui – continuou ele –, e ou muito me engano ou as vossas bondades para comigo o deixariam muito contristado. Tende boa-fé – acrescentou ele, vendo-a balançar os ombros –; Zadis vos agradava antes que eu tivesse a felicidade de vos agradar e apostaria mesmo que atualmente estais bem juntos.

– Eis uma brincadeira – respondeu ela – de muito má qualidade!

– No fundo – continuou ele –, se lhe fôsseis infiel, ele ainda ficaria muito feliz. Um homem como Zadis é pouco feito para ser amado e sempre me surpreendi com o fato de que, viva como sois e de uma alegria encantadora, tivésseis podido arrumar um amante tão frio, tão taciturno!

– Estais enganado, Mazulhim – respondeu ela –, ele é somente terno. Eu o sacrifiquei a vós, inútil dizer o contrário, mas temo que logo me forçareis a me arrepender disso.

– Sois leviana – replicou ele –, e confesso que eu sou inconstante; mas quanto menos fomos capazes, até agora, de ter uma ligação séria, mais glória teremos em nos fixarmos um ao outro.

Com essas palavras, ele a conduziu para o meu lado, mas com um ar que facilmente deixava saber que somente a conveniência guiava os seus passos até ali.

– É verdade que sois encantadora – disse-lhe ele –, e, sem um ar um pouco exageradamente decente que mesmo comigo não abandonais, não conheço ninguém que, melhor do que vós, pudesse fazer a felicidade de um amante.

– Confesso – respondeu ela – que naturalmente sou reservada; entretanto não cabe a vós vos queixar disso.

– Sem dúvida, me fazeis feliz – replicou ele – mas, tendo nascido sem desejos, não concedeis muito aos que fazeis nascer. Sinto constrangimento em tudo o que fazeis por mim: temais continuamente vos entregar muito e, entre nós, suspeito de que sois bem pouco sensível.

Mazulhim, falando assim a Zulica, apertava-lhe as mãos com um ar apaixonado.

– Embora o excesso de vossos encantos já tenha me prejudicado – prosseguiu ele –, não poderia me recusar ao prazer de ainda admirá-los. Mesmo que tivesse que perecer por eles, tantas belezas não me serão escondidas por muito tempo! Deus! – exclamou ele com arroubo – ah! se possível, tornai-me digno da minha felicidade!

Qualquer coisa que Zulica tivesse dito sobre a sua pouca sensibilidade, a admiração em que Mazulhim parecia mergulhado, a veemência dos seus arroubos, o cuidado que tomava para dividi-los com ela a comoveram e a perturbaram.

– Vós vos queixareis? – disse-lhe ela ternamente.

Ele não lhe respondeu senão querendo lhe provar todo o seu reconhecimento. Mas Zulica ainda se lembrava da pouca confiança que devia ter nele e temendo tudo do desvario em que o via:

– Ah, Mazulhim – disse ela com um tom que marcava todo o seu temor –, não ireis me amar demais?

Embora Mazulhim não pudesse se impedir de rir do seu terror, ela se achou menos amada do que temia sê-lo.

A sua felicidade mútua tirou-lhes esse constrangimento e esse ar aborrecido que há algum tempo tinham um para com o outro. A sua conversa se animou. Zulica, que acreditava ter livrado Mazulhim das mãos dos feiticeiros, aplaudia a si mesma pela obra dos seus encantos e Mazulhim, mais contente consigo mesmo, também se abandonava à sua graça.

Quando estavam nessas felizes disposições, vieram servir. A sua refeição foi alegre. Zulica e Mazulhim, que talvez fossem as duas pessoas mais maldosas existentes na corte de Agra, não pouparam quem quer que fosse.

– Não poderíeis me dizer – perguntou Mazulhim – a propósito do que Altun-Can tomou esse ar tão importante que há alguns dias vemos nele?

– Meu Deus! sem dúvida – respondeu ela. – Será que ignorais que ele está infinitamente bem com Aischa?

– Mas, pelo que me parece – respondeu ele –, seria uma razão a mais para ser modesto.

– Sim, para um outro – recomeçou ela –, mas será que não o achais feliz demais, ele?

– Eu vos confessarei que não – recomeçou ele. – Por mais ridículo que seja Altun-Can, não posso me impedir de lastimá-lo; um homem que pertence a Aischa, indubitavelmente, é o homem mais infeliz do mundo.

– O que há de particular – disse ela – é que ela faz mistério com isso.

– Ah! Desta feita – respondeu ele – procurais lhe fazer uma afronta! Jamais Aischa escondeu os seus amantes e posso vos jurar que, na idade que tem e pela enorme figura da qual ela é, estará menos disposta do que nunca a isso.

– Entretanto, nada é mais real do que o que estou vos dizendo.

– Pois bem – respondeu ele –, se é assim, é que Altun-Can lhe pediu segredo. E a pequena Mesem – perguntou ele –, parece-me que não a vedes mais?

– É que não se pode mais vê-la – replicou ela, tomando um ar recatado – e que ela tem uma conduta miserável.

– Tendes razão – recomeçou ele muito seriamente –; para uma mulher que se respeita, nada é tão importante quanto ter boa companhia. Acho – continuou ele – que ela está ficando mais bela.

– Bem pelo contrário – respondeu ela –, está se tornando horrenda.

– Não tenho a vossa opinião – retomou ele –, já há algum tempo ela toma cores amareladas, um ar de abatimento que lhe cai muito bem; se continuar a ter o ar de saúde ruim, ela se tornará encantadora.

– Não acabarei, Sire – disse então Amanzei, interrompendo-se –, se quisesse relatar a Vossa Majestade todos os propósitos mantidos um com o outro.

– Ah, concebo bem isso – respondeu o Sultão – e permito que os abrevieis. Entretanto, quando eu pensar nisso, dar-me-eis o prazer de voltar a me dizer todos esses propósitos.

– Ousaria objetar a Vossa Majestade – retomou Amanzei – que haveriam muitos que não seriam tão interessantes para...

– Sim, justamente – interrompeu o Sultão –, isso não me interessaria; mas por que (pois fiz vinte vezes aquela reflexão), por que, disse eu, numa história ou num conto, como quiserdes, tudo não é interessante?

– Por muitas razões – disse a Sultana. – O que serve para trazer um fato, por exemplo, não poderia ser tão interessante quanto o próprio fato. Aliás, se as coisas estivessem sempre no mesmo grau de interesse, elas cansariam pela continuidade; o espírito não pode estar sempre atento, o coração não poderia suportar ficar sempre emocionado e, necessariamente, tanto um quanto o outro precisam dos tempos de repouso.

– Compreendo – respondeu o Sultão –, é como, para se divertir melhor, às vezes tem cabimento se aborrecer algumas vezes. Quando temos um certo julgamento, quando pensamos de uma certa maneira, por mais que nos esforcemos, adivinhamos tudo. Enfim, então, Amanzei?

– Mazulhim, ainda menos tocado depois da ceia pelos encantos de Zulica do que estivera durante o dia, entre mil idéias de divertimento que ele lhe propôs, jamais encontrou o que pudesse lhe convir e Zulica se preparou para sair, com um ar que me fez duvidar que tornasse a vê-la.

Contudo, apesar do mau humor de Zulica e da maneira pela qual Mazulhim a tratara, antes de deixá-la, ele ousou entretanto pedir-lhe que voltassem a se ver e acrescentou prontamente que seria preciso ser dentro de dois dias. Embora nesse momento, penso, ela tivesse pouca vontade de lhe conceder o que ele parecia desejar com tanto ardor, ela lhe respondeu que teria muito prazer nisso, mas de forma tão fria que eu não imaginava que quisesse cumprir a sua palavra.

Nesse instante refleti que, após a partida de Mazulhim, eu me entediaria na sua pequena casa; que bastaria que voltassse quando ele próprio ali voltasse e que não podia fazer melhor, para me divertir e para me instruir, do que seguir Zulica até a sua casa. Abandonei-me a essa idéia e subi com ela na sua liteira. Logo que cheguei ao seu palácio, pelo movimento de atração que Brama colocou em mim, fui me esconder no primeiro sofá que se oferecia aos meus olhos.

No dia seguinte, Zulica acabava de iniciar a sua toalete, quando lhe anunciaram Zadis. Ela lhe pediu para esperar, ou por não querer aparecer aos seus olhos senão com toda a beleza que tinha normalmente quando se preparava ou que imaginasse que seria indecente que ele a visse na desordem em que estava então. Visto a falsidade de Zulica, essa última razão talvez não fosse tão imaginária quanto podia parecer.

Zadis finalmente entrou. Se não o tivessem chamado pelo nome, pelo retrato que ouvira fazerem na véspera para Mazulhim eu o teria reconhecido. Ele era sério, frio, contraído e tinha todo o jeito de tratar o amor com essa dignidade de sentimento, essa escrupulosa delicadeza que hoje são tão ridículas e que talvez sempre foram mais aborrecidas do que respeitáveis.

Zadis se aproximou de Zulica com tanta timidez quanto se ainda não lhe tivesse declarado a sua paixão. Por seu lado, ela o recebeu com uma polidez estudada e cerimoniosa e um ar tão recatado quanto necessário para continuar a enganá-lo.

Enquanto as camareiras de Zulica estiveram presentes, eles se falaram, indiferentemente, sobre novelas ou outras coisas igualmente frívolas. Zadis, que acreditava ser o único que Zulica amara e que não achava que as maiores deferências bastavam para o que ela merecia, não se permitia o menor olhar, e Zulica, que contrariamente a qualquer aparência achava um homem suficientemente imbecil para estimá-la, imitava a sua reserva ou somente o olhava com esses olhos hipócritas e inclinados que normamente são vistos nas falsas beatas, em qualquer ocasião que se encontrem.

Por mais cuidado com que Zadis se contivesse, Zulica pensou observar nos seus olhos uma tristeza diferente daquela que sempre mostrava. Em vão ela lhe perguntou o que ele tinha. A todas as perguntas que lhe fazia com um tom muito doce, ele somente respondia por profundas reverências e por suspiros ainda mais profundos.

Quando ficou pronta, as suas camareiras saíram.

– Quereis ter a bondade, Zadis – pediu ela com um ar autoritário –, de me dizer o que tendes? Pensais que, interessando-me pelo que vos diz respeito, como sabeis que faço, não devo me zangar com o vosso silêncio? Numa palavra, quero saber, respondei-me: não vos perdoarei se vos obstinardes em calar.

– Talvez me perdoaríeis menos por ter falado – respondeu ele enfim –, e aquilo que me agita de forma alguma vos deve ser confiado.

Zulica insistiu e de uma forma tão pertinaz que ele pensou que, sem ofendê-la, não podia se calar por mais tempo.

– Será que acreditareis, Madame? – disse ele, enrubescendo com o absurdo que ele achava no que ia lhe dizer: – Estou com ciúmes!

– Vós, Zadis! – exclamou ela com um ar de espanto. – Sou eu que amais, eu vos amo e estais com ciúmes? Pensais mesmo nisso?

– Ah, Madame – replicou ele com ar compenetrado –,

não me sobrecarregueis com a vossa cólera! Sinto todo o ridículo das minhas idéias; eu mesmo enrubesço com isso. A minha mente se recusa aos movimentos do meu coração e os renega; todavia eles me arrastam e todo o respeito que tenho por vós, toda a estima que vos devo, não impedem que eu seja cruelmente atormentado. Finalmente, a vergonha que tenho das minhas suspeitas não as destrói absolutamente.

– Escutai-me, Zadis – respondeu ela com um ar majestoso –, e lembrai-vos para sempre do que vou dizer. Eu vos amo, não temo absolutamente repeti-lo e vou vos dar dos meus sentimentos uma prova que, para vós, não deve ter réplica: é a de vos perdoar por vossas suspeitas. Talvez eu pudesse vos dizer que o que vos custou para me vencer e a maneira pela qual vivo não deveriam vos deixar nenhuma ocasião de duvidar de mim e que uma pessoa do meu caráter deve inspirar confiança. Deveria mesmo desprezar os vossos temores ou ofender-me com eles; mas é mais doce para o meu coração vos tranqüilizar e o meu amor de bom grado aceita descer até uma explicação.

– Ah, Madame – exclamou Zadis, prosternando-se aos seus pés –, creio que me amais e morreria de dor se pensasse que suspeitas, nas quais não me detive por muito tempo, fossem para vós uma razão para duvidar do meu respeito.

– Não, Zadis – respondeu ela, sorrindo –, não duvido disso; mas saibamos um pouco o que vos deixou inquieto?

– O que importa, Madame, quando não tenho mais inquietações? – retomou ele.

– Quero saber! – replicou ela.

– Pois bem – disse ele –, os cuidados que Mazulhim pareceu vos dispensar...

– O quê? – interrompeu ela. – É dele que tínheis ciúmes? Ah, Zadis! será que sois feito para temer Mazulhim e me desprezastes tanto para acreditar que alguma vez ele pudesse me agradar? Ah, Zadis! devo e posso algum dia perdoá-lo?

CAPÍTULO XIII

Fim de uma aventura e começo de uma outra

Com essas palavras, os seus olhos se molharam com algumas lágrimas e Zadis, acreditando-as sinceras, não pôde se impedir de nelas misturar as suas.

– Sim, estou errado – dizia-lhe ele ternamente – e, por mais violenta que seja a minha paixão por vós, sinto que ela nem mesmo pode me servir de desculpa.

– Ah, cruel! – respondeu ela soluçando. – Tende ciúmes, se quiserdes; abandonai-vos a toda a vossa exaltação, consinto nisso, mas se me conheceis tão pouco para desafiar a minha ternura, pelo menos não suspeitai que eu ame Mazulhim.

– Creio que não o amais – replicou ele – e jamais imaginei que pudésseis passar a gostar dele: mas, sem estremecer, não pude vê-lo vir aqui.

– E entretanto – respondeu ela –, de todos os que aqui vedes, é o menos perigoso para mim. Quando eu não tivesse o coração cheio da paixão mais viva, que Mazulhim me adorasse, que a quantidade de suas qualidades ultrapassasse, se isso fosse possível, a quantidade dos seus vícios, diante de meus olhos ele ainda seria o último dos homens. Como quereríeis que uma mulher (não digo que se respeite mas que não perdeu toda a vergonha) quisesse tomar Mazulhim, ele que jamais amou, que diz bem alto que é incapaz de ter uma paixão e para quem o sentimento mais fraco ainda é uma quimera; ele enfim, que não conhece outro prazer senão o de desonrar as mulheres que tem? Deixo aqui as suas coisas ridículas, certamente não que não tivesse do que me alongar; mas na verdade enrubescerei em vos falar dele por mais tempo. De resto, estou bem à vontade, embora ache as vossas suspeitas tão injuriosas quanto descabidas por me terdes confiado o assunto de vossas inquietações e vos respondo que não vereis Mazulhim aqui a não ser o tempo necessário para romper com ele sem escândalo.

Zadis, beijando-lhe a mão com arrebatamento, rendeu-lhe mil vezes graças pelo que ela fazia por ele.

– Ora, do que me agradeceis? – perguntou-lhe ela. – Não estou fazendo nenhum sacrifício por vós.

– Mas, Madame – disse ele –, será possível que Mazulhim jamais vos disse que lhe parecíeis amável?

– Eis uma bela idéia! – exclamou ela sorrindo. – Oh, não: eu vos asseguro que Mazulhim me conhece melhor do que vós e que, por mais tolo que queira parecer, não o é o suficiente para se dirigir a mulheres de um certo gênero. E ainda por cima, entretanto, não ficaria surpresa se, sem jamais ter me desejado e sem nunca em sua vida ter me falado de nada, ele disser publicamente, num dia desses, que esteve ou está comigo *no melhor*. Na verdade – acrecentou ela, rindo –, somente um homem ciumento como vós poderia acreditar nisso. Não é verdade?

– Não – retomou ele –; posso ter o ridículo de, às vezes, temer, mas vos juro que jamais terei o de acreditar nisso.

– E eu não juraria – respondeu ela. – Com o humor que tendes, deve ser uma coisa deliciosa para vós ouvir falar mal de vossa amante e vir provocar uma discussão com ela, a maior do mundo, sobre os propósitos do primeiro pretensioso que, conhecendo o vosso caráter, terá querido vos inquietar.

– Por misericórdia, poupai-me – disse ele – e pensai que o ciúme que tendes a bondade de me perdoar...

– Talvez não seja o último hoje – interrompeu ela. – Para vos ver recair nas vossas tristezas, somente gostaria da chegada da Mazulhim.

– Não falemos mais dele – respondeu ele –, e uma vez que me perdoastes e que até as minhas injustiças, tudo vos prova que vos adoro, não percamos momentos preciosos e dignai-vos confirmar a minha graça.

Com essas palavras que Zulica compreendia muito bem, ela ficou com um ar embaraçado.

– Como sois incômodo com os vossos desejos! – disse ela. – Portanto, jamais os sacrificareis por mim? Se soubésseis quanto eu vos amaria se fôsseis mais razoável... É verdade – acrescentou ela, vendo-o sorrir –, eu vos amaria mil vezes mais. Pelo menos acreditaria nisso e nada tendo a temer de vós do lado do que odeio, ver-me-íeis entregar-me com muito mais ardor às coisas que me agradam.

Ao mesmo tempo em que dizia essas augustas palavras, ela se deixava conduzir languidamente para o meu lado.

– Eu vos juro – disse ela a Zadis, quando estava sobre mim – que por toda a minha vida não me indisporei convosco.

– Gostaria muito – respondeu ele –, mas não o espero!

– E eu – respondeu ela –, pelo que me custam as reconciliações, começo a acreditar nisso!

Apesar da sua repugnância, Zulica cedeu aos arroubos de Zadis, mas com uma decência! uma majestade! um pudor do qual talvez não se tenha exemplo em caso semelhante! Um outro que não fosse Zadis, sem dúvida teria se queixado. Para ele, ligado às mais minuciosas conveniências, a virtude descabida de Zulica arrebatou-o de prazer e ele imitou da melhor forma que podia o ar de grandeza e de dignidade que via nela e ficou tanto mais contente com ela quanto menos ela lhe testemunhava amor.

Entretanto, não sei como as coisas se modificaram na imaginação de Zulica, mas ela lhe propôs passar o dia com ela. Para que ninguém soubesse que estavam juntos e o tempo que ali permaneceriam; numa palavra, mais para evitar os falatórios do que por qualquer outra razão, ela ordenou que se dissesse que não estava em casa. Zadis, cujo ciúme, como de costume, somente tornara mais amoroso, respondeu muito bem às bondades de Zulica e, apesar de sua taciturnidade, não a aborreceu nem por um minuto. Finalmente ele saiu aproximadamente no meio da noite e deixou Zulica, persuadido, tanto quanto possível, que ela era a mulher mais racional e mais terna de Agra.

Eu disse que não acreditava, pelo ar com o qual Zulica deixara Mazulhim e muito mais ainda pelo seu modo de pensar, que ela quisesse continuar uma relação ilícita pouco agradável para uma mulher do seu caráter e na qual nem o amor nem os prazeres a interessavam. Contudo, a curiosidade venceu todas as razões que ela podia ter. Ela disse a Zadis, ao deixá-lo, que um negócio muito importante a impediria de vê-lo no dia seguinte e, mal chegada a noite marcada para o encontro, ela subiu na sua liteira e, com a minha alma que a seguia, tomou o caminho da pequena casa onde somente encontramos um escravo que esperava tanto ela quanto Mazulhim.

– Ora, como – disse ela ao escravo, num tom brusco – ele ainda não está aqui? Acho-o encantador, fazendo-se esperar! É admirável que eu seja a primeira a estar aqui!

O escravo assegurou que Mazulhim ia chegar.

– Mas – retomou ela – são ares bem peculiares os que ele se atribui!

O escravo saiu e Zulica veio se colocar sobre mim, com um ar encolerizado. Como era naturalmente impetuosa, ali não ficou tranqüila e, se acusando em voz bem alta de ser de uma facilidade ímpar, jurou mil vezes não mais ver Mazulhim. Enfim, ouviu parar uma carruagem. Preparada para dizer a Mazulhim tudo o que a cólera podia lhe fornecer, levantou-se vivamente e, abrindo a porta:

– Na verdade, senhor – disse ela –, tendes modos tão singulares, tão raros...! Ah! Céus! – exclamou ela, vendo o homem que estava entrando.

Fiquei quase tão surpreso quanto ela vendo um homem que eu não conhecia.

– O quê! – perguntou o Sultão. – Não era Mazulhim?

– Não, Sire – respondeu Amanzei.

– Não era ele! – disse o Sultão. – Isso é bem singular! E por que não era ele?

– Sire – respondeu Amanzei –, Vossa Majestade vai entender isso.

– Sabeis mesmo – retomou o Sultão – que nada é tão cômico quanto isso? Aquele homem aparentemente se enganava. Ah! sem dúvida, ele se enganava, está se vendo isso. Mas dizei-me, Amanzei, enquanto penso nisso, o que é uma pequena casa? Desde que falais disso, faço de conta que sei o que é, mas não posso mais agüentar.

– Sire – recomeçou Amanzei –, é uma casa, afastada, onde, sem conseqüência nem testemunhas, se vai...

– Ah, sim – interrompeu o Sultão –, adivinho, isso é realmente muito cômodo. Prossegui.

– A cólera e a surpresa tomaram Zulica pelo aspecto do homem que acabava de entrar, impedindo-a de falar:

– Sei, Madame – disse-lhe esse hindu com ar respeitoso –, o quanto deveis estar surpresa em me ver. Não ignoro mais as razões que vos fariam desejar aqui uma visão completamente diferente da minha. Se a minha presença vos desorienta, a vossa não me causa menos emoção. Não esperava que a pessoa a quem Mazulhim me pediu para trazer as suas desculpas, entre todas seria aquela com quem (se tivesse tido a felicidade de estar no lugar dele) menos eu gostaria de falhar. Entretanto, não que Mazulhim seja culpado; não, Madame, ele sabe tudo o que deve às vossas benevolências, estava louco de desejo de vir ajoelhar-se diante de vós para vos falar do seu reconhecimento. Ordens cruéis, às quais ele pensou mesmo desobedecer, por mais sagradas que devem ser para ele, arrancaram-no de tão doces prazeres. Ele pensou ter que contar mais com a minha discrição do que a de um escravo e não imaginou que fosse preciso deixar ao acaso um segredo em que uma pessoa como vós se achava tão particularmente interessada.

Zulica estava tão espantada com o que lhe acontecia que o hindu poderia ter falado muito mais tempo sem que ela tivesse forças para interrompê-lo. O embaraço em que se encontrava fazia-a mesmo desejar que ele tivesse ainda mais coisas a lhe dizer. Consternada e quase sem movimento, ela baixava os olhos, não ousava olhar para ele, enrubescia de vergonha e de cólera, enfim pôs-se a chorar. O hindu, tomando-lhe civilizadamente a mão, conduziu-a sobre mim onde, sem pronunciar uma única palavra, ela se deixou cair.

– Estou vendo, Madame – continuou ele –, vós vos obstinais em pensar que Mazulhim é culpado e tudo o que posso vos dizer para justificá-lo parece aumentar a cólera que tendes contra ele. Como ele é feliz! Por mais meu amigo que seja, como invejo as preciosas lágrimas que ele vos faz derramar! Quanto amor!...

– Quem vos disse que o amo, senhor? – interrompeu orgulhosamente Zulica, que tivera tempo de se refazer. – Não posso ter vindo aqui por coisas em que o amor não tem a mínima parte? Não se pode ver Mazulhim sem conceber para ele os sentimentos que pareceis atribuir a mim? Em que enfim ousais julgar que ele ofende o meu coração?

– Ouso acreditar – respondeu o hindu sorrindo – que, se minhas conjecturas não são verdadeiras, pelo menos são verossímeis. Os prantos que derramais, a vossa cólera, a hora em que vos encontro num lugar que jamais foi consagrado senão ao amor, tudo me fez acreditar que somente ele tivera o poder de vos conduzir até aqui. Não vos defendais, Madame – acrescentou ele. – Se quiserdes, fazei-vos um crime do objeto e não da paixão.

– O quê! – exclamou Zulica, que nada fazia renunciar à falsidade. – Mazulhim ousou vos dizer que o amava!

– Sim, Madame.

– E acreditais nisso? – perguntou ela com espanto.

– Permiti-me vos dizer – respondeu ele – que a coisa é tão provável que seria ridículo duvidar dela.

– Pois bem, sim, senhor – replicou ela –, sim, eu o amava, disse-lhe isso, vinha aqui para lhe provar isso: o ingrato finalmente soubera me trazer até aqui. Não enrubesço em vos dizer isso, mas o pérfido jamais terá outras provas da minha fraqueza senão a confissão que lhe fiz disso. Um dia mais tarde, céus! o que eu teria me tornado?

– Ei, Madame! – disse friamente o hindu. – Pensais que Mazulhim tenha tido tão má opinião de mim para me ter contado somente a metade do segredo?

– O que, então, ele pôde vos dizer? – perguntou ela asperamente. – Acrescentou ele a calúnia ao ultraje e seria ele bastante indigno?...

– Mazulhim pode ser indiscreto – respondeu ele –, mas tenho dificuldade em acreditar que é mentiroso.

– Ah, o velhaco! – exclamou ela. – É a primeira vez que venho aqui.

– Tudo bem, já que desejais isso – replicou ele –, e prefiro acreditar que Mazulhim me enganou a duvidar do que me dizeis. Mas, Madame, diante de quem vos defendeis? Se quisésseis ser justa comigo, ouso me lisonjear que temíeis menos que eu fosse o depositário de vossos segredos. Estais chorando? Ah, isto é honrar demais o ingrato! Bela como sois, fica-lhe bem acreditar que não poderíeis vos vingar? Sim, Madame, sim, Mazulhim me disse tudo! Não ignoro que realizastes todos os seus desejos; sei mesmo detalhes de sua felicidade que vos surpreenderiam. Não vos sintais absolutamente ofendida – prosseguiu ele. – A felicidade dele era muito grande para que pudesse contê-la; menos contente, menos arrebatado, sem dúvida ele teria sido mais discreto. Não é a sua vaidade, é a sua alegria que não pôde se calar.

– Mazulhim! – interrompeu ela exaltada. – Ah, o traidor! O quê! Mazulhim me sacrifica! Mazulhim vos disse tudo? Ele fez bem – prosseguiu ela num tom mais ponderado –; eu ainda não conhecia os homens e, graças aos seus cuidados, ficarei quite somente por uma fraqueza!

– Ei, Madame – respondeu friamente o hindu, que fingia acreditar nela –, isso não é vos vingar: é vos punir.

– Não – respondeu ela –, não, todos os homens são pérfidos, estou passando por uma experiência cruel para poder duvidar disso, todos se assemelham a Mazulhim!

– Ah, não acrediteis nisso – exclamou ele –, ouso vos jurar que se me tivésseis colocado no lugar dele, jamais o teríeis visto no meu.

– Mas – retomou ela – essas ordens que o retiveram não passam de um pretexto vão e, sem dúvida, ele está me abandonando? Ah, não temais me comunicar isso!

– Pois bem, Madame – respondeu o hindu –, seria inútil vos esconder isso, Mazulhim não vos ama mais.

– Ele não me ama mais! – exclamou ela dolorosamente. – Ah, esse golpe me mata! O ingrato! era este o prêmio que ele reservava para a minha ternura?

Terminando de dizer isso, ela fez ainda algumas exclamações e representou, ao seu tempo, as lágrimas, a fúria e o abatimento. O hindu, que a conhecia, a nada se opunha e sempre fingiu estar cheio de admiração por ela.

– Sinto que estou morrendo – disse ela, depois de chorar por muito tempo –; não é num coração tão sensível, tão delicado quanto o meu que se pode, impunemente, dar golpes tão rudes. Mas o que teria então ele feito, se o tivesse enganado?

– Ele vos teria adorado – respondeu o hindu.

– Não concebo nada desse procedimento – retomou ela –, eu me perco nele. Se o ingrato não me amasse mais e temesse, ele próprio, me anunciar isso, não podia me escrever? Romper-se-ia de forma mais indigna com o objeto mais desprezível? Por que é ainda necessário que seja vós que ele escolha para me mandar dizer isso?

– Somente vejo muito bem – replicou o hindu – que a escolha do confidente vos desagrada mais ainda do que a própria confidência e posso vos jurar que, conhecendo como conheço a vossa injusta aversão por mim, não me teríeis visto aqui se Mazulhim desse o nome da dama à qual ele me pedia para apresentar as suas desculpas. Duvido mesmo (tendo para convosco disposições muito diferentes das que tenho a desgraça de ver que tendes para comigo) que eu tivesse acreditado se ele tivesse dado o nome de Zulica. Jamais poderia pensar que houvesse no mundo alguém que não pudesse realizar a sua felicidade sendo amado por ela. Portanto, é com muita inocência – acrescentou ele – que contribuo para vos dar a tristeza mais sensível que poderíeis receber e que me acho metido em segredos que certamente preferiríeis ver nas mãos de qualquer outro do que nas minhas.

– Não sei o que vos faz acreditar nisso – respondeu ela com um ar embaraçado. – Os segredos da natureza daquele, dos quais hoje vos achais possuidor, normalmente não se confiam a ninguém, mas não tenho absolutamente razões particulares...

– Perdoai-me, Madame – interrompeu ele vivamente –, vós me odiais. Não ignoro que em qualquer ocasião a minha mente, o meu aspecto e os meus modos foram objeto de vossas zombarias ou de vossa crítica mais severa. Confessarei mesmo que, se tenho algumas virtudes, eu as devo ao desejo que sempre tive de me tornar digno de vossos elogios ou pelo menos de vos obrigar a me agraciar com esses traços amargos com que, desde que estamos no mundo, não cessastes de me sobrecarregar.

– Eu, senhor – disse ela, enrubescendo –, jamais disse nada de vós que pudesse vos aborrecer. Aliás, mal nos conhecemos; jamais me destes razão para me queixar de vós, e não penso que sou tão ridícula...

– Mudemos de conversa, por bondade, Madame! – interrompeu ele. – Uma explicação mais longa vos incomodaria. Mas já que estamos falando nisso, permiti-me vos dizer somente que, pelos sentimentos que sempre tive por vós (sentimentos tais que a vossa injustiça não pôde alterar por um momento), eu era o homem do mundo mais merecedor de vossa piedade e menos de vosso ódio. Sim, Madame – acrescentou ele –, nada foi capaz de apagar o desgraçado amor que me inspirastes; os vossos desprezos, o vosso ódio, a vossa obstinação contra mim me fizeram gemer, mas não me curaram. Conheço muito bem o vosso coração para me lisonjear de que um dia ele possa tomar por mim os sentimentos que eu poderia desejar, mas espero que a minha discrição quanto ao que vos diz respeito vos fará voltar atrás com a vossa prevenção e que, se ela é a tal ponto que jamais podereis me conceder a vossa amizade, pelo menos não me recusareis a vossa estima.

Zulica, conquistada por um sentimento tão respeitoso, confessou-lhe que, de fato, por um capricho cuja origem jamais pôde descobrir, ela se declarara abertamente sua inimiga, mas que era um erro que ela esperava reparar tão bem que não mais seria uma questão entre eles e que ela lhe assegurava a sua estima, a sua amizade e o seu reconhecimento.

Depois de lhe pedir para ter a bondade de lhe guardar o segredo mais inviolável, ela se levantou com a intenção de sair.

– Onde quereis ir, Madame? – disse-lhe o hindu, detendo-a. – Aqui não tendes ninguém dos vossos. Mandei embora o meu pessoal e a hora em que devem voltar ainda está muito longe.

– Não tem importância – replicou ela –, não posso permanecer num lugar onde tudo me censura por minha fraqueza.

– Esquecei Mazulhim – retomou ele –, hoje esta casa não é absolutamente dele, ele a cedeu para mim. Permiti ao homem do mundo que mais verdadeiramente se interessa por vós de vos rogar para comandar aqui. Pelo menos, pensai no que quereis fazer. Pela hora, não podeis sair sem correr o risco de ser encontrada. Que a vossa cólera não vos faça esquecer o que deveis a vós mesma! Imaginai o escândalo horroroso que faríeis, imaginai que talvez amanhã seríeis a fábula de toda Agra e que, com uma virtude e sentimentos que se deve respeitar, acreditar-se-ia que sois a pessoa a quem esse tipo de aventuras é normal.

Zulica resistiu por muito tempo às razões que Nasses (este era o nome do hindu) lhe trazia para fazê-la ficar.

– Tudo estava preparado para vos receber – acrescentou ele. – Consinta que aqui passe a noite convosco. O que sois, o que sou eu mesmo, tudo deve corresponder ao meu respeito. Não tomo a direção dos meus sentimentos: se ainda ouso falar convosco sobre isso, é unicamente para vos fazer sentir a que ponto me interesso por vós e para tentar tirar as impressões sinistras que a indiscrição de Mazulhim parece ter deixado em vós.

Depois de alguma resistência, Zulica, persuadida pelo que lhe dizia Nasses, finalmente consentiu em ficar.

– Pensando como pensais, Madame – disse-lhe ele –, deveis estar bem surpresa em vos achar tão sensível?...

– Bom – interrompeu o Sultão –, ele não sabe o que diz, pois, tanto quanto posso me lembrar, é essa mesma mulher que estava aborrecida com o fato de que Mazulhim não tinha bons modos para com ela?

– Sem dúvida – disse a Sultana – é a mesma.

– Um momento, por favor – retomou o Sultão –, orientemo-nos. Se é a mesma, por que ele lhe diz... o que lhe diz? Estais vendo que ele se engana. Aquela mulher está acostumada a ver amantes, conseqüentemente é ridículo que ele lhe diga que ela deve estar bastante surpresa?

– Não vêdes que ele quer ridicularizá-la? – respondeu a Sultana.

– Ah, é um outro caso – replicou o Sultão. – Mas por que não me avisaram? Onde querem que eu vá adivinhar isso? Ah! ele zomba dela, estou vendo. Mas a propósito do que ele zomba? Eis o que gostaria de saber.

– E, sem dúvida, é o que Amanzei vos comunicará, se quiserdes deixá-lo continuar.

– Está bem – disse o Sultão. – O que digo disso, como concebeis bem, não é que isso me seja indiferente; fala-se por falar, isso diverte e quanto a mim não odeio a conversa.

CAPÍTULO XIV

Que contém mais fatos do que discursos

No dia seguinte, Amanzei continuou assim:

– Pensando como pensais, Madame – dizia Nasses a Zulica –, deveis estar bem surpresa em vos achar tão sensível?

– Não há dúvida – respondeu ela –, e, asseguro-vos, é uma aventura bem singular na minha vida esta que me acontece!

– Que tenhais amado – retomou ele – não é o que me espanta, existem bem poucas mulheres que tenham escapado do amor. Mas que seja Mazulhim que tenha triunfado sobre o vosso coração, esse coração que parecia feito tão pouco para conhecer o amor, eu vos confessarei que é o que não compreendo absolutamente.

– Eu mesma não compreendo – respondeu ela – e realmente, quando me examino, não posso conceber como ele pôde me agradar e me seduzir.

– Ah, Madame – exclamou ele com um ar compenetrado –, que destino cruel o nosso! Amais quem não vos ama mais e amo quem não me amará jamais. Por que, sempre detido por essa injusta aversão que sabia que tínheis por mim, não vos disse a que ponto me havíeis tocado? Talvez, infelizmente, os meus galanteios, a minha constância, o meu respeito vos tivessem desarmado!

– E talvez também – disse ela – me tivésseis tratado como Mazulhim me trata!

– Não – respondeu ele pegando em sua mão –, não! Zulica teria se visto adorada tão religiosamente quanto merece sê-lo.

– Mas – recomeçou ela – Mazulhim me fez os mesmos discursos que vós: por que eu acreditaria que não teríeis feito as mesmas coisas que ele?

– Tudo devia vos fazer duvidar da verdade dos seus sentimentos – respondeu ele. – Mazulhim, inconstante, disperso, jamais soube o que era amar. Não podíeis ignorar que era mais indiscreto e mais enganador do que nos é permitido ser. É verdade, contudo, que por mais infiel que fosse, sem ser acusada de orgulho excessivo, podíeis pretender a glória de fixá-lo. A dificuldade de vos agradar, os vossos encantos, o prazer tão doce e tão raro de reinar num coração que antes dele ninguém se submetera, tudo devia vos fazer esperar, da parte dele, uma ternura eterna. O que em qualquer outra teria sido uma vaidade ridícula, para Zulica somente se tornava uma idéia tão simples que ela não podia se impedir de ter.

– É certo – respondeu ela – que, por minha maneira de pensar, eu podia merecer certas considerações.

– Considerações! Vós! – exclamou ele. – Ah!, considerações vos devolvem tudo o que vos devemos? Assim, portanto, como prêmio de vossas bondades, somente exigiríeis o que se deve mesmo à mulher que menos se estima?

– Vedes, entretanto – retomou ela –, que ainda exigi demais!

– Se me fosse permitido vos falar – recomeçou Nasses...

– Podeis fazê-lo – interrompeu ela. – Não deveis duvidar de que o que hoje se passa aqui entre nós deva nos ligar pela mais terna amizade.

– Sim, Madame – disse ele vivamente –, pela mais terna; mas será para mim, para esse Nasses por tanto tempo odiado, que Zulica se digna prometer a amizade mais terna?

– Sim, Nasses – respondeu ela –, é Zulica que reconhece a sua injustiça, que está desesperada com ela e que vos jura repará-la por sentimentos e uma confiança a qualquer prova.

Então ela olhou cortesmente para ele. Tinha uma aparência muito agradável e, embora menos na moda do que Mazulhim, não lhe era em nada inferior.

– O quê! – exclamou ele ainda. – Sois vós que me prometeis me amar?

– Sim – replicou ela –, o meu coração se abrirá para vós, nele lereis como eu mesma; os meus menores sentimentos, as minhas idéias, conhecereis tudo.

– Ah, Zulica – disse ele, lançando-se aos seus pés e beijando a mão dela com ardor –, como a minha ternura saberá vos recompensar bem pelo que fareis por mim! Com que prazer eu vos submeterei todos os meus pensamentos! Senhora soberana da minha vida, somente as vossas ordens regularão a minha conduta.

– Deixemos isso – disse ela, sorrindo –, e levantai-vos! Não gosto de vos ver ajoelhado diante de mim. Voltemos ao que queríeis me dizer.

Ele se levantou, sentou-se junto dela e, continuando a segurar-lhe a mão, prosseguiu assim:

– Vou vos interrogar, pois tendes a gentileza de permitir isso. Por quais vias Mazulhim pôde vos agradar? Por qual encantamento a mulher mais respeitável pelos seus sentimentos e pela sua conduta, Zulica enfim, o achou amável? Como um homem tão fútil, tão impetuoso, pôde convir a uma mulher tão sensata, tão modesta quanto vós? Pois que ele agrade a mulheres do seu caráter, a essas mulheres frívolas, doidivanas, dispersas, a quem nenhum objeto inspira amor e que, contudo, são vencidas por todos os que se apresentam aos seus olhos, que ele lhes agrade, digo, isso não me espanta. Mas vós!

– Para começar convosco a troca de confiança que vos prometi – respondeu Zulica –, vos direi naturalmente que não devia temer que algum dia Mazulhim pudesse me ser querido. Não que eu me acreditasse incapaz de cometer fraquezas. Sem ter feito a cruel experiência disso, como desde então a fiz, não ignorava que somente um momento é necessário para mergulhar a mulher mais virtuosa nos desvarios mais funestos: mas tranqüilizada por meus sentimentos, mesmo pelo tempo que fazia que eu estava no mundo sem ter faltado ao menor dos deveres que nos são prescritos, ousava me gabar de que essa calma seria eterna.

– Sem dúvida – disse Nasses com um ar muito sério –, nada perde mais as mulheres do que essa segurança da qual falais!

– Isso é verdade, pelo menos – respondeu ela. – Uma mulher nunca está mais exposta a sucumbir do que quando se acredita invencível. Eu estava nessa calma enganadora – continuou ela – quando Mazulhim se ofereceu aos meus olhos. Não vos direi como ele fez para me seduzir. O que sei é que, depois de ter resistido a ele por muito tempo, o meu coração se emocionou, a minha cabeça se perturbou. Eu sentia impulsos que me faziam mal, tanto mais que não tinha o hábito de senti-los. Mazulhim, que sabia melhor do que eu mesma de que natureza era a minha perturbação, aproveitou-se disso para me induzir a tentativas cuja conseqüência eu ignorava; finalmente ele me levou ao ponto de me fazer vir até aqui. Eu acreditava e ele me prometera que somente queria me entreter com mais liberdade do que no tumulto do mundo podíamos esperar. Vim até aqui. A sua presença me comoveu mais do que eu pensara. Sozinha com ele, achei-me menos forte contra os seus desejos. Sem saber o que concedia, não pude lhe recusar nada. Finalmente o amor me seduziu até o fim.

Com estas palavras, ela tinha os olhos meio marejados de lágrimas que ela se esforçava por espalhar. Nasses, que parecia tomar a parte mais sincera de sua dor, fingindo consolá-la dizia-lhe as coisas mais próprias do mundo para desesperá-la. Sobretudo, ele insistia maldosamente sobre o pouco tempo que Mazulhim a guardara.

– Certamente – disse ele –, não que não tenhais do que tornar um homem feliz, pelo menos se deve julgar assim. Entretanto é verdade que essa inconstância tão repentina de Mazulhim, se fosse qualquer outra mulher que não fosse vós, faria pensar as coisas mais prejudiciais.

Diante desse propósito, Zulica fez uma cara que assinalava bastante para Nasses que ela acreditava ter razão em nada se reprovar quanto a isso.

– Não se ignora – retomou Nasses – que os homens são suficientemente infelizes por não poder gozar por muito tempo do próprio objeto mais amável sem que os seus desejos diminuam; mas pelo menos ama-se três meses, seis semanas, mesmo quinze dias, mais ou menos. Jamais se imaginou deixar uma mulher de forma tão brusca quanto Mazulhim vos deixou, vós; é de um ridículo, de um horror mesmo, que não se pode imaginar! Ah, Zulica – acrescentou ele –, ouso ainda repeti-lo, teríeis me achado mais constante!

Zulica respondeu-lhe que estava bem persuadida disso mas que, não querendo mais amar, isso doravante lhe era uma coisa indiferente, que os homens fossem constantes ou não, que ela desejava mesmo, pela sincera amizade que tinha por ele, que o amor que ele dizia sentir não fosse verdadeiro e que ficaria extremamente zangada se ele conservasse sentimentos que jamais poderia ver recompensados.

– Sim – respondeu Nasses com um ar triste –, sinto bem tudo o que me dizeis. Acho ainda no vosso caráter essa firmeza que sempre temi em vós e que não posso me impedir de admirar, embora ela faça a minha infelicidade. Se fôsseis menos estimável, eu seria muito menos lamentável; pois, enfim, ser-me-ia permitido imaginar que, uma vez que amastes Mazulhim, não seria impossível que me amásseis também. É uma idéia que se poderia conceber com todas as mulheres do mundo, sem ofendê-las; mas infelizmente não vos assemelhais a ninguém e é sem acarretar conseqüências graves para o futuro que tivestes uma fraqueza.

Zulica, que, sem dúvida, ria interiormente pela falsa idéia que Nasses parecia ter dela, assegurou-lhe que ele lhe fazia justiça e alongou-se muito sobre a feliz maneira de pensar que ela recebera da natureza, a pouca disposição que tinha para se deixar tocar e a frieza na qual a deixara, o que para muitas outras mulheres eram prazeres de um extremo ardor, mesmo apesar do amor violento que Mazulhim soubera lhe inspirar.

– Pior para vós, Madame! – disse-lhe Nasses. – Quanto mais sois estimável mais sois lamentável. A vossa insensibilidade vai fazer a desgraça da vossa vida. Mazulhim sempre estará presente diante de vós. A maneira humilhante pela qual ele vos deixou não sairá nem um instante de vossa memória: é um suplício que vos acabrunhará na solidão e do qual a dissipação e os prazeres do mundo jamais vos distrairão o suficiente.

– Mas o que fazer – perguntou ela – para apagar da minha mente uma idéia tão cruel? Concordo convosco, que um novo amor poderia me tirar a lembrança de Mazulhim; mas sem contar as novas desgraças que a ele talvez estivessem ligadas, posso eu acreditar que o meu coração gostaria de se entregar a ele tanto quanto seria preciso para assegurar a minha cura? Não, Nasses, acreditai em mim: uma mulher que pensa de uma certa forma não poderia amar duas vezes.

– Idéia falsa! – exclamou ele. – Conheço algumas que amaram mais de seis e que não são menos estimáveis por isso. Vós, aliás, estais num caso tão cruel que ele vos põe acima das regras e que, se soubessem da vossa aventura, vos veriam amar dez homens ao mesmo tempo, que não se acharia que ainda estaríeis recompensada.

– Certamente teriam bondade de sobra – replicou ela sorrindo.

– Mas não! – recomeçou ele. – Achariam isso mais simples do que acreditais. Concebeis bem, de resto, que o que vos digo não é para vos aconselhar a tomá-los, já que um seria o suficiente para me fazer morrer de dor.

– Ah – disse Zulica sonhando –, é que nos acham tão censuráveis quando amamos que, com uma única paixão, a mais longa e a mais sincera que se possa ter, ainda temos muita dificuldade em escapar ao desprezo e que a nossa desgraça é tanta que o que se olha em vós como virtudes sempre, para nós, é contado como vícios.

– Sim, outrora pensava-se isso – respondeu ele –, mas os costumes mudaram, as nossas idéias mudaram com eles. Oh, não! Se fosse somente o temor da censura que vos detivesse, poderíeis vos entregar ao amor.

– No fundo – retomou ela – tendes razão, pois o que importa que se ocupe o seu coração? Essencialmente, não vejo nisso o menor mal.

– E contudo – replicou ele –, com um espírito que vos faz discernir tão bem o verdadeiro do falso, vós vos sacrificais aos preconceitos como alguém que não saberia raciocinar. Aqui estais, determinada a chorar por toda a vida a vossa fraqueza por Mazulhim, em vez de pensar ajuizadamente em vos consolar com ela; acreditais que uma mulher que pensa de uma certa forma deve amar somente uma vez. Bem interiormente sentis que o princípio segundo o qual agis não é verdadeiro, mas resistis à vossa inteligência, para gozar do nobre prazer de vos afligir e, aparentemente, também para que não se pare de dizer que é a perda de Mazulhim que quereis continuar chorando. Não serão esses belos propósitos a serem conservados por si?

– Por mim? – respondeu ela. – Mas eu me lisonjeio de que não se falará disso!

– Acredito – replicou ele. – Sei que vós, Madame, não direis nada disso. É certo que eu, eu não falarei. A coisa honra muito pouco Mazulhim para que ele se acredite obrigado a guardar o silêncio; e contudo, se não mudardes absolutamente a maneira de pensar, todo mundo saberá disso.

– Mas por quê? – perguntou ela.

– Por Deus! – retomou ele. – Acreditais que a vejam aflita sem que se procure entrar na razão pela qual o estais e que, se obstinadamente procurada, finalmente não a descubram? Pensais que Mazulhim mesmo, cuja vaidade a vossa dor lisonjeará, resista ao prazer de comunicar ao público que é a perda dele que causa isso?

– Isso é verdade – disse ela –, mas, Nasses, será que dependerá de mim não ficar mais aflita?

– Sem dúvida – respondeu ele –, isso depende de vós. No fundo, agora, o que lamentais? Mazulhim? Se ele voltasse para vós, consentiríeis em recebê-lo?

– Eu? – exclamou ela. – Ah! preferiria pertencer ao último dos homens do que a ele.

– Se, qualquer coisa que ele pudesse fazer, nada poderia lhe devolver o vosso coração, é portanto – retomou ele – bem ridículo que o lamenteis.

– Dizei-me por um instante – perguntou o Sultão –; demorareis ainda muito tempo?

– Sim, Sire – respondeu Amanzei.

– Por Maomé! paciência! – replicou Schah-Baham. – Estes são discursos que me aborrecem furiosamente, estou vos avisando. Se pudésseis suprimi-los ou pelo menos abreviá-los, dar-me-íeis prazer e eu não seria ingrato por isso.

– Estais errado em vos queixar – disse-lhe a Sultana. – Essa conversa que tanto vos aborrece é em si mesma um fato. Não é absolutamente uma dissertação inútil e que não fala de nada, é um fato... não é "dialogado" que se diz? – perguntou ela, sorrindo, a Amanzei.

– Sim, Madame – respondeu ele.

– Essa maneira de tratar as coisas – retomou ela – é agradável; ela descreve melhor e de forma mais universal os caracteres que se põe em cena, mas está sujeita a alguns inconvenientes. De tanto querer aprofundar tudo ou de captar cada nuance, por exemplo, arriscamos a cair em minúcias, talvez finas mas que não são assuntos bastante importantes para que neles se deva parar e exasperamos com detalhes e alongamentos aqueles que nos escutam. Parar precisamente onde é preciso, talvez seja uma coisa mais difícil do que criar. O Sultão está errado em querer que, no lugar em que estais, andeis tão rapidamente, mas vós o tereis diante de mim e diante de toda pessoa de gosto, se a fúria de falar vos arrebata e se não souberdes sacrificar, de vez em quando, mesmo as coisas que vos parecerão mais agradáveis, quando não puderdes nos dizê-las senão às custas daquelas que esperamos.

– O Sultão está errado – disse Schah-Baham –; isso é fácil de dizer! E eu, eu vos sustento que este Amanzei não passa de um falador, que se mira em tudo o que diz e que, ou eu não me conheço, tem o vício de gostar das longas conversas e de passar por um pedante. Isso vos choca – acrescentou ele, virando-se para o lado de Amanzei –, mas é que sou franco e, se quereis sê-lo, aposto que confessareis que tenho razões.

– Sim, Sire – respondeu Amanzei –, e, benevolência de cortesão à parte, sou tanto mais forçado a concordar com isso, que há muito tempo acham que tenho o defeito que Vossa Majestade me censura.

– Corrigi-vos, então! – disse Schah-Baham.

– Se fosse tão fácil me corrigir, quanto me foi fácil concordar com isso – recomeçou Amanzei – Vossa Majestade não teria censuras a me fazer. A força do raciocínio de Nasses impressionou Zulica – prosseguiu ele.

– No fundo tendes razão – disse-lhe ela. – Assim, não é mais Mazulhim que choro: é a minha fraqueza, o fato de me ter dado a um homem tão indigno de mim.

– Confesso – replicou Nasses com um ar simples – que a peça que ele vos prega não deve torná-lo amável aos vossos olhos. Contudo, se quiserdes julgá-lo sem prevenção, não duvido que acharíeis coisas agradáveis nele, pois enfim ele as tem.

– Como quiserdes – retomou ela desdenhosamente. – Para começar, ele não é bem feito.

– Não sei – retomou ele –, mas ninguém tem, contudo, mais graça do que ele; tem a cabeça e as pernas mais belas do mundo, o ar nobre e desembaraçado, a mente viva, ligeira, divertida.

– Sim – retomou ela –, não nego absolutamente que ele seja uma futilidade bastante bonita; mas, mesmo assim, não passa disso e, ainda por cima, eu vos asseguro que lhe falta muita coisa para que seja tão divertido quanto dizem. Entre nós, é um vaidoso, de uma presunção, de um convencimento!...

– Perdôo um pouco de orgulho para um homem bastante feliz por vos ter agradado – interrompeu Nasses. – Por menos, fica-se orgulhoso todos os dias.

– Mas, Nasses – respondeu ela –, para um homem que me diz que me ama e que aparentemente quer que eu acredite, dizei-me propósitos singulares.

– Por mais odioso que Mazulhim vos seja agora – respondeu Nasses –, ele vos é ainda menos do que eu e acredito arriscar mais falando-vos de um amante que jamais amareis, do que faço vos entretendo com um que amastes ternamente. Ele ocupa a vossa mente ainda de forma tão viva que nunca pronuncio o seu nome sem que os vossos olhos se marejem de lágrimas. Ainda agora eles se enchem e em vão quereis esconder-me isso. Ah! Guardai os vossos prantos, amável Zulica – exclamou ele –, eles atravessam o meu coração! Sem um enternecimento que se torna funesto para mim, não posso vê-los correr de vossos olhos.

Zulica, que há muito tempo não tinha vontade de chorar, não pôde ouvir esse discurso sem se acreditar obrigada a verter novas lágrimas. Nasses, que se divertia com toda a manobra que ele a obrigava a fazer à sua vontade, deixou-a por algum tempo nessa dor fingida. Contudo, para não perder os seus momentos junto dela, ele se divertiu em beijar o seu colo, que estava extremamente descoberto. Ela ficou bastante tempo sem se dignar a pensar no que ele fazia e, somente depois de lhe ter deixado inteira liberdade quanto a isso, lembrou-se de achar alguma coisa a dizer novamente.

– Não pensais nisso, Nasses – disse ela, sempre com um lenço sobre os olhos –, aqui estão liberdades que me ferem. Realmente!

– Acredito nisso – respondeu ele –, não ireis tomar isso por um favor? Olhai para mim, então, para que eu veja os vossos olhos.

– Não – retomou ela –, eles choraram muito para estarem bonitos.

– Sem as vossas lágrimas – replicou ele –, parecer-me-íeis menos bela. Escutai-me – continuou ele. – O estado em que vos vejo me aflige: quero absolutamente que vos livreis disso. Eu vos provei a necessidade que tendes de amar ainda e, tanto quanto possível, vou vos provar agora que sou eu que deveis amar.

– Duvido – respondeu ela – que consigais.

– É o que veremos – retomou ele. – Primeiramente, concordais com o fato que me odiais sem motivo: é uma injustiça que somente podereis reparar amando-me apaixonadamente.

Ela sorriu.

– Aliás – continuou ele –, eu vos amo e por mais fácil que vos seja fazer com que qualquer pessoa tenha mais amor mesmo do que talvez vos agrade lhe inspirar, jamais encontrareis alguém tão disposto quanto eu a vos amar com toda a ternura que mereceis. Que estejamos errados ou certos, é fato que, em geral, pensamos mal das mulheres. Ficamos persuadidos que elas não são fiéis nem constantes e, baseados nisso, acreditamos não lhes dever constância nem fidelidade. Paixões, conseqüentemente, não se vê absolutamente; para nos determinar a ter uma, seria necessário que soubéssemos que uma mulher merece sentimentos menos levianos dos que comumente lhe atribuímos; examinar o seu caráter e a sua maneira de viver e de pensar e com isso regular o grau de estima que podemos lhe dever...

– Pois bem – interrompeu ela –, o que vos impede de fazê-lo?

– Estais zombando, Madame – respondeu ele –; esse estudo leva tempo. Enquanto estivéssemos ocupados com isso, uma mulher nos informaria sobre inconstância e, para nós é um acidente tão cruel que, para não ficar exposto a isso, nós a deixamos, em geral, antes de saber se ela merece que a amemos por muito mais tempo.

– Mas – perguntou ela – o que tudo isso pode vos fazer concluir?

– Vou dizê-lo – respondeu ele. – Mas esse lenço estará eternamente sobre os vossos olhos?

– Eu não olhei para vós? – disse ela.

– Não o suficiente, não quero mais que esse lenço apareça ou então vos odiarei, se for possível, tanto quanto me odiastes!

Então ela olhou para ele sorrindo e de um modo bastante terno.

– Continuai, portanto – disse-lhe ela, inclinando-se sobre ele.

– Sim – respondeu ele, apertando-a fortemente em seus braços –, vou continuar, não duvideis nada. O que aqui vi sobre vós – prosseguiu ele – vale-me o estudo do qual vos falava, angariou toda a minha estima e, conseqüentemente, redobrou o meu amor por vós. Um outro que não fosse eu não pode, portanto, vos amar tanto quanto eu vos amo; de vós, ele somente veria os encantos, e a bondade de vossa alma seria uma coisa da qual ele jamais poderia ter certeza, pois nada lhe provaria até que ponto tendes a delicadeza dos sentimentos. Ele aprenderia, direis, vendo-me agir. Eh! Madame (vou falar mal de nós), pensais que um homem disperso, tonto, sem costumes, sobretudo no que concerne às mulheres e que, não encontrando meio mais certo para desprezá-las sempre do que jamais lhes dar a honra de examiná-las, pensais, digo, que ele percebe as coisas que deveriam vos assegurar a sua estima ou que ele não vos acuse de forçar o vosso caráter e de fazer desfilar diante dos seus olhos virtudes que, absolutamente, não possuís?

– Sim, acredito – disse ela. – O que estais dizendo, por exemplo, não pode ser mais sensato.

Nasses, para agradecê-la por esse elogio, quis primeiramente beijar-lhe a mão, mas, a boca de Zulica achando-se mais perto dele, foi para ela que achou conveniente testemunhar o seu reconhecimento.

– Ah, Nasses – disse-lhe ela docemente –, nós nos indisporemos.

– Estais vendo, portanto – prosseguiu ele, sem lhe responder –, que, uma vez que sou o homem do mundo que mais vos estima e que tem mais razão em fazê-lo, devo ser também o único que possais amar.

– Não – respondeu ela –, o amor é muito perigoso.

– Velha máxima de ópera, tão inexpressiva, tão gasta – replicou ele – que somente hoje não se gostaria de passá-la para um madrigal e que, de resto, em nada impedirá que me ameis. Estou lhe avisando.

– Se não for ela que me impede... – respondeu ela. – Mas por que me pedir amor? Eu não vos prometi amizade?

– Sem dúvida – replicou ele – o esforço é generoso! É certo que, se não vos amasse, eu vos consideraria desobrigada por isso e talvez mesmo por menos, mas os sentimentos que tenho para convosco não podem ser pagos senão pela mais terna reciprocidade de vossa parte e posso vos jurar que não esquecerei nada para vos inspirar todo o ardor que vos peço.

– Eu vos prometo categoricamente – respondeu ela – que nada esquecerei para me defender disso.

– Ah, ah – disse ele –, quereis tomar precauções contra mim. Estou encantado, isto prova que sou perigoso. Tendes razão. Amando-vos como amo, eu o serei para vós mais do que ninguém. Com uma mulher menos estimável do que vós, eu não estaria tão certo da minha vitória.

– Contudo – retomou ela –, quanto mais eu for estimável, mais resistirei.

– Exatamente o contrário – replicou ele –: somente as galanteadoras são mais difíceis para se vencer. Facilmente as persuadimos de que elas são estimáveis, mas não as tocamos da mesma forma e, de todas as conquistas, a mais fácil é aquela de uma mulher racional.

– Certamente eu não teria acreditado nisso – disse ela.

– Entretanto nada é mais verdadeiro – respondeu ele. – Não podeis duvidar que vos amo, vós, por exemplo. Respondei, duvidais disso? Tende boa-fé!

– Acabo de ser tão tolamente crédula – recomeçou ela – que creio que não me persuadirão por muito tempo.

– Mas, Mazulhim à parte – insistiu ele –, o que estais pensando sobre isso?

Ela respondeu que acreditava que ele não a odiava. Ele persistiu e finalmente obteve dela a afirmação de que estava persuadida de que ele a amava.

– E vós – prosseguiu ele – não me achais mais odioso?

– Odioso! – disse ela. – Não, sem dúvida: posso querer ser indiferente, mas não quero mais ser injusta.

– Acreditais que vos amo – exclamou ele –, não me odiais e imaginais que resistireis a mim por muito tempo! Vós, com essa verdade que tendes no caráter, vos gabais de que podereis me tornar infeliz, quando os vossos próprios desejos falarão a meu favor; de que vos fixareis um tempo para ceder e que será somente quando tiver chegado que acreditareis poder vos entregar com decência? Não, Zulica, não, tenho melhor opinião de vós do que vós mesma. Não tereis absolutamente falsidade suficiente para querer desesperar um amante que amais; ignorareis a arte pérfida de me conduzir, de favor em favor, até aquele que deve, para sempre, satisfazer e reanimar os meus desejos. No instante em que vos enternecerei será aquele em que morrerei de prazer nos vossos braços, e essa boca encantadora – acrescentou ele com arrebatamento...

– Muito bem isso, muito bem! – interrompeu o Sultão. – Me livrais de uma grande dificuldade. Palavra! começava a acreditar que isso jamais acontecesse. Ah! que tola criatura essa Zulica, com os seus modos!

– De fato – disse a Sultana – deve-se convir que não se pode fazer esperar favores por muito mais tempo.

Como, então, resistir por uma hora? Isso é uma coisa ímpar!

– A verdade – respondeu o Sultão – é que isso me aborrecia tanto como se tivesse durado quinze dias e que, por pouco que Amanzei tivesse ainda retardado a coisa, eu estaria morto de tristeza e de vapores, mas antes isso teria custado a sua vida e eu lhe teria ensinado a fazer perecer de tédio uma cabeça coroada.

CAPÍTULO XV

Que não divertirá aqueles que os fatos anteriores aborreceram

Pelo silêncio que se fez naquele instante em que Vossa Majestade estava ontem tão contente – disse Amanzei no dia seguinte – julguei que Nasses impedia Zulica de falar e que ela o impedia de prosseguir.

– Ah, Nasses – exclamou ela logo que pôde –, Nasses, pensais no que estais me fazendo? Se me amásseis!...

Quanto mais Nasses temia as censuras de Zulica, menos ele lhe deixava a liberdade de fazê-las. Jamais concebi, melhor do que naquele instante, o quanto é vantajoso ser persistente com as mulheres.

– Mas, escutai-me – dizia Zulica –, Nasses, escutai-me! Quereis portanto que eu vos deteste?

Todas palavras que, entrecortadas, pronunciadas fracamente perdiam a sua força e não se impunham. Zulica viu o quanto era inútil falar mais a um homem perdido nos seus arroubos e a quem, sem nenhum resultado, se teria dito as coisas mais belas do mundo. O que fazer? O que ela fez. Depois de tomar precauções contra os empreendimentos que Nasses, no meio da sua perturbação, tentava com toda a temeridade possível, e de se ter posto fora de qualquer temor quanto a isso, ela esperou pacientemente que ele estivesse em condições de ouvir os discursos que ela lhe preparava sobre as suas impertinências. Nasses, contudo, seja para obter mais facilmente o seu perdão, seja porque, de fato, Zulica o tivesse perturbado, não a deixou em liberdade a não ser para cair sobre o seu seio e numa prostração que não devia deixá-lo sensível a qualquer outra coisa a não ser o estado em que se encontrava.

Novo embaraço para Zulica, pois, para que serve falar a alguém que não poderia ouvir? Nesse instante, o que podia tornar-lhe menos penoso o silêncio ao qual estava forçada é que não havia aparência que Nasses tivesse a mente suficientemente livre para fazer comentários sobre isso. Entretanto, ela tentou se retirar inteiramente dos seus braços e não conseguiu nada. Quando voltou de sua perturbação, ele tinha o ar tão terno! Os seus primeiros olhares vagaram sobre Zulica de uma maneira tão tocante! Ele voltou a fechar os olhos de forma tão lânguida, deu profundos suspiros que, longe de poder lhe mostrar tanta cólera quanto se lisonjeara, apesar de sua insensibilidade natural, ela começou a se sentir comovida e a partilhar dos seus arroubos. Essa pessoa virtuosa estava perdida, se Nasses pudesse ter percebido os impulsos pelos quais estava agitada. Nasses, enfim, voltando a si, segurou a mão de Zulica.

– Nasses – disse ela, com um tom colérico –, é assim que acreditais vos fazer amar?

Nasses desculpou-se quanto à violência do seu ardor que, dizia ele, não lhe permitira mais cautela. Zulica sustentou que o amor, quando é sincero, estava sempre acompanhado de respeito e que não se tinha modos tão pouco comedidos quanto os seus, senão com as mulheres que se desprezava. Ele, por seu lado, sustentou que somente àquelas que inspiravam desejos se faltava com o respeito e que nada devia provar melhor a Zulica a força do seu do que o arroubo que ela se obstinava em condenar nele.

– Se tivesse vos estimado menos – prosseguiu ele –, teria vos pedido o que acabo de arrebatar; mas por mais leves que fossem os favores que vos roubei, não ignorava que me recusaríeis estes. Certo de obtê-los de vós, não teria pensado devê-los somente a mim mesmo. Quanto mais se pensa bem de uma mulher, mais se é forçado a ser culpado de ousadia demasiada para com ela, nada é tão verdadeiro.

– Não acredito numa palavra – respondeu Zulica – mas quando o que acabais de me dizer for verdade, continua sendo uma regra estabelecida não começar a confissão dos seus sentimentos por maneiras tão singulares como as que tendes.

– Suponhamos que eu tenha precipitado as coisas tanto quanto dizeis – replicou ele. – Seria ainda uma atenção para convosco, que deveríeis me agradecer.

– Não – retomou ela com impaciência –, tendes na mente opiniões de uma estranheza sem igual!

– É engraçado – recomeçou ele – que essas opiniões que tratais de estranhas sejam todas fundamentadas na razão. A que me censurais agora é de uma verdade que certamente vos farei sentir, pois não somente tendes espírito, mas ainda o tendes justo, mérito bastante raro no vosso sexo, para que se possa vos felicitar disso.

– O cumprimento não me seduz – disse ela, com um tom brusco –, e vos aviso que lhe dou somente a importância devida.

– Sem dúvida é um dissabor para mim – respondeu ele – vos ver tão pouco sensível aos discursos obsequiosos que vos faço.

– Numa palavra, senhor – interrompeu ela –, para empreender certas coisas, é necessário pelo menos ter persuadido; sorte sua que eu vos diga isso.

– Estou vos entendendo, Madame – retomou ele. – Quereis que eu vos perca no mundo; pois bem, eu o farei. Queria vos colocar em condições de me amar, sem que ninguém suspeitasse disso, mas já que essa minha consideração vos desagrada, eu vos cortejarei, Madame, saberão que vos amo e não vos pouparei nenhuma das ternas loucuras que poderão informar ao público quais são os sentimentos que tenho para convosco.

– Mas o que quereis dizer? – perguntou ela. – Sois um homem estranho! É por respeito a mim que me fazeis uma impertinência que jamais deveria vos perdoar, é por uma atenção infinita pelo que me diz respeito que me tratais bruscamente, como a mulher do mundo que menos mereceria consideração! Sois vós que fazeis mil coisas condenáveis e sou eu que estou errada! Dizei-me, por gentileza, como tudo isso pode ocorrer?

– Se fôsseis menos novata no amor – replicou ele –, poupar-me-íeis todas aquelas explicações. Entretanto vos direi que, por mais incômodas que me possam ser, sem comparação, prefiro vos dar lições sobre esse assunto a vos ver suficientemente instruída para não precisar delas. Ainda estais por saber que são menos as bondades que uma mulher tem pelo seu amante que a perdem do que o tempo que ela o faz esperá-las? Acreditais que posso vos amar e ser infeliz, sem que as minhas presenças freqüentes junto a vós, sem que os cortejos que adotarei para vos enternecer escapem ao público? Tornar-me-ei triste e (por mais extrema que fosse a minha discrição) não ignorarão que somente os vossos rigores causam a minha melancolia. Enfim, pois sempre é preciso chegar lá, tornar-me-eis feliz. Pensais que, com alguma atenção que eu vos observe, os vossos olhos, os meus, essa terna familiaridade que, apesar dos nossos esforços, nascerá entre nós, não revelam o nosso segredo?

Zulica, pelo seu espanto e pelo seu silêncio, parecia aprovar o que lhe dizia Nasses.

– Vedes bem, portanto – prosseguiu ele –, que, quando vos apresso para me tornar prontamente feliz, é ainda menos por mim do que por vós que o peço. Seguindo os meus conselhos, se me poupardes tormentos, evitareis o escândalo que sempre segue o começo de uma paixão. Aliás, na situação em que estivemos juntos, sem revelar tudo, eu não poderia inicialmente assinalar o meu amor por vós. Ambos de acordo, causaremos respeito ao público quanto aos nossos casos até quando julgarmos conveniente; persuadido de que me detestais, jamais ele poderá imaginar que, de um sentimento que lhe é tão contrário, passastes tão rapidamente ao amor. De resto, ser-vos-á fácil conduzir naturalmente a nossa reconciliação. Na corte ou na casa da primeira princesa onde nos encontraremos juntos, captareis qualquer ocasião para me fazer uma cortesia; não vos inquieteis com a conjuntura, cuidarei para que ela apareça. Responderei com desvelo ao que me tiverdes dito de cortês, falarei bem alto da vontade que tenho de que não me odieis mais. Farei mesmo com que me façais uma proposta, através de um de nossos amigos comuns, a de que quereis que eu vos veja; direis que tendes o maior prazer nisso, far-me-ei apresentar a vós, voltarei para vos ver, louvarei os encantos de vossa ocupação e a infelicidade que tive de ser privado disso por tanto tempo. Não serão necessárias muitas coisas mais para justificar os meus desvelos: eles parecerão simples e naturais e teremos tanto mais prazer de nos amar quanto de gozarmos daquele de escondê-lo de todo mundo.

– Não – respondeu ela, sonhando –, se eu vos tornasse tão prontamente feliz, temeria demais a vossa inconstância. Confesso que não ficarei aborrecida em estabelecer convosco um negócio fundado em mais estima, confiança e amizade do que normalmente se encontra no mundo; eu vos direi mais, não odiaria o amor se um amante pudesse exigir de uma mulher somente a confissão da sua ternura.

– O que pedis – retomou ele ternamente – é uma coisa mais difícil convosco do que com qualquer outra mulher que fosse. Confesso também que, por menos que concedais, devemos ficar mais lisonjeados do que o fato de obter tudo de uma outra. Mas Zulica, acreditai-me, eu vos adoro, vós me amais, fazei a felicidade do homem da sociedade que sente por vós a paixão mais ardente!

– Se soubésseis limitar os vossos desejos – respondeu ela com emoção – e se aquilo que eu poderia vos conceder não fosse para vós um direito de pedir mais, poder-se-ia tentar vos tornar menos infeliz: mas...

– Não, Zulica – interrompeu ele vivamente –, ficareis contente com a minha obediência!

Com essa palavra que Zulica sentia bem ser tão perigosa quanto o era, ela se inclinou indolentemente sobre Nasses que, precipitando-se sobre ela, usou sem consideração os favores que acabavam de lhe ser concedidos.

– Ah, Zulica – disse-lhe ele ternamente um momento depois –, será somente por vossa benevolência que deverei instantes tão doces e não quereis, portanto, que eles se tornem para vós o mesmo que já o são para mim?

Zulica não respondeu nada, mas Nasses não se queixou mais.

Logo ele fez passar para a alma de Zulica todo o fogo que devorava a sua. Logo esqueceu a palavra que acabava de lhe dar e ela mesma não se lembrou do que exigira dele. Na verdade, ela se queixou, mas tão docemente, que foi menos uma censura do que um terno suspiro a espécie de queixa que lhe escapou. Nasses, sentindo a que ponto ele a desvairava, acreditou não dever perder instantes tão preciosos.

– Ah, Nasses – disse ela com uma voz abafada –, se não me amais, como me tornareis lamentável!

Se os temores de Zulica sobre os amores de Nasses tivessem sido tão verdadeiros e tão vivos quanto pareciam ser, aparentemente os arroubos de Nasses os teriam dissipado. Assim, quase certo de que ela não duvidaria por muito tempo do seu ardor, ele não julgou pertinente perder, respondendo-lhe, um tempo que devia empregar em tranqüilizá-la e de uma maneira mais forte do que poderia ter feito pelos discursos mais tocantes. Zulica não se ofendeu absolutamente com o seu silêncio. Logo, mesmo (pois, em geral, não é preciso mais do que uma ninharia para fazer perder de vista as coisas mais importantes), ela não pareceu se ocupar mais com um temor que, sem fazer uma injúria mortal a Nasses, ela não podia mais guardar. Outras idéias, sem dúvida mais doces, sucederam-se àquela. Ela queria falar, mas somente pôde proferir algumas palavras inconseqüentes e que nada mais exprimiam do que a perturbação de sua alma.

Quando ela passou, Nasses lançou-se aos seus pés.

– Ah, deixai-me – disse ela, empurrando-o levemente.

– O quê! – respondeu ele com um ar espantado. – Será que tive a desgraça de vos desagradar e seria possível que tivésseis algo a vos queixar de mim?

– Se não me queixar – retomou ela –, não é porque não tivesse do que fazê-lo.

– Oh! do que vos queixaríeis? – replicou ele. – Não devíeis estar cansada de uma resistência tão cruel?

– Concordo – respondeu ela – que muitas mulheres teriam se entregado mais cedo, mas nem por isso deixo de sentir que devia resistir por mais tempo.

Então ela o olhou com perturbação, esse langor nos olhos que anunciam e excitam os desejos.

– Vós me amais? – perguntou-lhe Nasses de forma tão terna quanto se ele próprio a tivesse amado.

– Ah, Nasses – exclamou ela –, que prazer vos daria uma confissão que os vossos arroubos já me arrancaram? Quanto a isso, me deixaste alguma coisa para vos dizer?

– Sim, Zulica – respondeu ele –, sem essa confissão encantadora que vos peço, não posso ser feliz; sem ela, jamais posso me olhar a não ser como um raptor. Ah! Quereis me deixar fazer uma censura tão cruel?

– Sim, Nasses – disse ela suspirando –, eu vos amo!

Nasses ia agradecer Zulica quando o escravo de Mazulhim veio servir; ele suspirou com isso...

– Por Deus! Acredito nisso – interrompeu o Sultão. – Eis como são os lacaios! Jamais os vemos, salvo quando temos menos necessidade de sua presença. Não temais que ele tivesse vindo há pouco, enquanto Nasses e Zulica me aborreciam tanto! É necessário, precisamente, que ele venha interromper, quando tenho mais prazer em ouvir.

– Vós me surpreendestes, vós – disse a Sultana –, por não ter dito nada.

– Ora essa! – replicou ele. – Eu me acautelara para não perturbá-los; tinha muita vontade de saber como tudo isso acabaria. Estou muito contente com isso – acrescentou ele, virando-se para Amanzei –; eis o que pode se chamar uma situação tocante, ainda estou com lágrimas nos olhos!

– O quê! – disse a Sultana. – Chorais por isso?

– Por que não? – respondeu ele. – Isso é muito interessante ou muito me engano. Para mim é como uma tragédia, e se não chorais nada é porque não tendes o coração bom!

Com essas palavras, que ele considerava como um epigrama insultante contra a Sultana, ordenou a Amanzei, com ar satisfeito, para continuar.

– Nasses suspirou por se ver interrompido – prosseguiu Amanzei. – Não que estivesse apaixonado, mas tinha essa impaciência, esse ardor que, sem ser amor, produz em nós impulsos que a ele se assemelham e que as mulheres sempre olham como os sintomas de uma verdadeira paixão, seja porque sentem o quanto lhes é necessário, convosco, parecer se enganar nisso ou que, de fato, elas não conhecem nada de melhor. Zulica, que somente atribuía aos seus encantos a impaciência que notava em Nasses, tinha-lhe todo o reconhecimento possível mas, para sustentar esse caráter de pessoa reservada que ela se dera, fez-lhe sinal, apertando a mão dele, para ter um pouco de circunspecção diante do escravo de Mazulhim. Puseram-se à mesa. Depois da ceia...

– Bem devagar, por favor – interrompeu Schah-Baham. – Se isso não vos desagrada, quero vê-los cear. Acima de todas as coisas, gosto das conversas de mesa.

– Tendes no espírito uma inconseqüência bem singular – disse-lhe a Sultana. – Mil vezes vos impacientastes com discursos que eram necessários e agora pedis outros que, absolutamente fora da história que vos contam, somente podem alongá-la!

– Pois bem – respondeu o Sultão –, se eu quiser ser inconseqüente, há alguém aqui que possa me impedi-lo? Vejamos: quero muito que se saiba que um Sultão é feito para raciocinar como lhe agradar; que todos os meus ancestrais tiveram o mesmo privilégio que aquele que me questionam; que nunca uma mulher pedante teve a autoridade de impedi-los de falar como eles queriam e que minha própria avó, a quem, acredito, não tendes a audácia de vos comparar, jamais teve a de contradizer Schah-Riar, meu ancestral, filho de Schah-Mamoun, que engendrou Schah-Techni, o qual... De resto, o que estou dizendo – continuou ele com mais moderação – é mais para vos fazer ver que conheço a minha genealogia do que para contrariar alguém, e podeis prosseguir, Amanzei.

– A maneira pela qual os acontecimentos mais marcantes de nossa vida são ocasionados é uma coisa bem singular! – disse Zulica, um instante depois que ela se sentou à mesa. – Quem dissesse a uma mulher: "Nesta noite amareis furiosamente um homem, não somente em quem jamais pensastes, mas que odiais mesmo", ela não acreditaria. E entretanto não faltam exemplos de que isso acontece.

– Eu vos respondo por isso – recomeçou Nasses – e ficaria muito aborrecido se isso não acontecesse. De resto, é certo que nada é tão comum quanto ver as mulheres amarem violentamente alguém que vêem pela primeira vez ou que odiaram. Daí mesmo é que nascem as paixões mais ardentes.

– E entretanto – retomou ela –, encontrais pessoas, mas digo: muitas, que vos afirmam que quase absolutamente não existem lances de simpatia.

– Sabeis – respondeu Nasses – quem afirma isso? São ou pessoas jovens que ainda não conhecem o mundo, ou mulheres cuja mente é hipócrita e o coração é frio; dessas mulheres indolentes que somente se apaixonam com todas as precauções possíveis, somente se excitam gradualmente e vos fazem comprar bem caro um coração onde encontrais mais remorsos do que ternura e do qual jamais gozais perfeitamente.

– Pois bem – respondeu ela –, aquelas mulheres, por mais ridículas que sejam, ainda têm adeptos; e eu que vos falo, não faz muito tempo que pensava como elas.

– Vós! – replicou ele. – Mas sabeis que tendes todos os preconceitos que se pode ter?

– Pode ser – retomou ela –, mas agora tenho um a menos, pois acredito nos lances de simpatia.

– Quanto a mim – disse ele –, sei que eles são muito comuns. Conheço mesmo uma mulher que é tão sujeita a eles que, comumente, encontra três ou quatro durante o dia.

– Ah! Nasses – exclamou ela –, isso não é possível!

– Quando disserdes simplesmente que isso não é comum, sabeis bem – recomeçou ele – que ainda vos enganaríeis e que uma mulher que tem a desgraça de ter nascido terna demais (se, entretanto, isto for uma desgraça) não pode responder um momento por si mesma? Suponho que tendes, vós, a necessidade de me amar: o que fareis?

– Eu vos amarei – respondeu ela.

– Pois bem! Agora suponhamos – continuou ele – uma mulher que, por dia, tenha a necessidade de amar três ou quatro homens.

– Eu a acho bem lamentável – disse ela.

– Que seja! Concordo, mas o que quereis que ela faça? Que fuja, me direis? Mas não se vai longe num quarto; quando ali se passeou por algum tempo, cansou-se, é necessário voltar a se sentar. Esse objeto, que os impressionou, sempre está presente aos vossos olhos. Os desejos ficaram irritados pela resistência que se fez e a necessidade de amar, longe de estar diminuída, somente se tornou mais premente.

– Mas – respondeu ela, sonhando – amar quatro!

– Uma vez que a quantidade vos choca – replicou ele –, tiro dois.

– Ah – disse ela –, isso se torna mais verossímil e mesmo mais possível!

– Quantas cerimônias, entretanto, não fizestes – reclamou ele – para amar somente um!

– Calai-vos! – disse ela, sorrindo. – Não sei onde arrumais todos os raciocínios que me fazeis e onde arrumo, eu, todas as respostas que vos dou.

– Na natureza – respondeu ele. – Sois verdadeira, sem arte, vós me amais o suficiente para não querer me esconder qualquer coisa do que pensais e eu vos estimo tanto mais que existem muito poucas mulheres que tenham tanta verdade no caráter.

Com todos esses propósitos e alguns outros que não foram interessantes, Nasses conseguiu ganhar a sobremesa. Mal estava servido que, vendo-se sozinhos, ele se levantou com entusiasmo e, ajoelhando-se diante de Zulica:

– Vós me amais? – disse-lhe ele.

– Então! Já não vos disse isso o suficiente? – respondeu ela languidamente.

– Céus! – exclamou ele, levantando-se e tomando-a em seus braços. – Posso ouvi-la dizer excessivamente isso e podeis me provar isso em demasia?

– Ah! Nasses! – respondeu ela, deixando-se arrastar sobre ele e sobre mim. – Que uso fazeis da minha fraqueza?

– E que, diabos – disse o Sultão –, queria ela então que ele fizesse? Isso não está mal. Penso que ela ficaria bem aborrecida se ele a tivesse deixado tranqüila. Não! As mulheres são de uma singularidade... bem singular! Jamais sabem o que querem! Sempre ignoramos como estamos com elas...

– Que cólera! – interrompeu a Sultana. – Que torrente de epigramas! O que nós vos fizemos, portanto?

– Não – disse o Sultão –, é sem cólera que estou vos dizendo tudo isso. Será que para achar as mulheres ridículas precisamos estar aborrecidos com elas?

– Sois de uma causticidade ímpar – disse a Sultana –, e temo muito que vós, que odiais os pedantes, acabeis vos tornando um, ininterruptamente.

– É essa Zulica que me aborreceu – recomeçou o Sultão –; não gosto nada dos modos inconvenientes.

– Que Vossa Majestade fique menos indisposta contra ela – disse Amanzei –; ela não o fez por muito tempo.

CAPÍTULO XVI

Que contém uma dissertação que não será apreciada por todo mundo

Depois de dizer essas poucas palavras que desagradaram a Vossa Majestade, Zulica se calou.

– Acreditais – perguntou-lhe enfim Nasses – que Mazulhim vos amasse melhor do que eu faço?

– Ele me louvava mais – respondeu ela –, mas me parece que me amais melhor.

– Não quero vos deixar nenhuma ocasião de duvidar da minha ternura – recomeçou ele. – Sim, Zulica, logo sabereis o quanto Mazulhim é inferior a mim em sentimento.

– O quê! – retomou ela. – Ora!...

Nasses não a deixou acabar e ela não se queixou de ter sido interrompida.

– Ah! Nasses! – exclamou ela ternamente. – Como sois digno de ser amado!

Nasses não respondeu a esse elogio senão como homem que acreditava que o louvariam menos quanto ao presente se, com isso, não se pretendesse absolutamente encorajá-lo quanto ao futuro. Ele enternecera Zulica, chegou a surpreendê-la; assim ela teve uma consideração, uma espécie mesmo de respeito por ele que, visto o motivo que o fazia obtê-las, tornavam-se extremamente agradáveis e que devem lisonjear um homem, tanto mais que, entre as mulheres essas coisas não são o efeito da prevenção, como o sentimento. Nasses, bastante contente consigo mesmo, acreditou que, por um momento, podia suspender a admiração que causava a Zulica. Ter triunfado sobre ela não era nada; ele a conhecia demais para ficar lisonjeado com isso e as atenções que ela lhe manifestava, longe de diminuir o ódio que tinha por ela, o tinham aumentado. Ele sentia em si esse desprezo profundo por ela que nos torna impossível a dissimulação e as considerações com pessoas que nô-lo inspiram; e nessa disposição, não acreditava poder lhe mostrar com muita rapidez toda a impressão que a sua conduta com ele deixara em sua alma.

– Achais, portanto – perguntou-lhe ele –, que eu não vos louvo tão bem quanto Mazulhim?

– Sim – respondeu ela –, mas acho ao mesmo tempo que sabeis amar melhor do que ele.

– Aqui está – respondeu ele – uma distinção que não entendo; que valor dais agora à palavra amar?

– O que ela tem – recomeçou ela. – Somente conheço um valor para ela e é aquele do qual pretendo falar; mas vós que me pareceis amar tão bem, por que me perguntais o que é o amor?

– Se pergunto isso – replicou ele –, não é porque o ignore, mas como cada um define esse sentimento segundo o seu caráter, queria saber o que em particular vós entendeis, vós, dizendo que eu vos amo melhor do que Mazulhim vos amava. Não posso conhecer a diferença que fazeis entre ele e eu, se não me ensinardes o que era a sua maneira de amar.

– Mas – respondeu ela fingindo enrubescer – é que ele, ele tem o coração esgotado.

– O coração esgotado! – retomou ele. – Eis uma expressão que, segundo a minha opinião, não oferece absolutamente sentido determinado. O coração se esgota, sem dúvida, com uma paixão muito longa, mas Mazulhim não podia se achar convosco naquele caso, pois, para os seus olhos e para a sua imaginação, éreis um objeto novo. Conseqüentemente, o que me dizeis dele não é o que deveríeis me dizer.

– Entretanto somente direi isso – respondeu ela –: o que sei dele (pelo menos desconfio disso) é que existem poucos homens menos feitos para amar do que ele e não me interrogueis mais, pois sinto que quanto a esse assunto nada mais tenho para vos responder.

– Ah! Eu vos entendo – replicou ele. – Contudo, não reconheço Mazulhim pelo retrato que dele me fazeis.

– Mas – retomou ela – parece-me que não estou vos dizendo nada dele.

– Ah! Perdoai-me – recomeçou ele –, sente-se facilmente o que se reprova num homem quando se diz que ele está com o coração esgotado; é uma expressão modesta e comedida, mas se entende. Entretanto, estou surpreso pelo fato de terdes algo a vos queixar dele.

– Não estou me queixando, Nasses – respondeu ela –, mas já que quereis saber o que penso disso, eu vos direi que é verdade que fiquei surpresa com ele.

– Ah! Ah! Ah! – disse ele. – O quê! Vós o achastes?

– Isso é surpreendente – retomou ela –, pelo menos pelo que penso.

– Oh! Eu me referirei bem a vós.

– Sem dúvida! – respondeu ela ironicamente. – Quanto a isso a experiência me deu grandes luzes!...

– Experiência ou não – replicou ele –, sabe-se o que deve ser um amante quando se tem o prazer de não lhe deixar mais nada a desejar; quanto a isso existe uma tradição estabelecida. Mas, ainda uma vez, confesso que me surpreendeis, pois Mazulhim...

– Pois bem! Nasses – interrompeu ela –, é a um ponto que não se poderia imaginar!

– Eu não poderia me recobrar da minha surpresa – respondeu ele –; sei coisas incríveis sobre ele, prodígios!

– Aparentemente, será ele que vos terá contado isso? – disse ela.

– Mesmo se fosse somente por amor-próprio – recomeçou ele –, eu teria desconfiado de um relato semelhante. Não, ele não falou de nada, direi mais: quanto a isso, ele tem uma verdadeira modéstia.

– Quanto a ser modesto – respondeu ela –, ele não o é, mas talvez algumas vezes ele se torne justo.

– Madame, Madame – disse ele –, uma reputação tão brilhante quanto a de Mazulhim deve ter um fundamento e jamais me fareis acreditar que alguém do qual todas as mulheres de Agra pensam bem, seja um homem tão pouco estimável.

– Eh! Pensais – respondeu ela – que uma mulher descontente com Mazulhim (se contudo é verdade que se possa encontrar algumas que sejam sensíveis ao que falamos) diga a quem quer que seja a razão pela qual está tão descontente com ele?

– Precisamente sim – retomou ele –, ela não o dirá a todo mundo, mas o dirá a alguém, e a prova disso é que o estais dizendo a mim. Não ignoro que somente devo essa confidência à maneira pela qual estamos juntos. Mas Mazulhim agradou a outras pessoas que não vós. Depois dele elas amaram pessoas a quem, sem dúvida, elas confiavam as suas aventuras. Em Agra existem talvez mais de mil mulheres que não resistiram a Mazulhim, conseqüentemente haverá quarenta mil homens ou aproximadamente que saberiam, na mais exata verdade, o que ocorre e quereríeis que, entre mulheres ofendidas e homens humilhados, um segredo dessa natureza tivesse sido sepultado? Não é provável! Não, Madame, ainda uma vez, não, um homem, exatamente como Mazulhim vos pareceu, não teria enganado por tanto tempo. Eu vos diria mais? Conheceis Telmisse? Certamente ela não é mais nem jovem nem bonita! Não fazem dez dias, no máximo, que Mazulhim lhe provou toda a sua estima e que mereceu e adquiriu toda a dela. É portanto um fato. Telmisse o diz a quem quer ouvir; não é uma pessoa que, gratuitamente, fala bem de alguém e não conhecemos absolutamente mulher de quem o sufrágio dê mais honra e seja mais difícil de obter do que o seu. Depois disso, podeis pensar mal de Mazulhim?

– Não – respondeu ela secamente – acredito que ele seja incomparável. Sem dúvida, é culpa minha – acrescentou ela com um sorriso desdenhoso – se não o achei assim.

– Não sou feito para pensar isso – retomou ele – mas é verdade que existe nisso algo inconcebível. Além do mais, talvez não acreditareis numa coisa? Se eu fosse mulher, as pessoas da espécie da qual Mazulhim vos pareceu me agradariam infinitamente mais do que os outros.

– Acredito – respondeu ela – que não seria uma razão de não querê-los ou de deixá-los, mas vos confessarei que não vejo a propósito do que seria preciso lhes dar preferência.

– Eles preferem – disse ele. – Somente eles conhecem os galanteios e a benevolência; quanto mais eles sentem que lhes concedemos a graça de amá-los, mais se empenham em merecer isto; necessariamente submissos, são menos amantes do que escravos. Sensuais e delicados, eles imaginam ininterruptamente mil recompensas e o amor lhes deve, talvez, o que existe de prazeres mais engenhosos. Acontece-lhes de se arrebatarem? Não é absolutamente a um impulso cego e conseqüentemente lisonjeador para uma mulher, que ela deve o ardor do qual a alma deles se enche; é somente ela, são os seus encantos que subjugam a natureza. Jamais pode haver para ela triunfo mais doce e mais verdadeiro!

– Não me surpreendeis absolutamente – disse-lhe Zulica –, gostais das opiniões singulares.

– Pensais bem demais – respondeu ele – para que esta vos pareça singular e sei que mais de uma mulher...

– Deixemos isso – interrompeu ela –, jamais discuti sobre coisas que não me interessam. De resto, pelo que me parece, cabe menos a vós do que a Mazulhim tentar fazer essa opinião ser admitida.

– Ela tem razão – disse o Sultão. – Quando ela vai embora?

– Como sois impaciente! – respondeu a Sultana.

– Não que eu me aborreça – retomou o Sultão. – É quase isso, mas embora eu me divirta muito, parece-me que gostaria igualmente de ouvir alguma coisa diferente. Sou assim, eu!

– O que quereis dizer? – perguntou-lhe a Sultana.

– Será que não estão entendendo isso? – respondeu ele. – Eu me acho muito claro. Quando digo que sou assim é que penso que um prazer, às vezes, não impede que se deseje um outro. Vou me fazer entender melhor ainda.

– Existem mil coisas que perdem algo ao serem explicadas – interrompeu a Sultana. – Estamos vos entendendo, quereis alguma coisa a mais?

– Sim – disse o Sultão –, quero que Amanzei acabe a sua história!

– Para isso é preciso que ele a continue! – respondeu a Sultana.

– Pelo contrário – retomou Schah-Baham –, parece-me que, se ele a deixasse ali, ele a acabaria muito mais cedo. Mas como sou a própria benevolência, permito-lhe prosseguir, à condição, entretanto, que isso não tenha efeitos graves e desastrosos.

– Ademais – prosseguiu Zulica –, seríeis muito gentil comigo se quiserdes não falar mais de Mazulhim.

– De muito bom grado – respondeu ele. – É esse coração esgotado do qual falastes que, de fato, nos fez cair numa dissertação inútil e que eu me censuraria, pois ela vos aborreceu, se não me lembrasse a minha ternura por vós e o desejo de saber por que acreditáveis que eu vos amava melhor do que Mazulhim, somente essas coisas a ocasionaram. Quanto mais os sentimentos que me demonstrais me são caros, menos deveríeis me reprovar por uma curiosidade que tenho somente porque vos amo.

– Não – respondeu ela com ar triste –, parece-me que faz alguns momentos que deixastes de me amar quanto me amáveis. Não sei por que acredito nisso, mas, enfim, acredito e essa idéia me aflige.

– Estou encantado por ver em vós – replicou Nasses – esses tipos de inquietações que, por não terem objeto, não deixam de atormentar vivamente, somente podem ser sentidas por um coração igualmente terno e delicado. Sois injusta comigo, mas essa própria injustiça me prova o quanto me amais e, por isso, vós me sois muito mais cara. Tranqüilizai-vos – prosseguiu ele –, amável Zulica. Céus! Quantos prazeres encontro em banir os vossos temores! Zulica! encantadora Zulica! Ah! para a vossa felicidade e a minha, que eles possam renascer sem parar!

Dizendo essas palavras, ele tomava Zulica em seus braços e a cumulava com as mais ternas carícias.

– Como me deixais arrebatada! – exclamou ela. – Sinto todos os vossos arroubos passarem para o meu coração, eles o enchem, o perturbam, penetram nele! Ah! Nasses! que prazer para mim dever a vós tão doces prazeres e que conhecia tão pouco! Somente vós!... Sim, somente vós!... Mas Nasses! Ah, cruel!...

Embora Zulica não parasse absolutamente de falar, não me foi mais possível ouvir o que ela dizia.

– É que aparentemente ela falava baixo demais? – disse o Sultão.

– Isto é provável – respondeu Amanzei.

– E depois – continuou o Sultão –, o fato é que é

verdade que não perdestes muito em não ouvi-la mais, pois ou estou muito enganado, ou não havia o senso comum no que ela dizia. Pelo menos eu não compreendi nada.

– Sou de vossa opinião, Sire – retomou Amanzei –, nada estava menos claro. Contudo, ou Nasses a ouvia, ou nesse momento ele não tinha mais espírito do que ela, pois dizia mais ou menos as mesmas coisas.

– Não vos disse? – recomeçou o Sultão. – Aquelas pessoas não têm o senso comum.

– Quando Nasses e Zulica se tornaram mais racionais – continuou Amanzei –, Zulica, olhando-o ternamente:

– Sois encantador, Nasses – disse ela. – Ah! por que não vos amei mais cedo?

– Deveis vos queixar menos do que eu – respondeu ele – eu, digo, a quem cada instante faz sentir que somente comecei a viver desde que me amastes. Quando penso a que belezas Mazulhim fechou os olhos, como o lastimo! O quê! Zulica, nesses locais onde estamos, nesses mesmos lugares que vossas gentilezas para mim me tornam tão caros quanto as que aqui tivestes para com ele inicialmente me fizeram achá-los odiosos, o ingrato pôde não enrubescer por ter amado outras e por não renunciar para sempre à sua inconstância! Que gênio, que Deus mesmo velava por mim quando, depois de torná-lo insensível a tantos encantos, inspirou-lhe o desejo de me escolher para vos comunicar a sua perfídia? Ah, Zulica! qual não teria sido a minha desgraça, se ele vos fosse fiel, ou se qualquer outro que não eu...

– Parai! – interrompeu majestosamente Zulica. – Se ele me tivesse sido fiel, jamais teria amado senão ele, mas para bani-lo do meu coração não precisava menos do que Nasses.

– Acredito, pois me escolhestes – respondeu ele –, que de fato eu era o único que poderia vos agradar, mas quando penso o estado em que estáveis aqui, ao que podia exigir de vós um estouvado que Mazulhim vos tivesse enviado, talvez que preço ele teria pedido para o seu silêncio, não posso me impedir de tremer.

– Não vejo muito bem por quê – respondeu ela. – Não querendo conceder nada, ter-me-ia sido bastante indiferente que se exigisse alguma coisa.

– Não podeis responder sobre isso – disse ele –, para as mulheres há situações terríveis, e aquela em que vos vi talvez fosse uma das mais horrorosas...

– Enquanto isso vos agradar – interrompeu ela. – Mas vos peço para acreditar que é bem menos cruel para uma mulher que tem sentimentos ser abandonada por um homem que a ama do que se entregar a alguém que ela não ama.

– Não há dúvida – replicou ele –, mas é uma coisa terrível ser tomada numa pequena casa. Não sei, se fosse uma mulher e que isso me acontecesse, o que faria, mas me parece bem cômodo que o homem que ali me tivesse surpreendido admitisse não dizer uma palavra sobre isso.

– Para vós seria cômodo! – retomou ela. – Aparentemente isso é bem simples; e para mim também teria sido muito cômodo, fosse quem fosse que me tivesse surpreendido aqui, que ele não tivesse dito nada. Belo propósito! É preciso que percais o espírito para tê-los semelhantes. Pensais que um homem de bem tenha necessidade, para se calar, que o obriguem a silenciar pelas coisas que imaginais e, aliás, acreditais que se façam certas propostas a mulheres de um certo tipo?

– Certamente sim – respondeu ele. – Toda mulher surpreendida numa pequena casa prova que ela tem o coração sensível; sobre isso tiram terríveis conseqüências e comumente, quanto mais a mulher é amável, menos o homem é generoso.

– Oh! É um conto – retomou Zulica. – Somente o gosto, mas digo o gosto mais vivo, pode desculpar uma mulher por se ter entregue e não acredito, apesar do que se possa dizer, que houvesse uma que desejasse comprar tão caro quanto acreditais a discrição da qual necessitaria; e a honra...

– Bem! – interrompeu ele. – Acreditais que uma mulher algum dia tema sacrificar a sua honra à sua reputação?

– Enfim – respondeu ela –, eu não o faria e não conheço nenhuma situação, por mais terrível que fosse, que pudesse me determinar a conceder a um homem o que meu coração sempre gostaria de lhe recusar.

– É preciso ser muito delicado – retomou ele – para fazer essa distinção e nela se deter; esperando que se possa ganhar o coração, procura-se engajar uma mulher, de forma que, para ela, o melhor a fazer seja vos dá-lo e com bastante freqüência, ela fica muito feliz em poder terminar por aí.

– Começo a vos entender, senhor – disse ela –; quereis me fazer sentir que não acreditais me dever senão à situação em que me encontrastes aqui e preferis imaginar que não tínheis com o que me agradar, a pensar mal de mim. Eis, portanto – acrescentou ela chorando –, a felicidade da qual me lisonjear? Ah, Nasses! era de vós que eu devia esperar um procedimento tão cruel?

– Mas, Zulica – respondeu ele –, acreditais que eu esqueci a resistência que me fizestes e o que me custou para obter de vós a minha felicidade?

– Oh, pensais – retomou ela, soluçando – que eu não sinto que me censurais por não ter me defendido por tanto tempo? Infelizmente! Levada pelo gosto que tinha por vós, mais ainda do que aquele que me mostráveis, cedi sem temer que um dia transformaríeis em crime o fato de não ter resistido por muito tempo.

– Mas que idéia é então a vossa, Zulica? – respondeu ele aproximando-se dela. – Eu! Censurar-vos por ter feito a minha felicidade? Podeis acreditar nisso? Eu que vos adoro – acrescentou ele, não esquecendo absolutamente nada do que pudesse lhe provar que estava dizendo a verdade.

– Deixai-me! – disse ela, empurrando-o levemente. – Deixai-me, se possível, esquecer o quanto eu vos amei!

A resistência de Zulica era tão doce que, se os desvelos de Nasses tivessem sido menos ardorosos, eles ainda teriam triunfado.

– Vós! Cessar de me amar! – dizia-lhe ele com um ar terno, acrescentando a esse discurso tudo o que podia torná-lo mais persuasivo. – Vós que deveis fazer eternamente a minha felicidade! Não, o vosso coração não é feito, de forma alguma, para me odiar, quando o meu somente guarda por vós os seus mais ternos sentimentos!

– Não – respondeu Zulica, com um tom que começava a não poder assinalar mais do que a cólera –, não, traidor que sois! Não me enganareis mais! Céus! – acrescentou ela ainda mais docemente. – Não sois o mais injusto e o mais cruel dos homens? Ah! deixai-me... Não, não me persuadis mais... Não devo vos perdoar... Como vos odeio!

Apesar de todos esses protestos de ódio que Zulica fazia a Nasses, por momento algum ele quis acreditar que pudesse ser odiado e, de fato, Zulica parecia não se preocupar mais com o fato de que ele acreditasse não ser mais amado.

– Não sei se estou me gabando – disse ele enfim –, mas quase juraria que me odiais menos do que dizeis.

– Belo triunfo! – respondeu ela sacudindo os ombros. – Acreditais que vos detesto menos? Será culpa minha se... Mas é verdade, eu vos odeio muito. Não ride – acrescentou ela –, nada é mais certo do que o que estou vos dizendo.

– Eu vos estimo demais para pensar isso – respondeu ele –, e isso até o ponto de vos ver inconstante e em nada querer acreditar. Estou e quero estar persuadido de que me amais tanto quanto podeis amar alguma coisa.

– Nesse caso – retomou ela –, eu vos amo então tanto quanto possível. Meu coração não é feito, absolutamente, para sentimentos moderados.

– Acredito nisso – replicou ele –, e também é o que eu queria dizer. Quanto mais delicadeza se tem, mais se tem as paixões vivas, e quando penso nisso, uma mulher é muito infeliz quando pensa como vós. De verdade! Ouso dizê-lo, hoje a depravação é tal que, quanto mais uma mulher é estimável, mais a acham ridícula. Não digo que sejam somente as mulheres que lhe façam essa injustiça, isso seria muito simples, mas o que não se concebe é que são os homens! Eles que, incessantemente, lhes pedem sentimentos!

– Isso é muito verdade – disse ela.

– Vejo isso no mundo – continuou ele. – O que procuramos nele? O amor? Não, sem dúvida. Queremos satisfazer a nossa vaidade, fazer falar de nós sem parar, passar de mulher a mulher, para não perder nenhuma, aspirar às conquistas, mesmo as mais desprezíveis, mais vaidosos por terem tido um certo número delas do que somente possuir uma digna de agradar; procurá-las sem parar e jamais amá-las.

– Ah, como tendes razão! – exclamou ela. – Mas também é culpa das mulheres. Vós as desprezaríeis menos se todas pensassem de um certo modo, tivessem sentimentos que pudessem torná-las respeitáveis.

– Confesso-o com pesar – respondeu ele –, mas é certo que não se poderia negar que os sentimentos saíram um pouco de moda.

– Um pouco! – disse ela com espanto. – Ah! dizei muito. Certamente ainda existem mulheres racionais, mas não é a maioria. Não falo absolutamente das que amam, pois acredito que vós mesmos as achais mais lamentáveis, mas para uma que somente o amor conduz, quantas não existem que, longe de poderem tomá-lo como desculpa, fazem todo o possível para que sequer se possa suspeitar que elas o conheçam.

– Existem – recomeçou ele – muito poucas mulheres bastante equânimes para falar como vós.

– Para que serve querer dissimular coisas tão conhecidas? – respondeu ela. – Quanto a mim, vos direi que tanto quanto gostaria que se considerasse as mulheres racionais, gostaria que se punisse com desprezo aquelas cuja conduta é da última ruína. Qualquer fraqueza é desculpável: mas na verdade, não se pode condenar demais o vício.

– Ele é condenado – replicou ele – mas é tolerado; o vício não parece o que é senão naquelas que absolutamente não são feitas para inspirar desejos e, hoje, talvez a maior satisfação das mulheres é esse ar indecente que anuncia que facilmente se pode triunfar sobre elas.

– Não ignoro – respondeu ela – que são aquelas que mais procurais; jamais é o coração que pedis. Como não amais, não vos preocupais em ser amados e, contanto que triunfeis sobre a pessoa, a conquista do resto vos parece sempre inútil.

– Um momento, Amanzei – disse o Sultão. – Quando é então que ele a despreza?

– Pergunta admirável! – exclamou a Sultana.

– O que estou dizendo – respondeu o Sultão – não tem nada de maldade. Uma pergunta, uma vez, é uma pergunta e não estou errado, parece-me, em fazer aquela. Aborrecem-me e ainda não querem que eu fale, isso é engraçado, sim! Fazem passar por um conto uma coletânea de conversas e somente se tem a palavra para rir quando nele não se fala e sou eu que estou errado! Numa palavra como em mil, Amanzei, se amanhã Nasses não tiver desprezado Zulica... somente vos digo isto: é comigo que vos vereis!

CAPÍTULO XVII

Que ensinará às mulheres novatas, se elas existirem, a se esquivarem de perguntas embaraçosas

– Vossa Majestade – disse Amanzei no dia seguinte – sem dúvida se lembra...

– Sim – interrompeu bruscamente o Sultão –, lembro-me que ontem estava morrendo de tédio; é isso que me perguntais?

– Se o conto vos entedia – disse a Sultana –, é só acabá-lo.

– Não, por favor! – respondeu o Sultão. – Quero que o continuem e que não me aborreçam, se possível, pois não peço de forma alguma coisas impossíveis.

Amanzei retomou assim a palavra:

– Vós, por exemplo – continuou Zulica –, temo que tenhais muito pouca delicadeza.

– Estais errada comigo – respondeu ele com um ar tranqüilo –, sou naturalmente muito suscetível ao amor. Entretanto, confessarei que tive mais mulheres do que as amei.

– Mas aqui está uma coisa infame! – replicou ela. – Não concebo como se pode se gabar disso!

– Também não me gabo – recomeçou ele –, estou dizendo simplesmente o que acontece.

– Acredito – disse ela – que enganastes muitas mulheres.

– Abandonei algumas e não as enganei absolutamente – respondeu ele. – Elas não me pediram para ser constante, conseqüentemente não lhes prometi sê-lo e concebeis bem o fato de que, quando nos tomamos sem condições, não há como se queixar de alguma condição violada.

– Serei curiosa, na medida do possível – disse Zulica –, para saber tudo que fizestes.

– Necessitais – recomeçou Nasses – de uma história de minha vida bem detalhada? Isso seria longo e eu temeria vos aborrecer muito. Posso, contudo, vos obedecer sem risco, suprimindo os detalhes. Faz dez anos que estou na sociedade, tenho vinte e cinco e sois a trigésima terceira beldade que conquistei como caso estabelecido.

– Trinta e três! – exclamou ela.

– Entretanto é verdade que somente tive essas – respondeu ele –, mas não vos espanteis; eu, nunca estive na moda.

– Ah, Nasses – disse ela –, como sou lamentável por vos amar e como dificilmente poderia contar com a vossa constância!

– Não estou vendo por que – respondeu ele – acreditais que por ter tido trinta e três mulheres deva vos amar menos?

– Sim – retomou ela –, quanto menos tivésseis amado, mais eu poderia acreditar que vos restariam recursos para amar ainda e que, enfim, não estaríeis absolutamente gasto pelo sentimento.

– Creio – replicou ele – ter vos provado que não estou com o coração esgotado; aliás, falando-vos francamente, existem muito poucos casos em que nos servimos do sentimento. A ocasião, a convivência, a inação dão origem a quase todos os casos. Sem sentir, nos dizemos que parecemos amáveis; ligamo-nos, sem acreditarmos em nós; vemos que é em vão que esperamos o amor; e nos deixamos de medo de nos aborrecer. Às vezes também acontece que nos enganamos com o que sentíamos: acreditava-se que era paixão, não passava de gosto, impulso, conseqüentemente pouco durável e que se gasta nos prazeres, enquanto o amor neles parece renascer. Tudo isso, como vedes, faz com que, depois de ter muitos casos, às vezes ainda não estamos em nossa primeira paixão.

– Portanto, jamais amastes? – perguntou ela.

– Perdoai-me – replicou ele –, amei apaixonadamente duas vezes e sinto, pela maneira que estou começando convosco, que se desde então o meu coração não ficou emocionado não era, como acreditava, porque não devesse mais ficá-lo, mas porque ainda não tinha encontrado o objeto que devia fazê-lo reencontrar mais sentimento do que ele temia ter perdido. Mas vós, que me interrogais, ser-me-ia permitido, por minha vez, vos perguntar quantas vezes vos apaixonastes?

– Sim – recomeçou ela –, e eu o permitiria ainda com o maior bom grado se já não o tivesse dito; não ignorais que Mazulhim e vós sois os únicos que puderam me agradar.

– Quando nos conhecíamos menos – retomou ele –, era natural que me falásseis nessa linguagem. Não achei mesmo o que dizer porque, por mais impossível que fosse me esconder Mazulhim, quisestes contudo fazê-lo; mas agora que a confiança deve estar estabelecida e que eu mesmo não tenho nada a vos esconder, parecer-me-ia singular, confesso, que não me fizésseis depositário de vossos segredos.

– Certamente o seríeis – respondeu ela –, se tivesse

reservado alguns para mim, mas eu vos juro que não tenho nada a me censurar quanto a isso que me parece mesmo espantoso que, pelo pouco tempo que vos amo, tenha em vós uma confiança tão grande e que enfim acredite dever estar tão certa quanto o estou de mim mesma.

– Estou encantado com isso, Madame – respondeu ele com ar ofendido –, ouso dizer contudo que, segundo a maneira pela qual eu me entreguei, tinha o direito de esperar algo de melhor de vossa parte.

Com essas palavras, ele quis se afastar, mas ela, detendo-o:

– Que fantasia é essa, Nasses? – perguntou ela ternamente. – Como pode ocorrer que há pouco tivésseis feito um crime do fato de duvidar do que eu vos dizia e que agora parece que vos censuraríeis por acreditar em mim?

– Se é preciso dizê-lo, Madame – respondeu ele –, há pouco não acreditava em vós, mas, ocupado então com um interesse mais urgente para mim, acreditei que valia mais a pena trabalhar para vos persuadir do que entrar em detalhes que, nesse instante, somente podiam vos desagradar e que eu não tinha mesmo o direito de exigir de vós.

– Mas, Nasses, juro que tenho a dizer somente o que vos disse!

– Não é possível, Madame! – interrompeu ele bruscamente. – Faz mais de quinze anos que estais na sociedade, não é crível que freqüentemente não fostes assediada e que, absolutamente, não vos entregastes pelo menos algumas vezes. Seríeis a primeira que, num espaço de tempo tão considerável, teria tido somente dois amantes e forçosamente tereis que convir que o gosto pela galanteria vos teria tomado bem tarde.

– Isso não seria bastante novo, senhor, para que se ache inacreditável – respondeu ela –, e estou muito enganada se não aconteceu a outras mulheres além de mim o fato de ficarem indiferentes por muito tempo, por não terem encontrado cedo o objeto que estava destinado a torná-las sensíveis. Certamente nada tenho a vos dizer, mas se fosse verdade que tivesse sobre esse assunto alguma coisa a vos confiar, o temor de vos perder sempre me impediria de fazê-lo. Quase sempre vi o desprezo seguir esses tipos de confidências; e, embora por ter amado outrora, não sejamos absolutamente culpadas em relação ao objeto que nos ocupa, é contudo muito raro que a sua vaidade nos perdoe por não ter sido o primeiro que nos tornou sensíveis.

– Mas que idéia! – disse ele. – Quem? Eu, eu vos desprezaria porque me daríeis, confessando-me tudo o que fizestes, uma nova prova de vossa ternura e talvez a mais convincente de todas, pela dificuldade que normalmente se tem em obtê-la? Pois bem! Amastes Mazulhim: isso me surpreendeu? Eu vos estimo menos? Por que quereríeis que alguns amantes a mais me causassem uma impressão desagradável? Tenho alguma coisa a esclarecer com aqueles que me precederam? É culpa vossa se o destino não me ofereceu aos vossos olhos em primeiro lugar? Não, Zulica, não sou mesmo da opinião daqueles que acreditam que uma mulher que amou muito não é mais capaz de amar ainda. Estou longe de pensar que o coração se gasta amando, pelo contrário, estou persuadido de que quanto mais se ama mais se é arrebatado no sentimento, mais delicadeza se tem.

– Seguindo esse princípio – respondeu ela –, não ficaríeis lisonjeado em ser o primeiro amante de uma mulher?

– Ouso dizer que não – replicou ele –, e aqui está o fato no qual fundamento uma maneira de pensar que talvez vos pareça ridícula. Nessa idade tenra em que uma mulher ainda não amou nada, se ela deseja ser vencida, é menos ainda porque está atormentada pelo sentimento do que pelo fato de desejar conhecê-lo; enfim, ela quer menos amar do que agradar. Mais a fascinam do que a tocam. Como acreditar quando ela diz que ama? Para se assegurar da natureza e da força do seu sentimento atual, tem ela com o que compará-lo? Num coração onde, por sua novidade, os mais fracos impulsos são motivos consideráveis, a menor emoção parece perturbação e o simples desejo, êxtase; e finalmente não é quando se conhece tão pouco o amor que se pode se gabar de senti-lo e que se deve persuadi-lo.

– Talvez, de fato, se exagera os seus impulsos – respondeu Zulica –, mas pelo menos se diz somente o que se acredita sentir, e se essa desordem parte do coração ou se somente existe na imaginação, o amante é menos feliz com isso? Não, Nasses, com alguma desvantagem que descreveis os primeiros sentimentos, eu vos amaria, se possível, mil vezes mais do que vos amo, se fosse a primeira a quem homenageásseis.

– Perderíeis nisso mais do que pensais – replicou ele. – Agora estou mil vezes mais em condições de sentir o que valeis do que teria estado no tempo em que queríeis que eu vos tivesse amado, tudo então me escapava: espírito, delicadeza, sentimento. Sempre tentado, jamais amado, o meu coração não se comovia nada, mesmo naqueles momentos em que, levado pelos meus arroubos, eu não me pertencia mais. Contudo acreditavam-me apaixonado, eu também pensava isso. As pessoas se aplaudiam por poder me tornar tão sensível; eu mesmo me felicitava por ser capaz de sentir uma volúpia tão delicada: parecia-me que na natureza somente existia eu, suficientemente feliz para sentir de forma tão viva os encantos do amor. Incessantemente aos pés daquela que eu amava, às vezes enlanguescido, jamais extinto, encontrava na alma mil recursos dos quais me espantava de poder fazer tão pouco uso. Um único olhar trazia a perturbação e o fogo nos meus sentidos; a minha imaginação sempre muito além dos meus prazeres...

– Ah, Nasses! Nasses! – exclamou vivamente Zulica. – Como devíeis ser amável! Não, não mais da mesma forma como amáveis então.

– Mil vezes mais – replicou ele. – No tempo do qual vos falo eu não amava nada. Exaltado pelo fogo da minha idade, era a ele, não ao meu coração, que eu devia todos esses impulsos que acreditava serem do amor e que desde então senti muito...

– Ah! – interrompeu ela. – É impossível que nada tenhais perdido em ser desiludido. O ciúme, a desconfiança, mil monstros que então teríeis tido escrúpulo em imaginar, agora envenenam os vossos prazeres. Mais instruído, amastes menos, portanto fostes menos feliz. O vosso espírito somente pôde se esclarecer às custas do vosso coração; raciocinais melhor sobre o sentimento, mas não continuastes a amar tão bem.

– Esse raciocínio – respondeu ele – seria tanto contra vós quanto contra mim e devo acreditar, supondo sempre que Mazulhim foi o vosso primeiro amante, que não podeis me amar tanto quanto o amastes, a ele.

– Não ficaria de forma alguma surpresa que tivésseis essa idéia – replicou ela –, somente seguis com prazer aquelas em que posso perder; mas deixemos isso!

– Absolutamente – disse ele – não deixemos isso.

– De resto – continuou ela asperamente –, pela maneira pela qual vivestes, não é muito surpreendente que penseis mal das mulheres.

– E se fosse – interrompeu ele – a maneira pela qual as mulheres vivem a causa de que eu não pense bem delas? Direis que é impossível que seja assim.

– Não, eu vos juro! – retomou ela com um ar desdenhoso. – Não me darei a esse trabalho!

– Ah, entendo – recomeçou ele –: temeríeis que ele fosse inútil. Não quereis portanto me dizer absolutamente quem amastes?

– O quê! – exclamou ela. – Ainda pensais nisso? Se me amásseis, poderíeis duvidar do que vos digo?

– Sinceramente, Zulica – disse-lhe ele –, acreditar-me-eis se quiserdes, mas isso está se tornando de um ridículo extremo.

– Zulica, que, como Vossa Majestade pôde ver – disse Amanzei – procurava há muito tempo desviar a conversa...

– Ela fazia bem – interrompeu o Sultão –, mas teríeis, vós, feito muito melhor se a tivésseis comparado e se me tivésseis poupado todas essas dissertações que ali colocastes a torto e a direito. Concordais que não passais de um tagarela e é somente para falar mais disso! Como quereis que nos atenhamos àquelas perfídias? Numa palavra, como em mil, terminai a vossa história!

– Zulica – continuou Amanzei – por muito tempo ainda apôs derrotas ruins aos desvelos de Nasses. Finalmente ela pareceu se entregar e depois de tê-lo feito dar a sua palavra de que por isso não a estimaria menos:

– Quanto mais eu me defendi em satisfazer a vossa curiosidade – disse-lhe ela –, menos agora eu deveria ceder a ela. Talvez me sereis menos reconhecido pela confissão que finalmente me arrancais do que me querereis mal por tê-la recusado por tanto tempo. Estareis errado. Não deveis ignorar que é mais fácil inspirar um novo gosto a uma mulher do que fazê-la concordar com aqueles que ela teve. Não sei se é por falsidade que alguns pensam assim, mas para mim posso vos jurar que o meu silêncio não se baseava num motivo tão indigno. Creio que é impossível lembrar com prazer uma fraqueza que, longe de se retraçar para a vossa imaginação com os encantos que para vós outrora ela tinha, jamais se apresenta a ela a não ser acompanhada dos remorsos que ela vos acusa ou da lembrança dolorosa dos maus procedimentos de um amante.

– Isso é exatamente verdade – disse Nasses –, uma mulher delicada é bem lamentável!

– Muito bem! – disse o Sultão. – Mas, pelo prazer que tenho em vos ouvir, desejo que adieis para amanhã a continuação (pois ainda não ouso dizer o fim) dessa conversa inaudita.

CAPÍTULO XVIII

Cheio de alusões muito difíceis de serem encontradas

– Sabereis, portanto – continuou Zulica –, que, quando entrei para a sociedade, não deixava (sem ser, entretanto, mais bela do que uma outra) de encontrar mais amantes do que desejava, completamente tola como eu era então sobre o que se chama o poder da beleza. Quando digo amantes, entendo essa multidão de pessoas ociosas que dizem que amam, mais por hábito do que por sentimento, que escutamos porque é preciso e que chegam mais facilmente a dizer que somos amáveis do que a se acharem eles mesmos. Por muito tempo eles divertiram a minha vaidade e com isso não me tornaram mais sensível. Nascida delicada, eu temia o amor. Sentia que dificilmente encontraria um coração tão terno, tão verdadeiro quanto o meu; e que a maior desgraça que pode acontecer a uma mulher racional é a de ter uma paixão, por mais feliz mesmo que ela possa ser. Enquanto tive que ser indiferente, essas considerações me fizeram mal: mas finalmente soube que elas somente detiveram o meu coração porque ainda não tinham sabido tocá-lo e essa calma pela qual nos aplaudimos em nós é menos a obra da razão do que o efeito do acaso. Um momento, um único momento basta para perturbar o meu coração! Ver, amar, adorar mesmo: sentir ao mesmo tempo e com uma extrema violência o que o amor tem de mais doce e de impulsos mais cruéis; ficar entregue à esperança mais lisonjeira, recair dali nas incertezas mais cruéis: tudo isso foi obra de um olhar e de um minuto. Espantada, confusa mesmo com estado tão novo para a minha alma, devorada por desejos que até então me eram desconhecidos, sentindo a necessidade de desvendar a sua causa, temendo conhecê-la; absorvida nessa doce emoção, esse divino langor que surpreendera todos os meus sentimentos, não ousava me ajudar com a minha razão para destruir impulsos, que, por mais confusos, por mais inexplicáveis que fossem para mim, já me faziam gozar dessa felicidade que não se pode definir, seja quando o sentimos ou quando não o sentimos mais. Vi finalmente que estava amando. Qualquer poder que esse impulso já tomara sobre mim, eu tentava combatê-lo. As lições do dever, o temor de me perder no mundo, suspiros, lágrimas, remorsos, tudo foi inútil ou, melhor dizendo, tudo aumentava ainda esse sentimento cruel pelo qual estava tiranizada. Ah, Nasses! qual não foi o meu prazer quando nos cortejos respeitosos, embora solícitos daquele que eu adorava, soube que era amada! Que perturbação! Que arroubos! Com que jeito, que considerações ele me comunicava a sua paixão! Que dor de ser obrigada a reprimir a minha! Como sois feliz, Nasses, em poder, ao primeiro impulso pelo qual a vossa alma se agita, comunicá-lo ao ente amado que o causa, em não conhecer essa dissimulação tão necessária para conservarmos a vossa estima, mas tão penosa para um coração terno! Quantas vezes, ouvindo-o suspirar junto a mim, eu suspirava de dor por não ousar fazê-lo para ele! Quando os seus olhos se ligavam ternamente aos meus, como eu ali encontrava essa expressão doce e lânguida, como finalmente ali encontrava o amor mesmo; ah! como nesses instantes que me colocavam tão longe de mim, tinha eu a força de me esquivar a essa volúpia que me arrastava! Finalmente, ele falou. Nasses! ignorais o prazer que dá essa terna, essa encantadora confissão! Não dizem que vos amam senão depois de vos ter feito desejar isso e algumas vezes por tempo demais; senão depois de vos fazer dizer mil vezes que amais; mas ver um amante tímido, um amante adorado, mas que não conhece a sua felicidade, compenetrado de sentimento, de temor, vir aos vossos pés, vos declarar tudo o que sente por vós; faltar-lhe mesmo expressões, querendo vos comunicar isso; tremendo tanto pela emoção que o amor lhe dá quanto pelo temor que ele não seja concedido; voar na frente de suas palavras, repeti-las para si bem baixo, gravá-las no coração; respondendo-lhe que não se acredita nele, fazer internamente um crime da sua mentira; exagerar mesmo para si o que ele vos diz; acrescentar a todo o amor que ele vos mostra, o que sentis por ele, Nasses! acreditai em mim, de todos os espetáculos, de todos os prazeres, estes dos quais vos falo são certamente os mais doces.

– Se a vaidade basta para vos tornar agradável o espetáculo que me descreveis tão vivamente – respondeu Nasses –, concebo que, quando o amor ali mistura o interesse do coração, não existe para vós espetáculo mais satisfatório. Mas enfim ele falou, esse amante tão ternamente amado. Vós respondestes?

– Descreveis o meu embaraço – replicou ela –; combatida pelo amor e pela virtude, se a última não venceu, pelo menos ela me serviu para dissimular a outra, mas não foi absolutamente tanto quanto desejava. Entregue por muito tempo aos seus discursos, a minha emoção descobriu o segredo do meu coração e, não acreditando responder-lhe senão friamente, a minha boca e os meus olhos lhe disseram mil vezes que a minha ternura se igualava à sua.

– É uma infelicidade que aconteceu a outros – respondeu friamente Nasses. – Pois bem! Quem era esse homem tão perigoso que, vê-lo e amá-lo, apesar do vosso orgulho natural, não passaram de uma mesma coisa?

– O que vos importa o seu nome? – perguntou ela. – Eu não vos disse o que queríeis saber?

– Ainda não – replicou ele –, e vós mesma sentis que a confidência não está completa.

– Pois bem – respondeu ela –, era o rajá Amagi.

– Amagi! – exclamou ele. – Que tempo então tomastes para tê-lo? Ele é meu amigo, nada me esconde e sei que, desde que está na sociedade, somente amou verdadeiramente Canzade. Amagi! – repetiu ele. – Mas não estaríeis enganada?

– Certamente – exclamou ela por sua vez – aqui está uma pergunta singular; ela é única.

– De forma alguma – retomou ele –, vereis que ela é muito simples. Amagi me disse que, apesar da sua extrema ternura por Canzade e o pouco desejo que tinha em falhar com ela, algumas vezes ele se divertira em outro lugar, porque existem mulheres que se insinuam de forma tão pouco respeitosa e que somos tão pretensiosos, que o desprezo que elas nos inspiram não nos impede de lhes sermos agradecidos, pelo menos no momento, pelo que elas fazem por nós. Falando-me das infidelidades que fizera a Canzade, confessou-me que ele se censurava por elas, tanto mais que, entre as mulheres que algumas vezes o haviam tirado dela, ele não encontrara uma que merecesse estima e apego e que não fosse para ele, somente por transtorno da cabeça, o que ele fora bastante ridículo para, algumas vezes, atribuir a um sentimento tão vivo que ele lhes fizera esquecer todas as composturas. Não sois daquelas mulheres, vós? Conseqüentemente, devo acreditar que ele não vos amou.

– Estais vendo que ele não vos diz tudo – respondeu ela –, pois ele me amou mais de três anos, com todo o ardor possível.

– Se ele não me disse, não é porque quisesse me fazer um mistério disso, mas que, aparentemente, ele não se lembrou de me dizer. Fostes vós que cometestes uma infidelidade com ele?

– Fareis por muito tempo esse tipo de indagações? – perguntou-lhe ela.

– Peço-vos desculpas – retomou ele –, mas sois tão pouco feita para ser abandonada, que ela não deve vos surpreender. Ele vos deixou, portanto? Depois dele, quem vos conquistou?

– Ninguém – respondeu ela com um ar simples. – Por muito tempo entregue à dor de tê-lo perdido, eu me gabava de não mais poder ser sensível, mas Mazulhim apareceu e não mantive a minha palavra.

– Por Deus! – exclamou ele. – As mulheres são bem infelizes e bem cruelmente expostas à calúnia!

– Isso é muito verdade – disse ela –, mas a propósito do que vos lembrais disso agora?

– A vosso propósito – recomeçou ele –; a quem, pois é preciso dizê-lo, faz-se a injustiça de dar um pouco mais de aventuras do que vejo que tivestes.

– Oh! – respondeu ela. – Isso não me aborrece nem me surpreende. Por menos que uma mulher dê medo, não se imagina absolutamente que ela seja mais sensível do que seria necessário; e em geral são os homens que ela menos quis escutar que mais o público lhe dá; mas, de qualquer forma, isso não me importa. Não seria portanto possível vos obrigar a falar de outras coisas?

– Não é verdade, portanto, que tivestes todos os amantes que vos atribuíram? – perguntou-lhe ainda ele.

Zulica não respondeu a essa nova impertinência a não ser sacudindo os ombros.

– Não vos zangueis com o que vos digo – continuou ele –, se fôsseis menos amável, eu acreditaria mais facilmente que não diminuis nada de vossa história.

– Perdoai-me – respondeu ela asperamente –, tive a terra inteira.

– Enfim – retomou ele –, eis o que me disseram. As vossas origens são duvidosas; sabe-se entretanto que no melhor de vossa juventude, apaixonada pelos talentos e persuadida de que o melhor meio para adquiri-los e aperfeiçoá-los é o de interessar vivamente por nós aqueles que o possuem, não desdenhastes os vossos mestres e que é o que vos faz cantar com tanto gosto e dançar com tanta graça.

– Ah! Santo Deus! Que horror! – exclamou Zulica.

– Tendes razão de protestar quanto a isso, Madame – respondeu ele friamente –, pois, de fato, isso é horrível. Por mim, não vos condeno e poderia mesmo vos estimar o bastante pelo fato de que, numa idade em que as mulheres que um dia devem ser o menos reservadas, têm todos os preconceitos imagináveis, tivestes bastante força de espírito para sacrificar os que a vossa origem e educação deviam vos ter dado. No momento de vossa entrada na sociedade, convencida de que ali não se poderia ser muito falsa, escondestes sob um ar recatado e frio a tendência que vos leva aos prazeres. Tendo nascido pouco terna mas excessivamente curiosa, todos os homens que vistes então aguçaram a vossa curiosidade e, tanto quanto pudestes, vós os conhecestes a fundo. Quando se tem tanto espírito e perspicácia quanto vós, o estudo de um homem não é uma coisa muito difícil e ouvi dizer que o que vos ligastes mais em observar não vos ocupou por oito dias. Essas diversões filosóficas explodiram. Atribuíram um mau aspecto às vossas intenções; sem renunciar à vossa curiosidade, vós a moderastes, contudo não foi por muito tempo. Não estando as vossas ocupações particulares em conformidade com aqueles que eram testemunhas delas, pensastes dever vos desviar dos seus olhos; renunciastes à solidão e fostes transportar para o mundo essa inclinação natural que vos levava a conhecer tudo. A princesa Sahenb tinha então Iskander como amante; quisestes julgar por vós mesma se era possível confiar no seu gosto e o tomastes dela. Ela jamais vos perdoou e ainda se queixa mesmo disso todos os dias.

– Ah, justiça divina! – exclamou Zulica, enfurecida. – Existem no mundo calúnias mais abomináveis?

– Asseguraram-me – continuou ele com o mesmo sangue-frio que começara – que logo deixastes Iskander para tomar Akébar-Mirza a quem (porque, por mais príncipe que fosse, ele vos aborrecia) associastes o vizir Atamulk e o emir Noureddin; que o príncipe, jamais vos entretendo a não ser com o estado de sua saúde (que conhecíeis, por ser ainda mais deplorável do que ele dizia), o vizir estando ocupado demais com os negócios do Estado para estar com os vossos encantos tanto quanto deveria, e jamais vos divertindo salvo com os detalhes de sua profunda política, e o emir com as grandes nações com que guerreara, enjoastes dos três personagens mais importantes do que amáveis. Ousam acrescentar que, sabendo o quanto é perigoso fazer inimigos na Corte, vós os deixastes ignorar as vossas disposições quanto a eles e que, forçada a tratá-los bem, com todo o mistério do mundo vos jogastes nos braços do jovem Velid que, menos importante, menos profundo, menos guerreiro porém mais agradável do que os seus rivais, sozinho, durante algum tempo, vos compensaria do tédio que eles vos causavam. Diz-se ainda que, vendo Velid menos apaixonado e necessitando, para despertar o seu ardor, deixá-lo inquieto, tomastes Jemla; que Velid, aborrecido em ver um rival e vos espiando cuidadosamente, finalmente descobrira os três outros e que todo esse caso, até ali judiciosamente conduzido, para vós acabara com o escândalo mais injurioso e vos dera as mortificações mais cruéis e mais públicas.

– Ah! Isso é demais! – interrompeu Zulica levantando-se. – E vou...

– Ainda um momento, por favor, Madame! – disse Nasses, detendo-a. – Levaram a impudência até me dizerem que, vendo que os casos acertados não corriam bem para vós, odiando o amor, mas ainda se atendo aos prazeres, somente vos permitistes diversões passageiras, bastante agradáveis para preencher os vossos momentos, mas jamais suficientemente fortes para interessar o vosso coração. Espécie de filosofia que, para dizê-lo de passagem, não deixou de fazer algum progresso no nosso século e da qual seria fácil demonstrar a sabedoria e a utilidade, se fosse aqui a ocasião de fazê-lo.

No fim desse relato, Zulica se pôs a chorar de ira e Nasses, fingindo não perceber, continuou assim:

– Compreendeis bem que sou muito justo convosco, que agora vos conheço demais para acreditar absolutamente em tudo o que me disseram.

– Sois extremamente benevolente! – respondeu ela.

– Não – retomou ele modestamente –, o que faço por vós é muito simples e para saber a opinião que devo ter disso tenho somente que consultar a maneira pela qual vos entregastes aos meus desejos; mas, não acreditando em tudo, também sentis bem que é possível que eu não creia em nada.

– Por que, então? – perguntou-lhe ela. – Tudo o que vos disseram é tão provável que não posso conceber que tenhais por mim uma consideração tão descabida.

– Acredito, portanto, somente... – retomou ele.

– Ah! Acreditai em tudo, Senhor – interrompeu ela –, acreditai em tudo e jamais voltemos a nos ver!

– Se o merecêsseis – respondeu ele –, é um esforço do qual não seria capaz! Julgai se, acreditando que sois inocente, eu poderia prejudicar-me o suficiente, ser suficientemente bárbaro para fazer o que pareceis me aconselhar.

– Não, não, Senhor! – replicou ela. – Acreditais em tudo o que vos disseram, acreditais nisso e para mim não vale a pena vos desiludir.

– Assim, portanto – retomou ele –, nos indisporemos! Uma mesma noite terá visto nascer e terminar o vosso ardor, pois não falo do meu – acrescentou ele suspirando –, somente sinto demais que ele será eterno!

– Sim, senhor – respondeu Zulica –, sim, nós nos indisporemos e para sempre!

– Para sempre! – exclamou ele. – Isto quer dizer que me abandonais e de forma tão repentina quanto me tomastes? Palavra de honra, é uma coisa que eu não achava possível. Mas como essa constância tão prodigiosa da qual tendes a presunção, essa alma tão delicada quanto ao sentimento podem se acomodar com um procedimento desses? Que violência cruel não vos fareis para manter a vossa palavra comigo? Como vos lamento. Afinal de contas, nada é mais ditoso para mim, uma vez que devíeis mudar, do que vos ver mudar tão prontamente. Uma longa intimidade convosco teria tornado a vossa inconstância muito dolorosa para mim. Entretanto ainda me gabo pelo fato de que fareis as vossas reflexões e que, se for verdade que o vosso gosto por mim se extinguiu completamente, pelo menos temereis que eu possa dizer que, cumulado pelas vossas bondades mais particulares, vós, tendo todas as razões do mundo para me louvar, não pudestes obter a vossa constância somente por 24 horas. Depois das pequenas liberdades que me permitistes, acharão ruim o vosso procedimento, estou vos avisando. Não – continuou ele, avançando em sua direção e apertando-a ternamente em seus braços – não, não fareis essa injustiça ao amante mais apaixonado do mundo!

– Quem? Eu! – exclamou ela, debatendo-se violentamente em seus braços. – Eu! Ainda serei vossa?

A esse propósito ela acrescentou tudo o que podia marcar vivamente para Nasses a sua indignação contra ele. Foi em vão que ele quis triunfar sobre os seus esforços; o seu despeito servindo-a melhor do que havia feito essa severa virtude pela qual ela combatia de forma tão desproposital, ele foi obrigado a disputar com ela até favores tão pouco importantes que ainda ele não acreditava ter que lhe pedir. Ela continuava a se defender dele, quando uma carruagem, que eles ouviram parar, suspendeu o ataque e a resistência.

– Aí está, sem dúvida, o meu pessoal, senhor – disse ela –, e estou partindo. Não vos apresso a refletir sobre o que se passou entre nós, isso vos será inútil; quanto mais se é capaz de ter um mau procedimento, menos se é feito para senti-lo!

Com essas palavras, ela se levantou e ia sair quando o que direi amanhã a Vossa Majestade a forçou a permanecer ali.

– Por que amanhã? – disse o Sultão. – Pensais que não me diríeis isso hoje, se eu tivesse essa fantasia? Felizmente para vós, sobre tudo isso não tenho nenhuma curiosidade e, ou amanhã ou num outro dia, tudo isso me é indiferente.

CAPÍTULO XIX

Ah! Tanto melhor!

Depois do que se passou entre Zulica e Mazulhim, ela pouco devia esperar revê-lo, contudo era ele que estava entrando. Ela recuou de surpresa ao vê-lo e, os prantos sucedendo o seu espanto, ela se deixou cair sobre mim. Ele fingiu não notar o estado em que a sua presença a deixava e avançando em sua direção com o ar livre:

– Estou vindo, Rainha – disse ele –, vos pedir perdão. Um encadeamento de negócios enfadonhos, horrorosos, desesperantes me impediu de me curvar às vossas ordens... O quê! Estais chorando? Ah, Nasses! isso não está bem, abusastes de minha facilidade, de minha amizade, de minha confiança!... Mas, mas, na verdade, não estou entendendo nada, eu. Estais zangada? É que estou furioso com isso, desolado, jamais me consolarei. Isto constitui uma aventura única, surpreendente, raríssima!... Enfim, não se pode saber o que significa tudo isso? Ora vamos, falem! Não dizeis nada. Ah, estou entendendo o que é, sou a causa inocente disso. Acreditais que sou infiel, sim, acreditais nisso. Como conheceis pouco o meu coração! Estou voltando para vós, mil vezes, estou dizendo: mil vezes, mais terno, mais apaixonado, mais encantado do que nunca!

Quanto mais Mazulhim fingia ternura, mais Zulica, desconcertada, abatida, se obstinava no silêncio. Nasses que, maliciosamente, gozava de sua confusão, temia que, se respondesse a Mazulhim, ela aproveitasse esse tempo para se recuperar, e esperava impacientemente que ela própria respondesse. Foi em vão. Por algum tempo, todos os três permaneceram em silêncio.

– Por favor, esclarecei-me esse mistério! – disse enfim Mazulhim a Nasses. – É de mim ou de vós que

Madame tem queixas? Será que ela não me ama mais? Ela vos ama?

– De forma alguma! – recomeçou Nasses. – Sou eu, já que é preciso vos dizer, que a infiel julga conveniente não amar mais. Estamos indispostos um com o outro.

– Ah! Pérfida! – disse Mazulhim. – Depois dos juramentos que me fizestes de sempre ser fiel a mim... Que horror!

– Somente com uma dificuldade extrema consegui consolar Madame da vossa perda – respondeu Nasses. – É uma justiça que lhe devo e para fazer o meu dever até o fim, por mais que isto me custe, vou vos deixar experimentar, se podereis, com mais facilidade, consolá-la da minha perda. Adeus, Madame! – prosseguiu ele, dirigindo-se a Zulica. – A minha felicidade não durou muito tempo, mas conheço demais a bondade de vosso coração para não esperar que um dia me devolvereis o que a vossa prevenção hoje me faz perder. Caso lhe agrade lembrar-se de mim, estai certa de que sempre estarei às vossas ordens!

Quando Nasses partiu, Zulica se levantou bruscamente e, sem olhar para Mazulhim, quis sair também.

– Não, Madame – disse ele com ar respeitoso –, não posso decidir vos deixar sem me ter justificado. Talvez tivésseis também algumas pequenas desculpas a me pedir e, seja como for, parece-me indecente que nos separemos sem nos darmos uma explicação. Continuareis a manter o silêncio? Não vos lembrais mais que me prometestes uma constância eterna?

– Ah, senhor – respondeu ela chorando –, não acrescentai às vossas outras indignidades a de me falar ainda de um amor que jamais sentistes!

– Pois bem! – replicou ele. – Eis as mulheres! Mesmo não querendo, elas nos fazem falta, gememos por elas, secamos, definhamos de dor e quando somente merecemos ser lamentados, quando voltamos, cheios dos mais ternos arroubos, para nos lançarmos aos pés de quem amamos, encontramo-nos abominados. Finalmente, seríeis menos injustas se fôsseis menos delicadas. Com as almas sensíveis jamais cometemos pequenos erros. Entretanto, eu vos agradeço por vossa cólera; sem ela talvez eu tivesse ignorado a vida inteira o quanto me amais e eu mesmo teria vos amado menos. Mas dizei-me, portanto – acrescentou ele, aproximando-se familiarmente dela –: estais realmente muito zangada?

Zulica não respondeu a essa pergunta senão olhando para ele com o máximo desprezo.

– É que no fundo – continuou ele – ser-me-ia fácil me justificar. Mas claro – acrescentou ele, vendo-a sacudir os ombros –, muito fácil, não estou dizendo nada de exagerado! Pois, vejamos, quais são os meus erros convosco?

– De verdade! – exclamou ela. – Admiro a vossa impudência. Fazer-me vir até aqui, não comparecer, por pois, impertinente, desprezível mesmo que seja esse procedimento, sois feito para tê-lo, ele não me espantou nada; mas acrescentar a ele a última perfídia! Enviar-me aqui um desconhecido a quem explicais a minha fraqueza, quando devíeis escondê-la da terra toda!...

– Sim! Escondê-la! – interrompeu ele. – Como seria este um belo mistério e de resto, muito útil! Pensais que um caso entre pessoas como nós possa ser ignorado? Mas suponho que, contrariamente à vossa própria experiência, estivésseis bastante cega para acreditar que não diriam o vosso nome, em que (permiti-me perguntar isso) eu vos expus? O nosso segredo não está melhor nas mãos de um homem de um certo nível do que nas de um escravo? Tinha eu mesmo então, para vos enviar, aquele que tem, em comparação a mim, o pormenor desses tipos de coisas e não estava ele aqui nos esperando? O tempo urgia. Escolhi para vos explicar o que me acontecia aquele amigo que sei que tem mais costumes, Nasses, enfim que, além dos costumes tem espírito, é o homem da sociedade que, certamente, é o que mais merece ser visto com prazer e a quem, ouso dizê-lo, se deve a maior estima e consideração. De resto tomarei a liberdade de vos dizer que não estou vendo bem por que, depois dos agradecimentos que, generosamente, o colocastes em situação de vos fazer, vos queixais daquele que vos enviei. Entre nós, essa questão poderia merecer esclarecimento; entretanto não o dareis a não ser que vos agrade fazê-lo, pois, que seja dito sem vos aborrecer, não sou nem tão curioso nem tão incômodo quanto vós.

– Quanta impertinência e fatuidade! – exclamou Zulica.

– Devagar, por favor, Madame, com as exclamações desse tipo! – disse vivamente Mazulhim. – Exatamente como me vedes, existem mil coisas contra as quais eu também poderia protestar e vos peço a gentileza de não me obrigar a fazer a minha desforra. Se quiserdes me dar a honra de acreditar em mim, falaremos amigavelmente. Talvez ganhareis tanto quanto eu nisso. Vejamos. A presença de Nasses primeiramente vos aborreceu, não duvido disso, e o que também pouco duvido é que, para vos colocar à vontade com ele, vós o cumulastes com todos os favores que tínheis a bondade de me destinar.

– Quando isso aconteceria? – respondeu orgulhosamente Zulica.

– Entendo – interrompeu ele –, isso está acontecendo!

– Pois bem – retomou ela corajosamente –, sim, eu o amei.

– Não abusemos aqui das palavras – replicou ele –, vós não o amastes absolutamente, mas isso dá no mesmo. Concordai, já que agora o conheceis um pouco, que é um homem de um raro mérito.

– O que sei dele – recomeçou ela friamente – é que se ele é pretensioso, insolente e desrespeitoso, pelo menos tem do que se fazer perdoar e que aquele que ousa assumir os mesmos tons afetados teria mais de uma razão para ser modesto!

– Por mais despropositado que seja esse epigrama – recomeçou ele –, sinto maravilhosamente que ele se dirige a mim e, sem que isso tenha importância, admito vos dar o pequeno consolo de me ouvir confessar isso. Levarei mesmo as considerações muito mais longe e não me permitirei uma justificação cuja polidez talvez fosse ferida.

– Como dizeis propósitos miseráveis! – exclamou ela, olhando-o com um ar de piedade. – E como o tom zombeteiro e leviano convém mal a uma *espécie* como vós!

– Por mais que vos esforceis, Madame – respondeu ele –, não me afastarei nem do respeito que vos devo, nem do plano sobre o qual decidi vos manter. Não ficarei aborrecido em vos oferecer, na minha pessoa, um modelo de moderação; talvez, vendo-me não me desmentir em nada, ficareis tentada a me imitar.

– Vós a exercereis, portanto, inteiramente sozinho, essa moderação tão vangloriada – recomeçou ela levantando-se –, pois vou...

– Não, por favor, Madame – disse ele, detendo-a –, não me deixareis de forma alguma! Não é assim que pessoas como nós devem terminar. Pela vossa honra, pela minha, devemos mutuamente nos prestar a um esclarecimento e evitar um escândalo que seria muito mais temível para vós do que para mim. Numa palavra, Zulica, vós me escutareis!

Seja porque Zulica sentiu o dano que essa aventura podia lhe causar se ela se espalhasse e que, refletindo bem, acreditou não dever esquecer nada para engajar Mazulhim a silenciar; seja porque, desprezível demais para ficar por muito tempo zangada pelo fato de a desprezarem, a sua cólera começou a se acalmar, ela se jogou no sofá, mas sem olhar para Mazulhim que, pouco tocado por essa marca de despeito, retomou assim o seu discurso:

– Concordais com o fato de que tomastes Nasses. Um outro vos diria que uma mulher não se engaja num caso novo a não ser quando o que tinha estivesse inteiramente rompido e, sobre isso, ele vos sobrecarregaria com todo o desprezo que, aparentemente, essa conduta parece merecer; para mim, que tenho bastante prática da sociedade para saber como isso foi feito, longe de ficar descontente convosco, eu vos amo ainda mais.

– Contudo, não era o efeito que eu queria produzir no vosso coração! – respondeu ela.

– Não podeis saber nada disso – replicou ele –, na perturbação em que estáveis, seria possível que deslindásseis os motivos que vos faziam agir? Acreditáveis que eu era inconstante, apressavam-na em vos vingar; se tivésseis me amado menos, não o teríeis feito e Nasses teria tentado em vão vos levar tão longe quanto o fez. Acreditai-me, cabe somente à paixão mais forte inspirar esses impulsos que não deixam para as reflexões o tempo ou a liberdade de agir. Não poderia me surpreender o suficiente pelo fato de que Nasses tenha sido bem pouco delicado para querer aproveitar do momento em que vos encontráveis ou bastante cego para não ver que, mesmo entre os seus braços, pertencíeis inteiramente a um outro e que, sem o vosso amor por mim, jamais o teríeis tornado feliz.

– Oh, não! – respondeu ela. – Ele me agradou e certamente cometi uma infidelidade convosco dentro de todas as regras.

– Pura vaidade de vossa parte – replicou ele. – Não acreditareis nisso; nada é menos verdadeiro.

– Como, ora – disse ela –, nada é menos verdadeiro? Acho bastante singular que queirais saber melhor do que eu o que aconteceu.

– Entretanto eu o sei tão bem que poderia dizê-lo, palavra por palavra, como ele se arranjou para vos seduzir – respondeu ele. – Nasses vos achou bela, ele preferiu vos instruir sobre os desejos que lhe dáveis a me justificar, e apostaria mesmo que, longe de vos falar a meu favor, ele...

– Não há dúvida quanto a isso – interrompeu ela.

– Não vos disse? – continuou ele. – Que miserável triunfo ele obteve ali e como ele é pouco lisonjeiro! Finalmente, existem pessoas a quem se deve perdoar esses pequenos estratagemas: elas têm necessidade disso para agradar.

– O quê! – disse ela com espanto. – Ousaríeis me sustentar que não sois absolutamente infiel?

– Certamente – retomou ele – não o era e é isso que torna a vossa aventura tão divertida.

– Não éreis culpado? – repetiu ela. – O que aconteceu então convosco?

– Somente saí – replicou ele – da casa do Imperador na hora em que me vistes chegar aqui e Zadis mesmo, com quem, entre parênteses, se fez mil brincadeiras sobre o fato de que ontem esteve perdido o dia todo, não me deixou absolutamente; ele pode vos dizer isso.

Ao nome de Zadis, Zulica tremeu e, enrubescendo, olhou para Mazulhim que, sem parecer notar nenhum dos seus movimentos, continuou assim:

– Embora continue a ter por vós um gosto muito vivo, imaginais bem que não viveremos mais juntos nessa intimidade que me prometestes. Não que eu não vos perdoe tudo; mas uma relação íntima não mais nos convém; de resto, nos ligamos mais por fantasia do que por amor; não era absolutamente o sentimento que nos unia; o que está acontecendo não deve nem vos mortificar, nem me desagradar, nem nos impedir de ceder ao capricho se, sem querer recomeçarmos, às vezes nos acharmos sensíveis um ao outro.

– Eu me vanglorio – respondeu ela desdenhosamente – pelo fato de que, fazendo esse arranjo, sintais todo o seu ridículo e que não espereis fazer-me consentir nisso.

– Perdoai-me – retomou ele –, sois muito racional para não sentir o que devemos de respeito e de consideração aos seus antigos amigos; aliás, não ignorais que atualmente é um costume estabelecido formar tantos casos quanto possível e conceder tudo aos seus novos conhecimentos, sem com isso suprimir nada dos antigos. Achareis bom que as coisas se arranjem como tenho a honra de vos dizer e encaro este ponto como muito acertado entre nós.

A essa transação vergonhosa, Zulica, muito digna para que se a fizesse com ela, ofendeu-se entretanto pelo fato de Mazulhim ousar acreditá-la capaz daquilo que ela fazia todos os dias e quis tomá-la com ele num tom de dignidade que, tornando-a somente mais desprezível, somente o encorajou mais a não ter consideração por ela.

– Se não fosse tão tarde – disse ele –, eu vos provaria que, longe de terdes queixas de mim, tendes mil agradecimentos a me fazer. Não ignoro que Zadis passou ontem em vossa casa e sozinho convosco, tanto o dia todo como uma grande parte da noite. Mais curioso do que ciumento, e certo de que faltaríeis com a palavra que me tínheis dado de jamais revê-lo, mandei observar vocês dois...

– Não havia necessidade – irrompeu ela – de que tivésseis esse trabalho. Absolutamente, não pretendi me esconder e o motivo que me fez receber Zadis, ontem em casa, jamais pode senão me honrar.

– Ah! Ah! – disse ele, com um ar surpreso. – Isso é muito particular!

– O vosso ar debochado em nada impedirá que eu diga a verdade – replicou ela –, ainda não rompera absolutamente com ele e era para lhe anunciar que eu não o veria jamais...

– Que passastes – interrompeu ele – o dia todo e a noite toda com ele. Não vos contradigo quanto ao motivo, por mais extraordinário que seja; pois enfim confessareis que é raro uma mulher se trancar 24 horas com um homem, quando ela somente quer se indispor com ele. Mas como uma coisa, por ser inédita, pode não deixar de ser sensata, concebo, eu que busco unicamente vos justificar, que Zadis, recebendo de vós a confirmação da sua desgraça, pensou por isso morrer de desespero aos vossos pés e que, tocada pelo abatimento em que a vossa inconstância o lançava, vós o consolastes com toda a humanidade de que sois capaz, sem que os vossos cuidados com ele nada tirassem da fidelidade que me havíeis jurado. Um homem desesperado é pouco racional, tem-se dificuldade em trazê-lo para uma atitude sensata; é preciso dizer, voltar a dizer, revirar mil vezes a mesma coisa; suportar lágrimas, arrependimentos, censuras, fúria: nada toma mais tempo. De resto, eu vos direi que não deveis lamentar o que empregastes para tentar acalmar Zadis: hoje ele estava com uma alegria encantadora. Zadis alegre! Isso vos parece concebível? Se, como evitarei bem duvidar disso, me dizeis a verdade, ou os vossos conselhos tiveram muito poder sobre ele ou, para sentir tão pouco a vossa falta como o faz, era preciso que vos amasse de forma bem fraca. Se um honra o vosso espírito, o outro o faz muito pouco aos vossos encantos; mas eu não vos aflijo, sabeis ao que vos ater quanto a isso. Em todo caso, devíeis lhe recomendar muito para parecer triste, ao menos pelo tempo que podíeis ter necessidade de me enganar.

Com essas palavras, Zulica quis tentar se justificar, mas Mazulhim, interrompendo-a:

– Tudo o que poderíeis me dizer, Madame – disse ele –, seria inútil. Poupai-vos uma justificação que não estou vos pedindo, nem quero receber e que vos custaria, sem me satisfazer. Adeus – acrescentou, levantando-se –, é tarde e já devíamos ter nos separado. Ah, a propósito, o que fareis com Nasses?

Com essa pergunta, Zulica pareceu surpresa.

– O que estou vos perguntando – prosseguiu ele – parece-me sensato. Vocês se separaram mal e me parece que, quanto a isto, faltastes com a prudência. Se fizerdes bem, voltareis a vê-lo: acreditai em mim, evitai um escândalo. Não vos deve ser mais difícil ficar com ele, odiando-o, do que o foi tomá-lo sem amor. Se vos obstinardes a não voltar a vê-lo, talvez ele fale e embora, certamente, nada seja tão simples quanto o que fizestes, haveria pessoas bastante funestas, bastante injustas para vos considerar errada e para fazer de uma coisa inteiramente comum a história mais singular e mais ridícula. No fundo, não é o que se dirá disso que deve vos inquietar; quando se traz um certo nome, que se pertence a uma certa categoria, um caso a mais ou menos não é uma coisa a ser olhada de muito perto; mas é que se deve evitar fazer inimigos. Amanhã eu vos apresentarei a ele.

– Eu? – exclamou ela. – Voltarei a vê-lo?

– Mas claro! – respondeu ele, apresentando-lhe a mão para descer. – Precisareis assumir isso. Se por acaso Zadis for bastante extraordinário para achar isso ruim, contai comigo; ou bem será forçado a vos deixar ou, no fim, se acostumará a nos ver vos cortejar assiduamente.

Com essas palavras, ele ainda lhe ofereceu a mão e, vendo que ela se obstinava em recusá-la:

– Que miséria! – disse ele, tomando-lhe a mão mesmo contra a sua vontade. – Bancais a criança a um ponto insuportável!

Então eles saíram.

– Eles saíram! – exclamou o Sultão. – Ah! o termo bombástico! Na minha opinião, é o melhor de vossa história! E eles não voltaram?

– Não voltei mais a ver Zulica – respondeu Amanzei – mas ainda por muito tempo vi Mazulhim.

– E sempre – disse o Sultão –, como sabeis... Por Deus! Era um moço raro! Que mulher ele teve depois de Zulica?

– Muitas que não valiam muito mais do que ela e algumas que não mereciam tê-lo e cujo destino me dava piedade.

– Mas, a propósito – perguntou Schah-Baham à Sultana –, não achastes que Mazulhim trata muito mal essa Zulica?

– Eu a acho tão desprezível – replicou a Sultana – que gostaria, se fosse possível, que ele a tivesse punido ainda mais!

– A mim me pareceu – disse o Sultão – que ela era muito doce com ele; isso não está na natureza.

– E eu penso o contrário – disse a Sultana. – Uma mulher como Zulica não tem nenhum recurso contra o desprezo e como a ignomínia da sua conduta a entrega aos instultos mais cruéis, a baixeza do seu caráter e essa vergonha interna pela qual, mesmo contra a sua vontade, ela se sente oprimida, não lhe deixam a força de repeli-los. Aliás, se fosse verdade que Amanzei exagerou a humilhação de Zulica, longe de censurá-lo, eu o felicitaria. De qualquer modo, seria dar preceitos de vício descrevê-lo ditoso e triunfante.

– Oh, sim! – retomou o Sultão. – Isso é muito necessário! Mas deixemos isso. A discussão me torna irritado e não duvido nada que me aborrecesse se falássemos por muito mais tempo. Quando deixastes Mazulhim, onde fostes, Amanzei?

CAPÍTULO XX

Divertimentos da alma

Por mais prazeres que encontrasse na pequena casa de Mazulhim, o interesse da minha alma forçou-me a me retirar e, persuadido de que não seria ali que encontraria a minha libertação, fui procurar qualquer casa onde fosse, se possível, mais feliz do que em todas que já habitara. Depois de várias andanças, que somente ofereceram aos meus olhos coisas que já vira ou fatos pouco dignos de serem contados a Vossa Majestade, entrei num vasto palácio que pertencia a um dos maiores senhores de Agra. Ali vaguei por algum tempo; finalmente fixei meu domicílio num gabinete ornado com uma pompa extrema e com muito gosto, apesar de que um parece sempre excluir o outro. Tudo ali respirava a volúpia: os ornamentos, os móveis, os cheiros dos incensos, requintados, que ali se queimava incessantemente, tudo a retraçava aos olhos, tudo a levava à alma. Esse gabinete, enfim, poderia passar pelo templo da languidez, pela verdadeira morada dos prazeres.

Um instante depois que ali me instalei, vi entrar a divindade à qual eu ia pertencer. Era a filha do *omrah* na casa de quem eu estava. A juventude, as graças, a beleza, esse não sei quê, que por si só as valoriza e que, mais poderoso, mais marcado do que elas mesmas, contudo jamais pode ser definido, tudo o que existe de encantos e de adornos compunha a sua figura. A minha alma não pôde vê-la sem emoção, pelo seu aspecto ela provou mil sensações deliciosas que eu não acreditava serem hábito seu. Destinado, às vezes, a transportar uma pessoa tão bela, não somente deixei de me preocupar com a minha sorte, mas comecei mesmo a temer ser obrigado a começar uma nova vida.

– Ah, Brama – eu me dizia –, qual é portanto a felicidade que preparas para aqueles que te serviram bem, uma vez que permites que as almas que a tua justa ira reprovou gozem da visão de tantos atrativos? Vem – continuei com arrebatamento –, vem! imagem encantadora da divindade, vem acalmar uma alma inquieta, que já estaria confundida com a tua, se ordens tão cruéis não a detivessem na sua prisão!

Parece que nesse instante Brama acolheu favoravelmente os meus votos. O sol estava então no seu ponto mais alto, fazia um calor excessivo; Zeinis logo se apresentou para gozar das delícias do sono e, puxando ela mesma as cortinas, deixou no gabinete somente essa penumbra tão favorável ao sono e aos prazeres, que nada rouba aos olhares e acrescenta às suas volúpias, que enfim torna o pudor menos tímido e lhe deixa conceder mais ao amor.

Uma simples túnica de gaze e quase inteiramente aberta, logo foi a única vestimenta de Zeinis; ela se jogou sobre mim de forma indolente. Oh, deuses! com que arroubos eu a recebi! Brama, fixando a minha alma em sofás, lhe dera a liberdade de se colocar onde ela quisesse; com que prazer nesse instante fiz uso dessa liberdade!

Escolhi com cuidado o lugar onde melhor podia observar os encantos de Zeinis e me pus a contemplá-los com o ardor do amante mais terno e a admiração que o homem mais indiferente não poderia ter lhes recusado. Céus! quantas belezas se ofereceram aos meu olhos! O sono, enfim, veio fechar esses olhos que me inspiravam tanto amor.

Estava ocupado então em detalhar todos os encantos que ainda me restavam para examinar e em voltar aos que já percorrera. Embora Zeinis dormisse bastante tranqüila, ela se virou algumas vezes e cada movimento que fazia, desarrumando a sua túnica, oferecia aos meus ávidos olhares belezas novas. Tantos atrativos terminaram de perturbar a minha alma. Oprimida sob a quantidade e a violência dos seus desejos, por um tempo todas as suas faculdades ficaram suspensas. Eu queria formar uma idéia, era em vão; sentia somente que estava amando e, sem prever ou temer as conseqüências de uma paixão tão funesta, a ela me abandonei inteiramente.

– Objeto delicioso – exclamei enfim –, não, não podes ser uma mortal. Tantos encantos não são do seu quinhão. Acima mesmo dos seres aéreos, não existe nenhum que não apagues. Ah! Digne-se receber as homenagens de uma alma que te adora! Evita preferir um vil mortal a ela! Zeinis! Divina Zeinis! Não, não existe nenhum que te mereça; não, Zeinis! pois não existe absolutamente nenhum que possa se assemelhar a ti!

Enquanto eu me ocupava de Zeinis com tanto ardor, ela fez um movimento e se virou. A posição em que ela acabara de se colocar me era favorável e, apesar da minha perturbação, pensei em aproveitá-la. Zeinis estava deitada de lado, sua cabeça se inclinava sobre uma almofada do sofá e a sua boca quase a tocava. Apesar do rigor de Brama, eu podia conceder alguma coisa à violência dos meu desejos; a minha alma foi se colocar sobre a almofada e, tão perto da boca de Zeinis, que chegou finalmente a se colar inteirinha nela.

Sem dúvida, existem para a alma delícias que o termo *prazer* não exprime, para quem mesmo o de *volúpia* ainda não é suficientemente forte. Essa embriaguez doce e impetuosa em que a minha alma mergulhou, que ocupou de forma tão deliciosa todas as suas faculdades, essa embriaguez não poderia ser descrita.

Sem dúvida, a nossa alma obstruída pelos seu órgãos, obrigada a mensurar os seus arrebatamentos pela fraqueza deles, quando se encontra aprisionada num corpo, não pode se entregar a eles com tanta força quanto se estivesse despojada dele. Às vezes a sentimos mesmo num vivo movimento de prazer que, querendo forçar as barreiras que o corpo lhe impõe, espalha-se em toda a sua prisão, leva para lá a desordem e o fogo que a devora, procura em vão uma saída e, abatida pelos esforços que fez, cai num langor que durante algum tempo parece tê-la aniquilado. Esta é, pelo menos pelo que acredito, a causa do esgotamento em que nos lança o excesso da volúpia.

Esta é a nossa sina, que a nossa alma, sempre inquieta no meio dos maiores prazeres, fique reduzida a desejar ainda mais prazer do que os que encontra. A minha, colada na boca de Zeinis, precipitada na sua felicidade, procurou se proporcionar uma ainda maior. Ela tentou, mas em vão, deslizar inteiramente em Zeinis; detida em sua prisão pelas ordens cruéis de Brama, todos os seus esforços não puderam livrá-la disso. Os seus ímpetos redobrados, o seu ardor, a fúria dos seus desejos aparentemente aqueceram a alma de Zeinis. Assim que a minha alma se apercebeu da impressão que causava na sua, redobrou os seus esforços. Ela vagava com mais vivacidade nos lábios de Zeinis, lançava-se com mais rapidez, a eles se ligava com mais fogo. A desordem que começava a se apoderar da alma de Zeinis aumentou a perturbação e os prazeres da minha. Zeinis suspirou, eu suspirei; a sua boca formou algumas palavras mal articuladas, um rubor agradável veio colorir o seu rosto. O devaneio mais lisonjeiro veio finalmente alucinar os seus sentidos. Doces movimentos sucederam a calma na qual ela estava mergulhada.

– Sim! Tu me amas! – exclamou ela ternamente.

Algumas palavras, interrompidas pelos mais ternos suspiros, seguiram-se àquelas.

– Duvidas – continuou ela – que sejas amado?

Menos livre ainda do que Zeinis, eu a ouvia arrebatado e não tinha mais a força de responder-lhe. Logo a sua alma, tão confundida quanto a minha, abandonou-se inteiramente ao fogo que a devorava, um doce estremecimento... Céus! Como Zeinis se tornou bela!

Os meus prazeres e os seus se dissiparam com o seu despertar. Da doce ilusão que ocupara os seus sentidos nada mais restara do que um terno langor ao qual ela se entregou com a volúpia que a tornava bem digna dos prazeres que acabara de gozar. Os seus olhares, onde o próprio amor reinava, ainda estavam carregados do fogo que corria em suas veias. Quando ela pôde abrir os olhos, eles já haviam perdido a impressão voluptuosa que o meu amor e a desordem dos seus sentidos neles haviam posto, mas como eles ainda eram tocantes! Qual o mortal, devendo a si a felicidade de vê-los assim, não teria expirado pelo excesso de sua ternura e alegria?

– Zeinis! – exclamava eu, arrebatado. – Amável Zeinis! Sou eu que acabo de te fazer feliz: é à união de tua alma e da minha que deves os teus prazeres. Ah! que possas sempre devê-los a ela e jamais responder senão ao meu ardor! Não, Zeinis, jamais pode existir alguém mais terno e mais fiel! Ah! se pudesse subtrair a minha alma ao poder de Brama ou que ele pudesse esquecê-la, eternamente ligada à tua, seria somente por ti que a sua imortalidade poderia se tornar uma felicidade para ela e que ela acreditaria perpetuar o seu ser. Se algum dia eu te perder, alma que adoro! Como, na imensidade da natureza ou oprimido por esses laços cruéis dos quais Brama me carregará, talvez, poderia eu te reencontrar? Ah! Brama! se o teu poder supremo me arrancar de Zeinis, pelo menos faça com que, por mais dolorosa que me seja a sua lembrança, eu jamais a perca!

Enquanto a minha alma falava tão ternamente a Zeinis, essa moça encantadora parecia se abandonar ao mais doce devaneio e eu começava a me alarmar com a tranqüilidade com a qual ela tomara esse sonho do qual alguns momentos antes eu encontrava tanta coisa para me felicitar.

Zeinis – dizia-me eu – sem dúvida está acostumada com os prazeres que acaba de provar. Por pouco que tenham sido prejudiciais aos seus sentidos, eles não surpreenderam absolutamente a sua imaginação: ela sonha, mas não parece se perguntar a causa dos impulsos que a agitaram. Familiarizada com o que o amor tem de mais doce e de arroubos mais ternos, somente lhe retracei esta idéia. Um mortal mais feliz já desenvolveu no coração de Zeinis esse germe de ternura que a natureza ali colocou. É a sua imagem, não o meu ardor, que a excitou; ela conhece o amor, falou dele; no meio da sua perturbação, ela parecia ocupada com o cuidado de tranqüilizar um amante que talvez já estivesse acostumado a carregar em seus braços os seus temores e a sua inquietação. Ah, Zeinis! Se é verdade que estais amando, como, no estado em que a cólera de Brama me colocou, a minha sina vai se tornar horrível!

A minha alma vagava em todas essas idéias, quando ouvi baterem suavemente na porta. O rubor de Zeinis ouvindo esse barulho imprevisto aumentou os meus temores. Ela ajeitou prontamente a desordem em que as divagações do sono a haviam deixado e, mais em condições de aparecer, ordenou que entrassem.

Ah! – eu me disse com uma dor extrema. – Talvez seja um rival que vai se oferecer ao meu olhar; se estiver feliz, que suplício! Se ficar feliz, que Zeinis seja como eu a suponho algumas vezes e que seja a ela que deva a minha libertação, que golpe horroroso para mim se for forçado a me separar dela depois dos sentimentos que ela me inspirou!

Embora, pelo conhecimento que tinha dos costumes de Agra, eu devesse estar tranqüilizado contra o temor de deixar Zeinis e que fosse bastante verossímil que com a idade de aproximadamente quinze anos, que ela parecia ter, ela não tivesse tudo o que Brama pedisse para me devolver a uma outra vida, podia ser também que eu tivesse tudo a temer dela por esse lado e, por mais cruel que fosse para mim ser testemunha das bondades que ela teria para com o meu rival, preferia esse suplício ao de perdê-la.

A uma ordem de Zeinis, um jovem hindu, com a mais brilhante aparência, entrara no gabinete. Quanto mais ele me pareceu digno de agradar, mais excitou o meu ódio; este redobrou pelo ar com que Zeinis o recebeu. A perturbação, o amor e o temor se exprimiram alternadamente no seu rosto; ela olhou para ele algum tempo, antes de lhe falar. Ele me pareceu tão agitado quanto ela; mas, pelo seu jeito tímido e respeitoso, pensei que, se ele fosse amado, ainda não o agraciavam com favores. Apesar da sua perturbação e da sua extrema juventude (pois ele não me parecia nada mais velho que Zeinis), dava a impressão de não estar na sua primeira paixão e eu começava a esperar que, dessa aventura, somente tivesse o desgosto que melhor eu podia suportar.

– Ah, Feleas! – disse Zeinis com emoção. – O que vindes procurar aqui?

– Vós, que eu esperava aqui encontrar – respondeu ele, lançando-se aos seu pés –, vós, sem quem não posso viver e que ontem quisestes me prometer que me veríeis sem testemunhas.

– Ah! Não esperai – retomou ela vivamente – que eu cumpra a palavra! Saiamos, não quero mais ficar por muito tempo neste gabinete.

– Zeinis – replicou ele –, vós me desejais a felicidade de ficar sozinho um momento convosco e será que vos arrependeis tão depressa do primeiro favor que me concedeis?

– Mas – respondeu ela com um jeito embaraçado – não posso eu vos falar em outro lugar diferente deste e se me amásseis, vos obstinaríeis a me pedir uma coisa pela qual tenho tanta repugnância?

Feleas, sem responder, segurou-lhe a mão e a beijou com todo o ardor do qual eu teria sido capaz. Zeinis olhava languidamente para ele, suspirava, ainda comovida com esse sonho que lhe descrevera o seu amante tão insistente e no qual ela fora tão fraca: disposta ainda mais para o amor pelas impressões que do sonho lhe restaram, cada vez que os seus olhos se voltavam para Feleas, eles se tornavam mais ternos e insensivelmente representavam um pouco dessa volúpia que o meu amor neles pusera alguns momentos antes.

Apesar da pouca experiência de Feleas, a sua ternura, que o tornava atento a todos os movimentos de Zeinis, permitia-lhe notá-los bem para que não pudesse duvidar de que ela o via com prazer. Zeinis, aliás, simples e sem arte, somente por pudor escondendo de Feleas o estado em que a sua presença a colocava, acreditando ocultar-lhe muito da perturbação pela qual estava agitada, mostrava-a por inteiro. Feleas não sabia o suficiente sobre isso para triunfar sobre uma mulher provocante, cuja falsa virtude e os ares decentes o teriam assustado, mas ele era somente perigoso demais para Zeinis que, premida pelo seu amor, ignorava, mesmo temendo ceder, a maneira pela qual poderia ter se defendido.

Por mais prazer que tivesse ao ver Feleas ajoelhado diante de si, ela lhe pediu para se levantar. Longe de obedecê-la, ele apertava os seus joelhos com uma expressão tão terna e com arroubos tão vivos que Zeinis suspirou com isso.

– Ah! Feleas! – disse ela com emoção. – Saiamos daqui, eu vos suplico!

– Continuais a me temer? – perguntou ele ternamente. – Ah! Zeinis! Como o meu amor vos toca pouco! O que podeis temer de um amante que vos adora, que quase ao nascer ficou submetido aos vossos encantos e que, desde então, unicamente tocado por eles, não quis viver senão para vós? Zeinis! – acrescentou ele derramando lágrimas. – Vede o estado ao qual me reduzis!

Com essas palavras, levantou para ela os seus olhos cheios de prantos; ela o fixou por algum tempo com o olhar enternecido e, cedendo finalmente aos arroubos que o amor e a dor de Feleas lhe causavam:

–Ah! cruel! – disse ela com uma voz abafada pelos prantos que tentava conter. – Será que mereci as censuras que me fazeis e que provas posso eu vos dar da minha ternura, se depois de todas as que recebestes, quereis ainda duvidar delas?

– Se me amásseis – respondeu ele –, não vos esqueceríeis comigo nessa solidão e, longe de querer sair dela, teríes algum outro temor senão o de nos virem perturbar?

– Ai de mim! – retomou ela ingenuamente. – Quem vos disse que tenho outros temores?

Com essas palavras, Feleas, deixando bruscamente os seus joelhos, correu até a porta e a fechou. Ao voltar, encontrou Zeinis que, adivinhando o que ele ia fazer, levantara-se para impedi-lo. Ele a tomou entre os seus braços e, apesar da resistência que ela lhe opunha, voltou a colocá-la sobre mim e ali se sentou junto dela.

ÚLTIMO CAPÍTULO

Não sei se Zeinis imaginou que quando uma porta é fechada é inútil se defender ou se, temendo menos ser surpreendida, ela mesma teve mais temor de si mesma; mas, mal Feleas ficou junto dela que, enrubescendo menos pelo que ele fazia do que pelo que ela apreendia que ele quisesse fazer, antes mesmo que lhe pedisse alguma coisa, com uma voz trêmula e com um jeito confuso, ela lhe suplicou para ser gentil em não lhe pedir nada. O tom de Zeinis era mais terno do que imponente e não aborreceu nem conteve Feleas. Deitado junto dela, ele a apertava em seus braços com tanta fúria que Zeinis, começando a saber o quanto devia temê-lo, sem poder controlar isso, compartilhou dos seus arroubos.

Por mais emocionada que estivesse, ela tentou se livrar dos braços de Feleas, mas com tanta vontade de ali permanecer que ele não precisava usar de esforços muito grandes para tornar os dela inúteis. Eles se olharam por algum tempo, sem nada dizer, mas Zeinis, sentindo a sua perturbação aumentar e temendo enfim não poder triunfar sobre ela, rogou, mas docemente, para que Feleas tivesse a gentileza de deixá-la.

– Jamais tereis a vontade, portanto, de me fazer feliz? – perguntou ele.

– Ah! – respondeu ela com um desatino que ainda não lhe perdoei. – Sois mais do que feliz e antes de virdes o éreis muito mais!

Quanto mais essas palavras pareceram obscuras a Feleas, mais lhe pareceu necessário saber de Zeinis o que elas queriam dizer. Ele a instou por muito tempo para que as explicasse e, por mais repugnância que ela tivesse em falar mais sobre isso, ele a apertava tão ternamente, olhava-a com tanta paixão que, finalmente, ele terminou por perturbá-la.

– Mas, se eu vos disser – disse ela com voz trêmula –, abusareis disso!

Ele lhe jurou que não, com arroubos que, longe de tranqüilizá-la quanto aos seus temores, não deviam deixar-lhe dúvidas de que ele lhe faltasse com a palavra. Emocionada demais para poder formular essa idéia ou inexperiente demais para conhecer toda a força da confidência que ela ia lhe fazer, depois de se ter ainda defendido fracamente contra os seus desvelos, ela lhe confessou que, um momento antes que ele entrasse, tendo adormecido, ela o vira, mas com arroubos cuja idéia ela jamais tivera.

– Eu estava nos vossos braços? – perguntou ele, apertando-a nos seus.

– Sim – respondeu ela, dirigindo-lhe olhos perturbados.

– Ah! – continuou ele com uma emoção extrema. – Vós me amáveis então mais do que me amais agora!

– Não podia vos amar mais – replicou ela – mas é verdade que tinha menos temor em vos dizer isso.

– Depois? – perguntou ele.

– Ah! Feleas! – exclamou ela, enrubescendo. – O que estais me pedindo? Estáveis mais feliz do que quero que o estejas algum dia, e nem por isso éreis menos injusto.

Diante dessas palavras Feleas, não podendo mais conter o seu ardor e tornando-se mais audacioso pela confidência que Zeinis lhe fizera, levantando-se um pouco e inclinando-se sobre ela, fez o que pôde para aproximar a sua boca dela. Por mais ousado que fosse esse empreendimento, Zeinis talvez não tivesse ficado ofendida, mas Feleas, ocupado unicamente em ficar feliz, levou a sua audácia tão longe que ela não acreditou ter que perdoá-lo pelo que estava fazendo.

– Ah, Feleas! – exclamou ela. – São estas as promessas que me fizestes e temeis tão pouco que eu me aborreça?

Por mais violentos que fossem os arroubos de Feleas, Zeinis se defendeu tão seriamente e ele viu tanta cólera nos seus olhos que acreditou não mais dever teimar numa vitória que não podia obter sem ofender a quem ele amava e que, pela resistência de Zeinis, tornava-se mesmo extremamente duvidosa para ele. Seja por respeito, seja por timidez, finalmente ele parou e, não mais ousando olhar para Zeinis:

– Não – disse ele tristemente –, por mais cruel que sois, não me exporei mais a vos desagradar. Se eu vos fosse mais querido, sem dúvida temeríeis menos fazer a minha felicidade mas, embora não deva mais esperar vos tornar sensível, nem por isso vos amarei menos ternamente!

Com essas palavras, ele se levantou de perto dela e saiu. Mortalmente aborrecida pelo fato de que Feleas a deixasse e entretanto não ousando chamá-lo de volta, a cabeça apoiada nas mãos, Zeinis chorava e permanecera sobre o sofá. Entretanto, inquieta com a partida do seu amante, ela se levantava para ver o que acontecera com ele quando, trazido de volta pela sua ternura, ele entrou no gabinete. Ela enrubesceu ao vê-lo e se deixou cair novamente sobre mim, dando um profundo suspiro. Ele correu para lançar-se aos seus pés, tomou-lhe ternamente a mão e, não ousando beijá-la, banhou-a com as suas lágrimas.

– Ah! Levantai-vos – disse Zeinis, sem olhar para ele.

– Não, Zeinis – disse ele –, é aos vossos pés que espero a minha sentença! Uma única palavra!... Mas estais chorando! Ah! Zeinis! Sou eu que faço correrem as vossas lágrimas?

A bárbara Zeinis, nesse momento, apertou a sua mão e, voltando para ele olhos que o pranto que derramavam embelezava ainda mais, suspirou sem lhe responder.

A perturbação que reinava em seus olhos não foi mais indefinida para Feleas do que para mim mesmo.

– Céus – exclamou ele, beijando-a furiosamente –, seria possível que Zeinis me perdoasse?

Zeinis ainda guardou silêncio. Infelizmente! Feleas nada perdeu do que ele parecia lhe dizer e sem, mais interrogar Zeinis, foi buscar até na sua boca a confissão que ela parecia ainda lhe recusar.

Nesse instante, somente ouvi o ruído de alguns suspiros abafados. Feleas se apoderara dessa boca encantadora em que a minha alma, um instante antes dele... Mas por que eu me lembrei de algo ainda tão cruel para mim? Zeinis se precipitara nos braços do seu amante: o amor, um resto de pudor, que somente a tornava mais bela, animavam o seu rosto e os seus olhos. Essa primeira perturbação durou por muito tempo. Feleas e Zeinis, ambos imóveis, respirando mutuamente as suas almas, pareciam oprimidos pelos seus prazeres.

– Tudo isso – disse então o Sultão – não vos dava muito prazer, não é verdade? Assim, do que tivestes a idéia de se apaixonar, enquanto não tínheis corpo? Isso era de uma loucura inconcebível pois, de boa-fé, ao que essa fantasia podia vos levar? Vedes bem que, às vezes, é preciso saber raciocinar.

– Sire – respondeu Amanzei –, somente depois que a minha paixão ficou bem estabelecida é que senti o quanto ela devia me atormentar, e, segundo o que normalmente acontece, as reflexões vieram muito tarde.

– Estou verdadeiramente aborrecido com o vosso acidente, pois eu gostava bastante de vós na boca dessa moça cujo nome dissestes – retomou o Sultão –; é realmente uma pena que vos tenham atrapalhado.

– Enquanto Zeinis resistira a Feleas – disse Amanzei –, eu me gabara de que nada poderia vencê-la, e quando a vi mais sensível pensei que, detida pelos preconceitos de sua idade, ela não levaria a sua fraqueza até onde pudesse fazer a minha infelicidade. Contudo, confessarei que, quando a ouvi contar esse sonho, que acreditara que ela devia somente a mim, que soube por ela mesma que a imagem de Feleas foi a única que se apresentou a ela e que era ao poder que ele tinha sobre os seus sentidos e não aos meus arroubos que ela devera os seus prazeres, restaram-me poucas esperanças de escapar à sorte que eu tanto temia. Menos delicado, contudo, do que deveria ter sido, eu me consolava com a felicidade de Feleas, pela certeza de partilhá-la com ele. Qualquer coisa que ele tivesse dito a Zeinis sobre a sua paixão e sobre a fidelidade que ele sempre lhe guardara, não me parecia possível que ele tivesse chegado à idade de quinze ou dezesseis anos, sem pelo menos ter tido alguma curiosidade que o impediria de libertar a minha alma desse cativeiro que por muito tempo me parecera tão cruel e que, nesse instante, eu preferia ao posto mais glorioso que uma alma pudesse preencher. Por mais desesperado que eu estivesse com a fraqueza de Zeinis, esperei as suas conseqüências com menos dor, logo que me persuadi que, o que quer que acontecesse, eu não seria obrigado a deixá-la.

Por mais horrorosa que fosse para mim a terna letargia em que eles estavam mergulhados e que cada suspiro que eles davam parecia aumentar ainda, ela retardava os audaciosos empreendimentos de Feleas e, embora ela me provasse até que ponto eles sentiam a sua felicidade, supliquei ardentemente a Brama para não permitir que ela se dissipasse. Votos inúteis! Eu era criminoso demais para que duas almas inocentes e dignas de sua felicidade me fossem sacrificadas.

Feleas, depois de ter enlanguescido alguns instantes sobre o seio de Zeinis, pressionado por novos desejos que a fraqueza de sua amante tornara mais ardente, olhou-a com olhos que exprimiam a deliciosa embriaguez do seu coração. Zeinis, embaraçada pelos olhares de Feleas, desviou os seus suspirando.

– O quê! Está fugindo dos meus olhares? – disse ele. – Ah! antes vira na minha direção os teus belos olhos! Vem ler nos meus todo o ardor que me inspiras!

Então ele a retomou nos braços. Zeinis ainda tentou se esquivar dos seus arroubos, mas seja porque não quis resistir por muito tempo, seja porque, iludindo-se a si mesma, cedendo, ela acreditasse resistir, Feleas logo foi olhado de forma tão terna quanto gostaria de ser.

Embora as últimas bondades de Zeinis o tivessem lançado num terno langor, pouco diferente daquele em que os meus arroubos a tinham mergulhado, e que ela olhasse Feleas com toda a volúpia que desejara por parte dela, ela pareceu se arrepender por ter se entregado demais ao seu ardor e procurou se retirar dos braços de Feleas.

– Ah! Zeinis! – disse ele. – Nesse sonho de que me falastes, não temíeis me fazer feliz!

– Ai de mim! – respondeu ela. – Qualquer que seja o meu amor por vós, sem ele, sem a perturbação que ele pôs em meus sentidos, não teríeis obtido tanto!

Imaginai, Sire, qual não foi a minha tristeza quando soube que era somente a mim que o meu rival devia a sua felicidade.

– Deveis estar contente pela vossa vitória – continuou ela – e não podeis, sem me ofender, querer impeli-la para mais longe. Fiz mais do que devia para vos provar a minha ternura, mas...

– Ah! Zeinis! – interrompeu o impetuoso Feleas. – Se fosse verdade que me amáveis, temerias menos me dizer isso ou, pelo menos, me dirias melhor. Longe de somente te entregar a um amor com timidez, tu te abandonarias a todos os meus arroubos, que ainda pensarias não ter feito tudo por mim. Vem – continuou ele, lançando-se junto dela com uma vivacidade que me teria feito morrer, se uma alma fosse mortal – vem, acaba de me fazer feliz!

– Ah! Feleas! – exclamou com voz trêmula a tímida Zeinis. – Imaginas que estás me perdendo? Infelizmente! Tinhas me jurado tanto respeito! Feleas! É assim que se respeita a quem se ama?

Os prantos de Zeinis, as suas preces, as suas ordens, as suas ameaças, nada deteve Feleas. Ainda que a túnica de gaze que estava entre ela e ele já o deixasse gozar de encantos em demasia e que os seus arroubos a recolocaram da maneira como estava durante o sono de Zeinis, menos satisfeito com as belezas que ela oferecia para ver do que arrebatado pelo desejo de ver aquelas que ele ainda lhe ocultava, finalmente ele afastou esse véu que o pudor de Zeinis ainda defendia fracamente e, precipitando-se sobre os encantos que a sua temeridade oferecia aos seus olhares, ele a cumulou de carícias tão fortes e tão insistentes, que não lhe restou mais do que a força de suspirar.

O pudor e o amor, contudo, ainda combatiam no coração e nos olhos de Zeinis. Um recusava tudo ao amante, o outro não lhe deixava quase mais nada a desejar. Ela não ousava dirigir o seu olhar para Feleas e devolvia-lhe com uma ternura extrema todos os arroubos que ela lhe inspirava. Ela defendia uma coisa para permitir uma mais essencial; ela queria e não queria mais; escondia uma de suas belezas para descobrir uma outra; ela repelia com horror e se aproximava com prazer. Às vezes o preconceito triunfava sobre o amor e, um instante depois lhe era sacrificado, mas com reservas e precauções que, por mais vencido que parecera, o faziam ainda triunfar. Zeinis, alternadamente, tinha vergonha de sua facilidade e das suas repugnâncias. O temor de desagradar a Feleas, a emoção que os seus arroubos lhe causavam e o esgotamento em que um combate tão longo a lançara finalmente forçaram-na a se entregar. Ela própria entregue a todos os desejos que inspirava, suportando somente com impaciência prazeres que a irritavam sem satisfazê-la, procurou a volúpia que eles lhe indicavam e absolutamente não lhe davam.

Nesse momento, excitado pelo espetáculo que se oferecia aos meus olhos e começando a temer, por certas idéias de Feleas que me provavam a sua pouca experiência, que ele expulsasse a minha alma de um lugar onde, apesar de toda a tristeza que lhe davam, ela gostava de permanecer, por alguns instantes eu quis sair do sofá de Zeinis e sofismar sobre todas as sentenças de Brama. Foi em vão; esse mesmo poder que ali me exilara, opôs-se aos meus esforços e me obrigou a esperar, no desespero, a decisão do meu destino.

Feleas... Oh, lembranças atrozes! Momento cruel, cuja idéia jamais se apagará da minha alma! Feleas enebriado de amor e senhor, pelas ternas complacências de Zeinis, de todos os encantos que eu adorava, preparou-se para terminar a sua felicidade. Zeinis prestou-se voluptuosamente aos arroubos de Feleas e se os novos obstáculos que ainda se opunham à sua felicidade a retardaram, eles não a diminuíram. Os belos olhos de Zeinis derramaram lágrimas, sua boca quis formular algumas queixas e nesse instante somente a sua ternura não a fez suspirar. Feleas, autor de tantos males, não era contudo mais odiado por isso. Zeinis, de quem Feleas se queixava, por isso foi somente amada com mais ternura. Enfim, um grito mais penetrante que ela deu, uma alegria mais viva que vi brilhar nos olhos de Feleas, anunciaram-me a minha desgraça e a minha libertação; e a minha alma, cheia do seu amor e da sua dor, murmurando, foi receber as ordens de Brama e novas cadeias.

– O quê! É somente isso? – perguntou o Sultão. – Ou fostes sofá muito pouco tempo ou vistes bem pouca coisa enquanto o éreis!

– Seria querer aborrecer Vossa Majestade contar-lhe tudo do que fui testemunha durante a minha estadia nos sofás – respondeu Amanzei –, pretendi menos vos reproduzir todas as coisas que vi do que as que podiam diverti-lo.

– Se as coisas que contastes – disse a Sultana – fossem mais brilhantes do que as que suprimistes, e acredito nisso (pois é impossível fazer a sua comparação), sempre se teria que vos censurar por não ter trazido à cena senão alguns caracteres enquanto todos estavam em vossas mãos e por ter, voluntariamente, reduzido um assunto que, por si mesmo, é tão extenso.

– Sem dúvida, estou errado, Madame – respondeu Amanzei – se todos os caracteres são agradáveis ou definidos no mesmo ponto; se pude tratar a todos, sem expor aos vossos olhos traços comuns e restritos, e se pude me alongar muito quanto a uma matéria que, por mais variedade que tivesse posto nos caracteres, devia se tornar aborrecida pela repetição contínua e inevitável do fundo.

– De fato – disse o Sultão – creio que, se quiséssemos pesar tudo isso, ele poderia bem ter razão. Mas prefiro que ele esteja errado a me dar ao trabalho de examinar o que ocorre. Ah! minha avó! – continuou ele suspirando. – Não era assim que contáveis as coisas!

Coleção **L&PM** POCKET (LANÇAMENTOS MAIS RECENTES)

323.**Brasil Terra à Vista** – Eduardo Bueno
324.**Radicci 2** – Iotti
325.**Júlio César** – William Shakespeare
326.**A carta de Pero Vaz de Caminha**
327.**Cozinha Clássica** – Sílvio Lancellotti
328.**Madame Bovary** – Gustave Flaubert
329.**Dicionário do viajante insólito** – M. Scliar
330.**O capitão saiu para o almoço...** – Bukowski
331.**A carta roubada** – Edgar Allan Poe
332.**É tarde para saber** – Josué Guimarães
333.**O livro de bolso da Astrologia** – Maggy Harrissonx e Mellina Li
334.**1933 foi um ano ruim** – John Fante
335.**100 receitas de arroz** – Aninha Comas
336.**Guia prático do Português correto – vol. 1** – Cláudio Moreno
337.**Bartleby, o escriturário** – H. Melville
338.**Enterrem meu coração na curva do rio** – Dee Brown
339.**Um conto de Natal** – Charles Dickens
340.**Cozinha sem segredos** – J. A. P. Machado
341.**A dama das Camélias** – A. Dumas Filho
342.**Alimentação saudável** – H. e Â. Tonetto
343.**Continhos galantes** – Dalton Trevisan
344.**A Divina Comédia** – Dante Alighieri
345.**A Dupla Sertanojo** – Santiago
346.**Cavalos do amanhecer** – Mario Arregui
347.**Biografia de Vincent van Gogh por sua cunhada** – Jo van Gogh-Bonger
348.**Radicci 3** – Iotti
349.**Nada de novo no front** – E. M. Remarque
350.**A hora dos assassinos** – Henry Miller
351.**Flush - Memórias de um cão** – Virginia Woolf
352.**A guerra no Bom Fim** – M. Scliar
353(1).**O caso Saint-Fiacre** – Simenon
354(2).**Morte na alta sociedade** – Simenon
355(3).**O cão amarelo** – Simenon
356(4).**Maigret e o homem do banco** – Simenon
357.**As uvas e o vento** – Pablo Neruda
358.**On the road** – Jack Kerouac
359.**O coração amarelo** – Pablo Neruda
360.**Livro das perguntas** – Pablo Neruda
361.**Noite de Reis** – William Shakespeare
362.**Manual de Ecologia** – vol.1 – J. Lutzenberger
363.**O mais longo dos dias** – Cornelius Ryan
364.**Foi bom prá você?** – Nani
365.**Crepusculário** – Pablo Neruda
366.**A comédia dos erros** – Shakespeare
367(5).**A primeira investigação de Maigret** – Simenon
368(6).**As férias de Maigret** – Simenon
369.**Mate-me por favor (vol.1)** – L. McNeil
370.**Mate-me por favor (vol.2)** – L. McNeil
371.**Carta ao pai** – Kafka
372.**Os Vagabundos iluminados** – J. Kerouac
373(7).**O enforcado** – Simenon
374(8).**A fúria de Maigret** – Simenon
375.**Vargas, uma biografia política** – H. Silva
376.**Poesia reunida (vol.1)** – A. R. de Sant'Anna
377.**Poesia reunida (vol.2)** – A. R. de Sant'Anna
378.**Alice no país do espelho** – Lewis Carroll
379.**Residência na Terra 1** – Pablo Neruda
380.**Residência na Terra 2** – Pablo Neruda
381.**Terceira Residência** – Pablo Neruda
382.**O delírio amoroso** – Bocage
383.**Futebol ao sol e à sombra** – E. Galeano
384(9).**O porto das brumas** – Simenon
385(10).**Maigret e seu morto** – Simenon
386.**Radicci 4** – Iotti
387.**Boas maneiras & sucesso nos negócios** – Celia Ribeiro
388.**Uma história Farroupilha** – M. Scliar
389.**Na mesa ninguém envelhece** – J. A. P. Machado
390.**200 receitas inéditas do Anonymus Gourmet** – J. A. Pinheiro Machado
391.**Guia prático do Portugês correto – vol.2** – Cláudio Moreno
392.**Breviário das terras do Brasil** – Luis A.de Assis Brasil
393.**Cantos Cerimoniais** – Pablo Neruda
394.**Jardim de Inverno** – Pablo Neruda
395.**Antonio e Cleópatra** – William Shakespeare
396.**Tróia** – Cláudio Moreno
397.**Meu tio matou um cara** – Jorge Furtado
398.**O anatomista** – Federico Andahazi
399.**As viagens de Gulliver** – Jonathan Swift
400.**Dom Quixote – v.1** – Miguel de Cervantes
401.**Dom Quixote – v.2** – Miguel de Cervantes
402.**Sozinho no Pólo Norte** – Thomas Brandolin
403.**Matadouro Cinco** – Kurt Vonnegut
404.**Delta de Vênus** – Anaïs Nin
405.**Hagar 2** – Dick Browne
406.**É grave Doutor?** – Nani
407.**Orai pornô** – Nani
408(11).**Maigret em Nova York** – Simenon
409(12).**O assassino sem rosto** – Simenon
410(13).**O mistério das jóias roubadas** – Simenon
411.**A irmãzinha** – Raymond Chandler
412.**Três contos** – Gustave Flaubert
413.**De ratos e homens** – John Steinbeck
414.**Lazarilho de Tormes**
415.**Triângulo das águas** – Caio Fernando Abreu
416.**100 receitas de carnes** – Sílvio Lancellotti
417.**Histórias de robôs: volume 1** – Isaac Asimov
418.**Histórias de robôs: volume 2** – Isaac Asimov
419.**Histórias de robôs: volume 3** – Isaac Asimov
420.**O país dos centauros** – Tabajara Ruas
421.**A república de Anita** – Tabajara Ruas
422.**A carga dos lanceiros** – Tabajara Ruas
423.**Um amigo de Kafka** – Isaac Singer
424.**As alegres matronas de Windsor** – Shakespeare
425.**Amor e exílio** – Isaac Bashevis Singer
426.**Use & abuse do seu signo** – Marília Fiorillo e Marylou Simonsen
427.**Pigmaleão** – Bernard Shaw

428.**As fenícias** – Eurípides
429.**Everest** – Thomaz Brandolin
430.**A arte de furtar** – Anônimo do séc. XVI
431.**Billy Bud** – Herman Melville
432.**A rosa separada** – Pablo Neruda
433.**Elegia** – Pablo Neruda
434.**A garota de Cassidy** – David Goodis
435.**Como fazer a guerra: máximas de Napoleão**
436.**Poemas de Emily Dickinson**
437.**Gracias por el fuego** – Mario Benedetti
438.**O sofá** – Crébillon Fils
439.**O "Martín Fierro"** – Jorge Luis Borges
440.**Trabalhos de amor perdidos** – W. Shakespeare
441.**O melhor de Hagar 3** – Dik Browne
442.**Os Maias (volume1)** – Eça de Queiroz
443.**Os Maias (volume2)** – Eça de Queiroz
444.**Anti-Justine** – Restif de La Bretonne
445.**Juventude** – Joseph Conrad
446.**Singularidades de uma rapariga loura** – Eça de Queiroz
447.**Janela para a morte** – Raymond Chandler
448.**Um amor de Swann** – Marcel Proust
449.**À paz perpétua** – Immanuel Kant
450.**A conquista do México** – Hernan Cortez
451.**Defeitos escolhidos e 2000** – Pablo Neruda
452.**O casamento do céu e do inferno** – William Blake
453.**A primeira viagem ao redor do mundo** – Antonio Pigafetta
454(14).**Uma sombra na janela** – Simenon
455(15).**A noite da encruzilhada** – Simenon
456(16).**A velha senhora** – Simenon
457.**Sartre** – Annie Cohen-Solal
458.**Discurso do método** – René Descartes
459.**Garfield em grande forma** – Jim Davis
460.**Garfield está de dieta** – Jim Davis
461.**O livro das feras** – Patricia Highsmith
62.**Viajante solitário** – Jack Kerouac
63.**Auto da barca do inferno** – Gil Vicente
464.**O livro vermelho dos pensamentos de Millôr** – Millôr Fernandes
465.**O livro dos abraços** – Eduardo Galeano
466.**Voltaremos!** – José Antonio Pinheiro Machado
67.**Rango** – Edgar Vasques
68.**Dieta Mediterrânea** – Dr. Fernando Lucchese e José Antonio Pinheiro Machado
69.**Radicci 5** – Iotti
70.**Pequenos pássaros** – Anaïs Nin
71.**Guia prático do Português correto – vol.3** – Cláudio Moreno
72.**Atire no Pianista** – David Goodis
73.**Antologia Poética** – Garcia Lorca
74.**Alexandre e César** – Plutarco
75.**Uma espiã na casa do amor** – Anaïs Nin
76.**A gorda do Tiki Bar** – Dalton Trevisan
77.**Garfield um gato de peso** – Jim Davis
78.**Canibais** – David Coimbra
79.**A arte de escrever** – Arthur Schopenhauer
80.**Pinóquio** – Carlo Collodi
81.**Misto-quente** – Charles Bukowski
82.**A lua na sarjeta** – David Goodis
83.**Recruta Zero** – Mort Walker
84.**Aline 2: TPM – tensão pré-monstrual** – Adão Iturrusgarai
485.**Sermões do Padre Antonio Vieira**
486.**Garfield numa boa** – Jim Davis
487.**Mensagem** – Fernando Pessoa
488.**Vendeta *seguido* de A paz conjugal** – Balzac
489.**Poemas de Alberto Caeiro** – Fernando Pessoa
490.**Ferragus** – Honoré de Balzac
491.**A duquesa de Langeais** – Honoré de Balzac
492.**A menina dos olhos de ouro** – Balzac
493.**O lírio do vale** – Honoré de Balzac
494(17).**A barcaça da morte** – Simenon
495(18).**As testemunhas rebeldes** – Simenon
496(19).**Um engano de Maigret** – Simenon
497.**A noite das bruxas** – Agatha Christie
498.**Um passe de mágica** – Agatha Christie
499.**Nêmesis** – Agatha Christie
500.**Esboço de uma teoria das emoções** – Jean-Paul Sartre
501.**Renda básica da cidadania** – Eduardo Suplicy
502(1).**Pílulas para viver melhor** – Dr. Lucchese
503(2).**Pílulas para prolongar a juventude** – Dr. Lucchese
504(3).**Desembarcando o Diabetes** – Dr. Lucchese
505(4).**Desembarcando o Sedentarismo** – Dr. Fernando Lucchese e Cláudio Castro
506(5).**Desembarcando a Hipertensão** – Dr. Lucchese
507(6).**Desembarcando o Colesterol** – Dr. Fernando Lucchese e Fernanda Lucchese
508.**Estudos de mulher** – Balzac
509.**O terceiro tira** – Flann O'Brien
510.**100 receitas de aves e ovos** – José Antonio Pinheiro Machado
511.**Garfield em Toneladas de diversão** – Jim Davis
512.**Trem-bala** – Martha Medeiros
513.**Os cães ladram** – Truman Capote
514.**O Kama Sutra de Vatsyayana**
515.**O crime do Padre Amaro** – Eça de Queiroz
516.**Odes de Ricardo Reis** – Fernando Pessoa
517.**O inverno da nossa desesperança** – John Steinbeck
518.**Os piratas do Tietê** – Laerte
519.**Rê Bordosa: Do começo ao fim** – Angeli
520.**O Harlem é escuro** – Chester Himes
521.**Café-da-manhã dos campeões** – Kurt Vonnegut
522.**Eugénie Grandet** – Balzac
523.**O último magnata** – Scott Fitzgerald
524.**Carol** – Patricia Highsmith
525.**100 receitas de patisseria** – Sílvio Lacellotti
526.**O fator humano** – Graham Greene
527.**Tristessa** – Jack Kerouac
528.**O diamante do tamanho do Ritz** – S. Fitzgerald
529.**As melhores histórias de Sherlock Holmes** – Arthur Conan Doyle
530.**Cartas a um jovem poeta** – Rilke
531.**Memórias de Maigret** – Simenon
532.**O misterioso sr. Quin** – Agatha Christie
533.**Os analectos** – Confúcio
534(21).**Maigret e os homens de bem** – Simenon
535(22).**O medo de Maigret** – Simenon
536.**Ascenção e queda de César Biroteau** – Balzac
537.**Sexta-feira negra** – David Goodis

GRÁFICA EDITORA
Pallotti
IMAGEM DE QUALIDADE

Santa Maria - RS - Fone/Fax: (55) 3220.4500
www.pallotti.com.br